文
景

Horizon

社科新知　文艺新潮

述而批评
丛书

旋入
灵魂的
磁场

杨斌华 —————— 著

上海人民出版社

在批评的世界里激荡风云
——"述而批评丛书"序言

文学创作的进步与繁荣，离不开文学批评的推动。卢那察尔斯基说："历来的情况是：恰恰由于著名作家和卓有才华的批评家的通力合作，过去曾经产生过、今后将产生真正伟大的文学。"受现实生活直接影响的敏感的作家，需要批评家帮助他们形成抽象的科学思维，需要批评家来发现其优秀作品、总结其创作经验、揭示并推介其创新创造的价值。而一个时代文学创作的趋势和潮流，也需要批评家用他们的前瞻和敏锐，来进行指向与导引。

揆诸上海文学事业发展的历史轨迹，我们可以说，繁荣的文学批评是上海文学版图上一道特别的风景，活跃的批评家是上海集聚起来的高能级文学精英，一代代的坚守和传承是上海文学批评生生不息的泉源。

近年来，上海坚持发扬重文学批评的传统，在发挥批评大家作用的同时，十分重视青年批评家的培养，为他们搭建施展才华的舞台，逐步形成了一支阵容较为齐整的青年批评家队伍。

这些批评家有的工作在作协，有的执教、执笔于高校或研究机构，也有的活跃在报纸刊物上。他们互通声气、互相激荡，通过出版专著、在报刊和各种文学活动平台上通畅表达，指点文学江山、洞察文学思潮、剖析创作得失。他们是多面手和跨界者，不仅在批评的世界激扬文字，还常常游走于创作的天地，直接实践于小说、散文、诗歌等各种文学体裁。他们视野开阔，兼容并蓄，在坚持中国文学批评优秀传统的同时，善于运用世界文学发展的新潮流和新标准，与时俱进地开展科学的、有见地的批评。他们不仅在上海，也在中国，甚至出现在国际文学交流的舞台上，代表中国、上海，与世界文学展开近距离的对话。他们和前辈批评家一起，为上海文学创作的创新、创造和繁荣做出了积极的贡献，也预示着上海文学批评发展的前景和未来。

为集中展示青年批评家群体的成就和风采，展示上海文学批评的发展与收获，上海市作家协会策划推出这套丛书。丛书由 11 位批评家分别选编代表自身水准的文章集纳而成，这些文章虽然多曾在各种报刊、专著发表过，但作为一个整体的重新呈现，必能产生不同寻常的组合效应。丛书的问世对于专业人士的意义不多赘言，而对于普通读者来说，阅读这些著作，也将有助于总览中国文学、上海文学创作的流变，深入掘发作家作品的精华，深切体验作家创作的用心，深刻感受作家作品的价值。

这套丛书以"述而"命名，也寓意着青年批评家对前辈的承继、接续和阐发，述而后作，使批评的传统在文学发展的长河里不断地被赋予新的生命。我们相信，丛书的出版不会戛然而止。今后，当有更多的青年批评家和更多的成果涌现时，丛书将及时地进行扩容。

伴随着波澜壮阔的改革开放，上海文学事业走过了40年不平凡的历程，如今和国家各项事业发展一样，进入了崭新的历史阶段。新时代，文学承担着新使命，也呼唤着一大批青年批评家在文学批评领域承前启后、继往开来。今后，我们将一如既往地重视文学批评，重视培养一代代的青年批评家，让活跃、健康、高质量的文学批评，始终与文学创作、文学活动，还有文学出版、文学翻译等一起，支撑起上海文学繁荣、发展的良好局面。

是为序！

上海市作家协会党组书记、副主席王伟

第一辑

附录

第一辑

简论四十年代九叶诗派创作

　　四十年代后期的上海诗坛，有九位年轻诗人辛迪、陈敬容、杜运燮、杭约赫、郑敏、唐祈、唐湜、袁可嘉、穆旦，经常在进步刊物《诗创造》和《中国新诗》上发表忧时伤世、反映国统区人民生活和战斗的诗篇，着力开拓新诗表现社会人生的智慧风采。在他们各自的诗作与诗论探索中，逐渐形成了一种共同的流派特色，他们既坚持了新诗反映社会政治现实的一贯主张，又力求使人民心志与个人情感的抒写相互沟通；他们继承民族诗歌（包括新诗本身）的优良传统，借鉴西方现代诗艺，探索现代诗的中国道路，因而对新诗发展具有独特的历史贡献。然而这批诗人饱经沧桑，直到1981年秋，才得以用《九叶集》的书名结集出版他们有代表性的诗作。现在人们就把他们这个诗派称为九叶诗派了。

一

由于高标人性自由解放的西方文化强劲突入，"五四"以后的文学青年获得了抗衡封建文灾的思想武器，并开始以新文学作为自己摆脱民族灾难的精神力量，宣泄强烈的人生与社会的欲求。在他们身上，不同程度地并存着西方人文主义文化的基本影响和与之同步的现代主义文化的渗透，但是他们又不能摒除民族文化传统根深蒂固的精神哺育，因此他们的艺术追求不能显得复杂多样而富有个性。以新诗发展而言，就有一部分缘于这样的文化接受背景的文学青年，不满于当时现实主义诗潮在前进中出现的一些弊病，而企图通过对现代诗艺的探索来担负起艺术的时代责任。初期象征诗派、新月派、现代派等的相继出现，就构成了新诗史上现代诗探索的发展系列。

九叶诗人的创作历程正是在这种历史大背景下进行的。在前辈诗人的直接熏染下，他们从抒写儿女哀怨般的人生感怀，走向确立自己的创作个性。他们的诗作常常突出地表现现代知识分子在动乱社会中的焦虑、苦闷和渴求，以及对人生社会的哲理沉思，在思想倾向上往往与充满激情的斗争现实相游离。但九叶诗人作为有着强烈的爱国精神和民主倾向的知识分子，又不可能抛弃其忧时伤世的社会责任感和民族意识。他们坚持对现代诗艺的不懈探求，又不愿冷漠地对待人民的苦难命运，这种思想矛盾是历史给这些探求者安排下的文学命运，它使诗人们的创作历程不能不呈现出明显的变动特点。

在早期创作中，九叶诗人由于各自思想认识和生活视野的局限，表现出与激烈的时代生活的某种隔膜，只是社会环境的压抑才使他们不能不在艺术追求中寻找某种精神的依托。如陈敬容的《窗》、郑敏的《寂寞》等诗作既深感郁闷失落，又苦心于"向一片动荡的水／去照我思想的影子"（《映照》陈敬容），独步在星辰下吟怀人生。这些都是诗人在特定的现实环境中的哀怨、空虚乃至颓唐的反映。

当然，深重的民族苦难也会使九叶诗人颠沛离乱，但更加猛烈地震动他们的还是两种不同的文化传统之间的撞击和冲突。这样，他们对社会现实的主观反映就更多地表现为注重自我挖掘和深省，力图保持自觉个性的独立完足。这种企图超越现实的意图，使他们在创作上显示出了自然主义的倾向。为了超越现实，必须使自身进入一个"吸收了过去和未来于当前"的永恒的时间（即自然）中去，理解时间存在的"同一"，使"外界事物中的快乐和力量与我们息息相通，而且与我们合为一体"[1]。女诗人郑敏受到里尔克、歌德和前辈诗人冯至质朴自然的诗风熏陶，她的诗便兼具静思冥想宇宙人生的哲人风采。她说："我希望能走入人物的世界，静观其所含的深意……理解客观世界的真义和隐藏在静中的动。"[2] 她善于潜入内心沉思默想，

---

[1] 唐湜：《郑敏的静夜里的祈祷》，载《意度集》，平原社，1950。

[2] 袁可嘉：《西方现代派诗与九叶诗人》，《文艺研究》1983年第4期。

不少诗里较难发现时代和历史的背影，而像里尔克一样挖掘事物的潜在内涵，从自然本身透彻出质朴的感情和生活的真谛。因此，她被称为一朵"开放在暴风雨前的一刻历史性的宁静里的时间之花"。这自然也表征了诗人对时代现实的主观超脱。

在郑敏的诗里，交融着里尔克式的现代人感受和一代浪漫宗师质朴冲淡、富有灵性的感兴与沉思。将这种现象放大到诗派的整体来看，正表明了他们独特的文化接受背景。他们多半受过大学文科教育，外来文化素养的深湛使之在不断遭受到现实苦闷和理想的幻灭以后，就把自己禁锢于孤高自守的天地中，乃至不自觉地为西方文化所染指。这种影响与青年诗人的现实体验相结合，便产生出《寂寞》（郑敏）、《陌生的我》（陈敬容）一类作品。

在穆旦的诗中，体现了更浓厚的自然主义倾向与超越哲学同现代意识的杂陈。作为一个有着强烈的自我意识和个性主义的现代知识分子，穆旦对现实社会日益失望不满，由于对人生理想的失败深感悲痛，他就转向对生命的自然和真正的自我的渴求。因此，他企图冲出一般时空的樊篱，把宇宙自然认作生命所在，"把历史'还原'为自然"，"用自然的精神来统一历史"，以为"在人类的历史里的死亡也就是在自然的历史里的新生"。[1]穆旦写道："没有人知道历史曾在此走过 / 留下了英灵化入树干而滋生。"（《森林之魅》）他试图以感觉与肉体思想一切，

---

[1]　唐湜：《穆旦论》，载《意度集》，平原社，1950。

写出心灵对自然的直觉把握，达到灵肉一体，浑朴自然，在自然里使自我生命得以延展生存。在它看来，这样就完成了在战争动乱下摆脱人世矛盾的精神超越。

穆旦竭力把不断对立抗争着的双重自我——自然的自我和理想的自我统一起来，以求得自我的完善，在超脱时代的自然境界（如《森林之魅》）中固持个性的独立。他勇于冷酷尖锐地自剖："生命永远诱惑着我们／在苦难里，渴寻安乐的陷阱"，"智慧使我们懦弱无能"。（《控诉》）这既反映了中国知识分子由来已久的自谴自责的精神传统，又说明了当时的知识分子不能弃绝时世物欲的侵蚀，无法置身于社会与现实隔绝的世界。处于这种深刻矛盾之中的穆旦，虽然也浸润着艾略特他们对于人生社会悲观无望的怀疑态度，诗里行间折射出迷惘挣扎的心里阴影，但诗人表现的主观动摇同现代西方社会面临的整个文化传统的沦丧有着本质的差异。他的精神痛苦在于"确定"自身的人生哲学与理想信念的艰难，而不是"确定"的无望。这或许就是使穆旦"没有虚妄的伤感，只有更深的坚忍"的内驱力，即对民族文化中生生不息的人生热忱、社会道义和精神韧力的承续。各种文化传统在穆旦身上构成复杂激烈的矛盾冲突，在九叶诗人中具有很强的代表性，在当时的现代知识阶层中，也足以显示出它的典型意义。

因此，穆旦作为受难者同时也是勇敢的献身者，把深挚的爱献给了同样经受着苦难的祖国和人民，对民族命运进行着独特的思考。他写道："在耻辱里生活的人民，佝偻的人民，/ 我要以带血的手和你们一一拥抱。/ 因为一个民族已经起来。"（《赞美》）诗人已经意识到劳动人民尽管背负着"说不尽的灾难"，却是重新振兴我们民族命运真正伟大的力量。然而，他仍然痛苦于"我们是不能给以幸福的，/ 痛哭吧，让我们在他的身上痛哭吧"。其他的九叶诗人同样如此，既赞美他们坚忍不屈的民族精神，又哀叹他们世代不幸的历史命运；既寄托着深厚的同情，又流露出特有的悲悯与哀痛。譬如郑敏的《人力车夫》称道人力车夫是"这古老土地的坚忍的化身"，进而也揭露了他们"在这痛哭的世界上奔跑"乃是"科学的耻辱"，显然诗人高喊着的"反省"，不过是祈求人们为车夫饥饿的双足"踏出一条坦途"来；杜运燮的《草鞋兵》也只是悲叹："你苦难的中国农民，负着已腐烂的古传统 / 在历史加速的脚步下无声死亡，挣扎。"由此，我们可以看出九叶诗人的人道主义精神和对现实与历史的批判深度。他们富于正义感，敢于讥评不合理的社会现象，表示对劳动者悲惨命运的同情。但是，他们也时常显示出批判现实的软弱无力以及对于劳动阶层的思想隔膜，他们的同情是出于思想感情的息息相通和深刻理解，不是由于充分认识到人民深沉的斗争力量。"对黑暗的现实不满，但却顾影自怜地抚摸着自己的忧郁"[1]，这样的自我抒怀，当然不可能向时代的激流有力地迈进。

---

[1] 胡风：《论现实主义的路》，载《胡风评论集》（下），人民文学出版社，1985。

九叶诗人曾经钦敬同时代的七月诗派果敢进击的战斗品性，赞扬他们为时代而放歌的自觉精神[1]。然而，他们自己的笔锋却并不太多地触及现实社会，他们对黑暗的现状往往是痛苦的愤懑多于尖锐的抨击，总是陷于一种苦闷焦灼的矛盾心理，诚如陈敬容的《瞩望》所写："永远追赶，在追赶中迷离"，她的"折叠起灰翅膀伫望"的《鸽》更是出色地刻画了现代知识分子处于历史转换关头那种"看地上足迹，看自己影子"的踟蹰感。面对紧迫的社会问题，九叶诗人的思考有时较难显出明朗坚实的自我拚争，踟蹰矜持的特点渗透在作品内里，与对新诗艺术的执着探求相比照，构成了九叶诗派创作思想倾向的复杂性。唯其如此，才显示出他们的创作所独具的历史价值与美学魅力。

九叶诗人在前期创作中虽然也曾力图使自己转向直面抗战现实，但主要不在于鼓励斗争，而是抒发苦难人们自我吟怀、渴望光明的心情。即使如《时代与死》（郑敏）、《渡河者》（陈敬容）等诗，表达了诗人为寻求光明理想而不惜牺牲的情怀，也仅仅是体现着朦胧的渴求。尽管如此，他们的创作在当时的诗坛已显示出绚丽深沉的独特标格。

---

[1]　参见这一诗派的理论家唐湜《诗的新生代》一文，《诗创造》1948年第1卷第8期。

二

随着解放战争时期的到来，《诗创造》和《中国新诗》两个诗刊的创办，标志着九叶诗派开始真正向社会现实的切近乃至突入。

正像李健吾所说："活在这个变动的大时代，任你如何飘逸……你逃不脱它的笼罩。"[1] 在时代激流的冲击下，人民现实争斗的激励，加上同时代现实主义诗潮的优势地位，诸如七月诗派的创作，这种"时代激情是冲击波"的催迫，九叶诗派终于逐渐开始在时代交响中宣示自己的抨击与抗争。这首先表现在他们创作主张的渐次转变上。例如，由部分九叶诗人作为主要编者和撰稿人的《诗创造》认为勇于面对现实固然很有意义，但"鼓声"和"号角"与真切的"呻吟"和"低唱"是应该共存的。到《诗创造》一年总结时他们决定以最大篇幅刊登强烈反映现实的作品，"和人民的痛苦和欢乐呼吸在一起"，"明快朴素，健康有力"，"不需要仅仅属于个人的伤感的颓废的作品"，认为"艺术就是服役于人民的"。具有同人刊物性质的九叶诗派诗刊《中国新诗》在第二期上更强调"拥抱住今天中国最有斗争意义的现实"[2]。就在这两种诗刊上，九叶诗人把对社会现实的揭露与对民主光明的讴歌同他们对现代诗风的探索结合起

---

[1] 刘西渭：《从生命到字，从字到诗》，《中国新诗》1948 年第 2 辑。

[2] 引自《诗创造》《中国新诗》各期编后小记。

来，展现出新旧更替期整个社会山雨欲来、动荡不宁的情势，抒发出"祈求一片雷火"的斗争基调。辛笛在抛却了过分飘逸于时世以外的"黎明的箫吹"后，写出了这样的诗句："像一只哑嗓子的陀螺／奋然跃入了旋涡的激流"（《识字以来》）；他听见的布谷声是"以全生命来叫出人民的控诉"。陈敬容则发出了有力的《抗辩》："大地最善于藏污纳垢／却容不下一粒倔强的种子"，"黑暗将要揭露／这世界的真面目"（《冬日黄昏桥上》）。在《黄昏，我在你的边上》中，她更要攀上黑夜的翅膀，去奔向黎明和"红艳艳的朝阳"。那痛苦深沉的风采与急促不宁的调子反映出她的诗乃是时代特征和个性气质的糅合。郑敏的《噢，中国》呼唤着民族新的觉醒，体现出对历史发展的痛苦思考。她相信祖国新生需要忍受磨难。

与此同时，九叶诗人也把暴露与抨击国民党反动统治作为自己直接的斗争手段。杜运燮的《善诉苦者》《一个有名字的兵》等诗，揭露战争给人民造成的灾难，在轻松幽默的外表下，内蕴对腐败现实尖刻的愤懑和嘲讽，这类诗同穆旦深挚的诗风相左，开辟了又一类奥登式的现代诗路。杭约赫的讽刺诗《严肃的游戏》《丑角的世界》《最后的演出》等，对反动统治者做了深刻的鞭挞。唐祈在九叶诗人中最着力于正面揭露黑暗现实下人民的苦难遭遇，以及"四方绝望"的罪恶社会濒临崩溃的景象，如《女犯监狱》《挖煤工人》《最末的时辰》，在诗风上极受当时现实主义诗潮的影响，具有一定的现实深度。

九叶诗派在创作历程中的转化，一定程度上显示了这批诗人对现实主义创作方向归依的趋向。但是，他们始终没有放弃对现代新诗的艺术探求。他们的现实精神和人生态度，与同时期在国统区的七月诗派仍旧是迥然有别的。七月派受胡风现实主义理论的影响，独树"主观战斗精神"的旗帜，强调诗与社会生活的密切结合和强烈的社会责任感，自觉地把自己作为"一个悲苦的种族争取解放，摆脱枷锁的歌手"，用主观战斗的欲求去拥抱客观对象，突入到生活的深处来把握人民苦难和解放斗争的现实内容。而九叶诗派虽然也认为应该把握住时代脉搏，抒写大众疾苦和斗争惨象，但常常受到超越现实的思想倾向与艺术追求的局限，无力投入现实的反抗。七月诗派显示出反叛和进取，九叶诗派则体现出愤懑与渴求，前者依靠的是主观激情的强大冲击力，后者凭借的是客观表现的深挚感染力，风格截然不同，却又相辅相成地共同构成了当时国统区诗歌创作系统的共态平衡。

三

九叶诗派在越来越强烈地发扬现实主义精神，加入国统区人民民主运动行列的同时，也在勤奋而卓著地进行着现代新诗的艺术探求。如袁可嘉试图建立一个以"新诗戏剧化"为核心的现代诗论体系；唐湜则努力把中国传统诗论风格同欧洲古典与现代诗的观念结合起来，写了一些出色的诗人论。他们的文章大致上代表了九叶诗派的诗美主张和创作追求。九叶诗人早期大都受到过新月派、现代派诗风的影响，他们的某些主张就直接源于前辈诗人如闻一多、卞之琳早年的提倡与尝试。因此他们在现代诗和艺术探索中自然地继承了前辈强烈的民族意识、时代感受和人生思索，以及深挚蕴藉、繁复细腻的艺术特色，但他们同时也总结得失，进行有益的扬弃与突破，使现代诗达到了较为成熟的地步。

他们认为现实主义必须加以发展和深化，文学反映生活，不是复写生活经验，而是要表现那种将生活经验积淀、转化、升华而成的有深厚的暗示力的文学经验。他们力求找到庞德所说的情绪的"等价物"；使作诗既能表现生活，又有相对独立的审美价值。唐湜曾经评论陈敬容，说她较能超越物象，"将思索的钓钩抛到深情的潜意识的湖里，钓上一些智慧的火花来"，"虚心而意象环生"。[1] 这就表明了九叶诗人客观抒情的趋向，即一反切入具体的现实情感的抒唱，而是与之保持心理距离，使情思冷静，理智潜化，依循理性思考的脉络，通过对客观具象的擒纵自如，构筑一种写实的表现，从艺术上讲，未始不是一种独特的抒情形态。

九叶诗人还提出"新诗戏剧化"的主张，这是为了匡纠现

---

[1]　唐湜：《严肃的星辰们》，载《意度集》，平原社，1950。

实主义新诗适应社会政治需要而迅猛发展所带来的一些弊病。他们认为诗的直露枯燥，新闻式加"口号的现实"和浮嚣的叫喊，使诗的写作"充满堕落的气氛与迷雾"，自己的实践要"冲出一条可走的道路"。他们认为诗或明志或抒情，一般新诗的通病就在于"把意志与情感化为诗经验的过程"中，"明志的往往流为说教，抒情的往往沦为伤感"，所以，"诗即激情宣泄的迷信必须打破"，不能"放任感情"，"必须把思想的成分融和进去"。只有借鉴戏剧的理想形式，把人物放到戏剧性的情境中来展现其性格与命运，从而使"思想的成分"渗透在整个过程中。这就构成了戏剧化的主要原则：表现上的客观性与间接性，即"尽量避免直截了当的正面陈诉，而选用外界的相当事物寄托作者的意志或情思"[1]。

其实早在三十年代末期，九叶诗人的前辈们由于受艾略特等现代派诗人的影响，就曾提出过从诗歌领域"放逐"抒情。[2]主张抛弃诗歌浪漫感兴的传统抒情形态，以"现代感性"来感受现代世界的种种现象，造成对现实嘲讽与冷漠的态度，主观上的超越态度也就在艺术表现中呈现为抒情方式的客观性与间接性。艾略特曾认为现代诗禁忌滥发虚假的感情和对现实事物的直观感兴，必须逃避个性和情绪，克服个人感受的主观局限，寻求一种特殊的工具来埋藏和组合自己的"印象和经验"。"抒

[1] 以上见袁可嘉《诗的戏剧化》，《文学杂志》第 3 卷第 1 期。
[2] 徐迟：《抒情的放逐》，《顶点》1939 年第 1 期。

情的放逐"在当时被认为正是现代诗"在苦闷了若干时期以后始能从表现方法上找到的一条出路"。九叶诗人则从艺术实践上对此进行了自觉的探索，形成了追求思想感觉化和寻求客观对应物两方面相辅相成的象征主义客观抒情方式。

追求"思想感觉化"，就是使思想呈现为一种经验形态，把人们经验过程中知性与感性紧密契合的思想感受，按照现实发生式戏剧地展示出来，而不是说明式的抽象"传达"。读者通过经验感觉，进入特定的情境，激发起思想感受，就达到了现代诗所期望的美学效果。首先，他们力图使诗"说理时不陷于枯燥，抒情时不陷于直露"，思想感觉化符合了形象思维的特点，通过形与意浑成一体，显示出思想的厚度和意象的弹性。其次，九叶诗人出于面对现实矛盾的思想危机中，也企图运用玄学诗的方法来思考、探讨一些社会问题和抽象观念，思想感觉化为此提供了一种艺术手段。穆旦的《诗八首》就充分体现了现代诗的玄思特色，它探讨了理性和本能的爱情之间矛盾冲突的辩证逻辑。"你底年龄里的小小野兽／它和春草一样地呼吸"，感性中有思辨，抽象中有具体，而且密不可分。辛笛诗里光色明暗的氛围掌握，穆旦诗里戏剧场景的构造乃至变换，都可以作为"思想感觉化"的范例。

寻找"客观对应物"，就是把诗人所要表达的情绪感受，通过客观事物或场景的抒写加以深入的表现。有机地综合感性知性，为精神内容乃至哲学思维寻找客观对应物，正是本世纪现代派进行的诗歌美学革命的核心内容。柏格森在《思想与运动》一文中就认为，精神虽难以表达，却能通过形象最大限度接近它的直接视觉；宁可满足于暗示，而不愿意表达。这种暗示能够通过象征，由于主客观两者的相似性而复原某种精神状态或认识。[1]

九叶诗人在创作中孜孜以求的，正是这样"一个现实、象征、玄学的综合传统"。他们一如里尔克通过对客观事物本质的了解来表现自我，把内心的感觉发现投注于外物而获得互相包容的生命，具有沉潜的雕像美。杜运燮的《井》、郑敏的《鹰》就出色地表现了诗人的人格理想。另外，《鸽》《池塘》《启示》《闪电》等诗共同表现出写实与象征融合的特征，在它们真切的写实层面上，构筑着超写实的主观象征层，透示出不寻常的思想蕴涵，暗示着特定社会氛围中渴寻光明的人们的精神状态。这与古代文论中的"缘物体情说"似有相近之处。还有一种创作，从客观对象心里的隐微分析来表演自己，长于刻画人物心态，把作者的爱憎嘲弄内蕴在诗的语气、节奏中，具有活泼外发的流体美，如《追物价的人》《善诉苦者》《知识分子》等。这也是他们新诗戏剧化探索的一个方面。

在意象与语言技巧上，九叶诗人强调诗大跨度的跳跃性，语言的锋利有力，通过不同意象的撞击与组合，产生陌生化的

---

[1] 引自《美学译文》（2），中国社会科学出版社，1982，第263页。

效果，从而在浸透着思想感受的意象群中开发出诗美天地。这在闻一多、卞之琳等人的诗中有过尝试，而到穆旦等九叶诗人笔下，发展渐臻完善。他们借鉴现代派诗的具体手法，较为完整地大量运用抽象观念（词）与具体形象（词）的嵌合。如"镣铐响起了我们的孤寂"、"肩荷着那伟大的疲倦"、树叶"向肩头掷下奇异的寒冷"、"列车轧在中国的肋骨上／一节一节接着社会问题"。这在古典诗词里不无先例，而在现代诗中就不啻是语言技巧，它更能使意象具备知性的深度和韧性，使思想形象凝练坚密地凸显出来，增强诗的感性魅力。同时，它也是企图违背事物日常逻辑，寻求新异的诗情关联，更充分地展示诗人错综复杂的精神世界。俄国形式主义者克洛夫斯基曾经提出语言的"奇异化原则"，认为诗歌语言不同于日常语言习惯程序，语言组合应该陌生化，以延长和加强读者的感知过程，培养读者的阅读性质。

值得重视的是，在面临着吸取抑或排斥外来的和民族的文化传统的历史选择的课题时，九叶诗派的创作，在一定意义上继承了新文学开创伊始便确立的兼收并蓄、有容乃大的好传统。我们惊异地发现，在他们的作品里，不但能够感受到十九世纪西方自然主义与浪漫主义文化的浓厚熏陶，而且可以体会到二十世纪西方现代文化的深刻影响，同时又结合着民族文化的优良素养。这三种文化传统无时不在对新文学产生猛烈的冲击，造成了颇为繁杂的历史状态。然而，它们本身之间由于时空差异所造成的内在对立与冲突，却在九叶诗人的创作中达到了共态融汇，形成一种异质同构的奇特景象。譬如穆旦的诗既有强烈的自然主义倾向和个性意识，又在人文精神与现代人的悲剧意识的相互冲突中，固持着现代知识分子深刻的自觉理性。因此，他的创作突出一种痛苦深沉的搏求者的人格。郑敏的诗更多地带有坚忍的浪漫情感，吟唱至高的理性，对于社会人生萧然物外而静观默想，体现出哲人风采。她的《马》令人响起里尔克《豹》的哲理物化，"它崛起颈肌，从不吐呻吟 / 载着过重的负担，默默前行"，却又糅合着"中国的脊梁"式坚韧不拔的伟大精神。而唐湜的《背剑者》对一个革命者传奇式的塑造，融李贺式的瑰丽象征与跳跃的意象联接于一体，使现实的主题、现代方式的构思与中国传统诗风较好地融合起来。辛笛的诗也是这样，能够把现代人心理的刻画与受古典诗艺熏陶的倩巧凝含的传统诗风杂糅为一体，显示出融会中西的苦心。或许可以说，九叶诗人的创作既从一个侧面印证了新文学发展中文化交汇、相互激荡的历史背景，又在某种程度上为现代新诗积极融汇传统、大胆铸造新词、开拓瑰丽多姿的艺术风貌展示了历史的自信和现实的可能。

唐湜曾经在《诗的新生代》中把七月派和九叶派比作四十年代国统区诗创作的两座浪峰，用他们"崇高的山"的气度和"深沉的河"的风采组织了诗坛的大合唱，而且期待着它们"相互激荡，相互渗透，形成一片阔大的诗的高潮"。或许这正指出了九叶诗派在新诗史上具有的独特的历史地位。九叶诗派以对现代诗潮的承续和发展，以及在四十年代诗坛上探索自己的艺术道路的坚定执着，奠定了它对新诗发展的宝贵贡献。

朦胧诗派和九叶诗派
——对诗艺方式、风格的一些比较

一

以郭沫若狂飙突进式的《女神》为真正发祥的中国新诗史，它的发展从来是由两条线索构成的：一条是作为新诗主潮的现实主义和浪漫主义诗歌，对新诗的内容和形式昂扬而持久的现实追求，在把握时代脉搏和历史发展的方向上体现出强烈的主动进取性和艺术探索的创造性，它的代表诗人有臧克家、艾青、中国诗歌会及七月派的诗人等；另一条是从初期象征诗派，经现代派、新月格律派，到四十年代穆旦、杜运燮、郑敏、陈敬容、辛笛诸人九叶诗派的现代主义诗潮，它们不满且不甘于当时白话诗的危机局面，力图寻求诗歌艺术的内部规律，对发展和完善新诗美学的现代性，开拓新诗表现社会人生的智慧风貌，作出了有价值的贡献。特别像九叶诗派，不但在创作上和理论上对现代诗作过自觉而独特的探索，而且是上述现代诗潮集大成般的最后一个浪峰。

由于复杂的历史原因，这两股新诗发展传统的接续与汇合，只有在历史的大转折后，待到八十年代具有强烈现代特征的朦胧诗派的全面崛起，才得以实现。更重要的是，在传统中贯通了生命源泉的朦胧诗派，就内容的时代性与艺术的审美性的结合方面迈出的步伐是较为坚实成熟的；艺术方法上的现代诗特色也是立足于现实积极的人生态度，诗里行间融会着民族自强的意识。因此，应该说，他们的创作与中国新诗传统是血肉相连，而不是相背离的。

艾略特曾经阐述过一个历史和美学的批评原理，他认为，我们对于诗人、艺术家的评价和鉴赏，就是"对于他与以往诗人及艺术家的关系的鉴赏"，"须把他放在前人之间来对照，来比较"。并且断言，"一种新艺术作品之产生，同时也就是以前所有的一切艺术作品之变态的复生"。[1] 这种具有深厚历史感的观点把文学传统看作是一幕无所不在的文学背景，"过去"在其中也具有存在的现实性，并不息地发展着它的内在因素的变化组合，以持续本身的文学影响。

我们据此来看待九叶诗派和朦胧诗派之间内在的历史关联，就不难对文学的承续与发展有新的体察和发现。九叶诗人群作

---

[1] ［英］艾略特：《传统与个人才能》，曹葆华译，《现代诗论》，商务印书馆，1937，第 112 页。

为忧时伤世、向往民主光明的现代知识分子，与人民生活的距离不很切近，他们的现实倾向表现在能够真挚地抒发对生活的感受，表达对生活总体的理解和感怀，这种主观反映式的抒情使之风格深沉蕴藉，情怀繁复精邃，但本质上是没有脱离具体客观现实的。在这一方面，相当数量的朦胧诗派与之产生了感受及表现方式上的吻合，包括运用语言技巧的特色，这些都源自于他们对于诗的审美观念、思维方式乃至双方个性风格的接近。当然，传统影响绝不是一个单向递进的简单过程，朦胧诗派对九叶诗派也缺乏一种绝对意义上的历史继承关系，甚至是互不相干的。但是，既然它们在诗史发展上有着一定的相承互通之处，我们就应该进行剖析和阐发；而且，它们的创作业已成为中国新诗史上两个较为重要的历史现象，其创作实绩及艺术影响已经并必将不是短暂易逝的。

二

女性作者的声音，往往是一个诗派中最富有深蕴、独具魅力的力量。三十年代新月派有林徽因的清新、细密和纯净，四十年代九叶诗派有陈敬容明快深沉兼备的忧怀、郑敏沉思默想的灵性，八十年代朦胧派则有舒婷的浓郁、精美及其兰芳石坚的气质。她们有一个共同特征，即能较敏锐地把握时代现实，表现心灵的情绪感受和人生经验，艺术追求内敛深挚。

有人把陈敬容当成"当年的舒婷",这实在是指她们作为女诗人共有的才情横溢、敏识多愁,在诗坛上卓有风格。她们的创作给人的突出印象是具有坚执傲岸气质的女性英姿,同时不失情感的深长柔韧。以下举一风格相似乃尔的诗例,陈敬容淡淡地素描:"假如你走来,/不说一句话/将你战栗的肩膀/倚靠着白色的墙。""我将从沉思的座椅中/静静地立起,/在书页里寻出来/一朵萎去的花,/插在你的衣襟上。"(《假如你走来》)而舒婷的《赠》这样写道:"你拱着肩,袖着手/怕冷似地/深藏着你的思想/你有没有察觉到/我在你身边的步子/放得多么慢/如果你是火/我愿是炭/想这样安慰你/然而我不敢。"舒婷更有一种坚强的气质,《赠别》这样写道:

> 但愿灯像夜一样亮着吧
>
> 即使冰雪封住了
>
> 每一条道路
>
> 仍有向远方出发的人

陈敬容则召唤:"让我们出发,/在每一个抛弃了黑夜的早晨。"

陈敬容是生世维艰、敏识内省的诗人,她的诗能够复杂地感应并触及时代现实,不寻常地成熟凝练;即景生情,诗思敏捷奇拔,长于超越物象,"虚心而意象环生",因而真挚地刻画了现代知识分子在动乱社会的焦虑和渴望。舒婷也希望"人啊，理解我吧"，理解她在不幸岁月的忧愤，对自由和情谊的期冀，所以她注重发觉自身真切的感受、情绪，透过情感洗练过的意象与细节来构筑一种醇净深谧、丰姿绰约的艺术情景。一般而言，她的诗都有直观的实境可以依循，但其诗思无不是围绕着特定的思想情感运行编结的。这种"理性与感性的情绪"（庞德语）的相互渗合组织，作为艺术手法在朦胧诗人的创作中是不鲜见的。譬如北岛《陌生的海滩》："风帆垂落桅杆，这冬天的树木／带来了意外的春光。"陈敬容的诗作，在整体构思上或是归结、阐发式的结构，如《划分》《冬日黄昏桥上》；或是隔节反复式的情感递进，如《出发》，这些方式的运用在舒婷作品中也是常有的。然而，舒婷的抒情特征更在于创造性地运用转折性修辞，譬如《？。！》："即使我的笛子吹出血来……即使背后是追鞭，面前是危崖……但，你的等待和忠诚／就是我／付出牺牲的代价"等，在转折或对比中使诗情跌宕相激，表现出诗人情感的跃进上升及其强度，增强了震撼人心的艺术感染力。因而，它也更加凸现了诗人坚执的可贵品性，表现出她内心世界的复杂矛盾，对生活、真理的渴念和探求。假如我们细致地诵读，就会发现陈敬容与舒婷的诗艺方式、风格确实在某些方面互通相近。这是由于她们对不同社会的动乱的际逢及感受有着情感上的共鸣。特定时代环境里的诗人应该有着自己的"语感"即抒情方式，以此透视自己的曲折心怀、人生经验。陈、舒的创作就是提供了进行这种比照的探讨的实例。

让我们再来聆听男子汉雄壮的声音。江河是当代青年诗人中强情绪型的代表之一，《纪念碑》《祖国啊，祖国》《从这里开始》都是他的力作，诗中充溢着灼热的情感，深挚的呼唤，强烈的阳刚浩气令人荡气回肠——"我记下了所有的耻辱和不屈 / 不是尸骨，不是勋章似的磨圆了的石头 / 是战士留下的武器，是盐 / 即使在黑暗里也闪着亮光"（《从这里开始》）。江河曾经说："我最大的愿望，是写出史诗。"但这种"史诗"的含义是抒情性的，是对民族文化传统和时代精神风格的高度熔炼和塑造，而不同于一般叙述史诗的概念。他的诗已经初步具备了这一"史诗"追求所需要的宏大气魄、历史意识和刚硬的诗风。江河主要是受到聂鲁达、惠特曼的强烈影响，与九叶诗人相比，在气质上可能不尽一致。但杭约赫的长诗创作如《复活的土地》《火烧的城》，包罗万象的气势、庞大浑整的结构和对时代历史的艺术概括力所显示出的"史诗性"，对新诗史毕竟作出过独到的贡献；江河较之他，虽然鲜有那种鸟瞰式描绘社会面貌的气派和对广阔复杂的场景的罗致，却具备了在艺术处理上的干练，在结构组合上的大跨度和节奏上的奔涌起伏，在内容上的主观性和理性化，在个性气质上则凸现一代人的坚毅品格，因而具有对民族与人民命运的较强的涵括力。如果说穆旦也是一个有着真正男性气的诗人，那么他的强悍不屈的情绪则是内在郁积的，他更多地表现出一种凝重浑厚的形象，刻画出智慧者的痛苦的自觉性。《赞美》倒是独出一格地倾诉了一种沉雄有力的心声：

> 在耻辱里生活的人民，佝偻的人民，
>
> 我要以带血的手和你们一一拥抱。
>
> 因为一个民族已经起来。

　　类似的还有杜运燮的《滇缅公路》，深沉抒写了筑路工人坚韧不拔的勇敢形象。江河的诗较之他们，既在诗风上较为切近，又显示了自己的抒情个性。他的抒情主人公更能从一个断面透视这代青年求索、奋斗的曲折历程，所昭示的人生哲理的思考更耐人寻味；同时，主观"我"与客观"物"相互转换交融成一体（如《纪念碑》），抒情角度的变化造成形象饱满的立体感，加强了诗的力度。在这一点上，《赞美》等诗就缺乏江河诗行组合的特有秩序和节奏，抒情形象也是在隔节反复中得到推进和开掘，显得超绝客观，又较为平面化。

　　北岛诗作所焕发出的男子汉气度也是卓有特色的。他的《回答》以对在劫世界的怀疑和抗争精神震动了诗坛。在他的笔下，主人公"我"往往是仿佛刚从生活的废墟中跟跄地爬出，蓬头垢面地举拳天问；或者是经历了生活磨难，过于沉郁而刚毅的男子汉，在恋人面前他更像"惯于长夜过春时"的长者。这样一种悲剧式的英雄，"像一棵被雷电烧焦的树"（《界限》），但毕竟是棵树，是"只能选择天空，绝不跪在地上"（《宣告》）

的无畏的"挑战者"。这种傲世独立的人格形象在以往新诗中是不多见的，它是历史磨难后加盟文学的又一种典型。在艺术上，北岛的诗洗练集中，富有感性魅力，他"试图把电影蒙太奇的手法引入自己的诗中，造成意象的撞击和迅速转换，激发人们的想象力来填补大幅度跳跃留下的空白"[1]。《陌生的海滩》等就是如此。九叶诗人唐祈的某些诗作也曾运用蒙太奇手法，通过意象的并列组合来多角度地推出"四方绝望"的社会群貌。但北岛的诗则是将寻常的事物景象经诗人的特有眼光洗滤，折映到内心世界的聚焦，因而似乎陌生却又充满了浓厚的象征意味，不啻是一幅幅高调摄影，在读者心中激荡起忆念、遐思和寻味的感情波澜。譬如："落潮／层层叠叠，／在金色的地毯上，／吐下泛着泡沫的夜晚，／松散的缆绳，折断的桨。／渔民们弯着光裸的脊背，／修建着风暴中倒塌的庙堂。"（《陌生的海滩》）可以说，正是这群青年诗人创作完成了新诗现代式抒情的奠基。这是艺术手段，更是艺术思维方式、审美观念的更新。九叶诗派总体上仍然是比较单一性和平面化的叙写、抒情，就一个（组）形象本身能够开掘得相当深厚，但是它们缺乏江河、杨炼及北岛的诗纵横捭阖的气魄，结构上跳跃和变幻的灵巧，诗行组合上分解和扩展的自如，对主体意识的完全确认和对意象的强情绪辐射，使诗的内容更趋于复杂交映，时空感获得了充分增强，

---

[1] 北岛:《关于诗》,《上海文学》,1981 年第 3 期。

在容量上融历史、现实、未来于一体，具有长久的审美价值。这一切正构成了朦胧诗派的艺术特征。

辛笛和顾城在两个诗派中虽非气宇不凡之辈，吹奏出的却仿佛是一曲天籁之音。他们的诗似"小珠落玉盘"，从生活中撷取一片段一情景，化炼成诗，表达出纯净而丰蕴的人生情怀。辛笛有些诗用印象派手法来写，景象明彻动人，如《航》："风帆吻着暗色的水 / 有如黑蝶与白蝶"，还有《印象》《秋天的下午》等。但顾城的《感觉》《弧线》则是更强烈的主观感受的抽象外化，颇为引人注目，"鸟儿在疾风中 / 迅速转向　少年去捡拾 / 一枚分币　葡萄藤因幻想 / 而延伸的触丝　海浪因退缩 / 而耸起的脊背"。类似的作品还有王小妮的《印象二首》等。

三

我们把朦胧诗派和九叶诗派放在一起进行对照和比较，正是为了将前者置于新诗传统长河的一段河床来加以评价和赏鉴，从而更富于历史感地探寻和理解中国新诗艺术的发展。两个诗派在诗艺方式和语言策略上有某些历史关联，不妨就如下三个特点来略加剖析。

1. 主体意识

诗的现代式抒情除了形式结构上的自由跳跃以外，还强烈地表现在抒情形象主题性的增强，这主要是指诗中主观自我对抒情形象本质上的引导和支配，整体地改造外物世界。它与二十世纪艺术思维向人的内心世界突进，强调主观意识对事物把握的独立完足，注重人的本质和个体价值的文化思潮是相适应的。黑格尔说："抒情诗采取主题自我表现作为它的唯一的形式和终极的目的。"[1] 这种特征对诗的内容与形式的冲击是明显的，它使诗更加具有个性深度和主观真挚性，从而加强了诗的抒情性的内在强度以及情感调节的可能。

所谓主体性表现不是郭沫若的天狗式，也不是艾青的《冬天的池沼》；在九叶派诗中，初露端倪者亦为偶见，如"我底身体由白云和花草做成，/我是吹过林木的叹息，早晨底颜色"（穆旦《自然的梦》）也仅是简易的比附，而杜运燮等的咏物抒情诗对外物兼自我的思想开掘倒与之较为切近，不失为它的萌芽。以整体性的面貌出现，则确实是当代诗歌一大成熟的标志。杨炼的《铸》是有代表性的范例："钢水/深红的血液/沸腾着，流入我的胸中。/金黄的花束和星星，/组成一个婴儿最初的笑容……"抒发了新时期人们奋斗、创造的豪迈心声，抒情形象比较集中地完整丰富地将情感收放于一体，使寻常的事物本身熔铸了强烈的主观内容，具有主体性包容的社会意识以及人格层面一定的深广度。

---

[1] ［德］黑格尔：《美学》第 3 卷下册，朱光潜译，商务印书馆，1981，第 99 页。

2. 主体化的加强带来了诗的表现方式的变化

朦胧诗派的作品大都不再采用一般的状物抒情的方法，而是能够将诗人的心绪、情感投注到无生命感受的外界事物中某一"客观相应物"（艾略特语）上，依循着其实体或实境，赋予它以思想的灵魂，诗人借此畅通自身的情感流，读者则着重于体验诗的情绪世界，而不仅是事物本体。典型的诗例有《迷途》（北岛）、《雪白的墙》（梁小斌）、《纪念碑》（江河）、《船》（舒婷）等。可以说是九叶诗派，乃至更以前的现代诗的探求者们开了这类表现方式的先河。为了匡纠新诗存在的说教与感伤的毛病，九叶诗人遵循了诗在"表现上的客观性与间接性"的原则，选用外界的相当事物寄托作者的意志或情思。像杜运燮的《山》《井》、郑敏的《鹰》《树》、陈敬容的《飞鸟》《渡河者》、穆旦的《旗》等，多为咏物抒情诗，较能体现出他们的艺术探求及特色。

朦胧诗派对九叶诗派的发展首先在于，前者在题材范围及方式上有了广阔的开拓，不再止于向外界景物选材，兼之在思想素质上的优良，使朦胧诗派的创作在时代性和社会生活的容量上比前辈诗人要丰富强烈得多，这是无可置疑的；其次，它不像九叶诗派一般运用第三人称加以抒写，而在很大程度上赋予"物"以主体意识，如《纪念碑》，缩短了物我间的时空距离，使外物具有"我"的忠实的主观情感，拓展了它的思想深度，进而让读者在心理上贴近这一血肉丰满的情感实体。另外，值得注意的是，舒婷的某些诗作较为相近于九叶诗派提出的"诗的戏剧化"，即给读者以一种经验感觉现时发生式的戏剧呈现，使诗现实与象征的融合在审美观照中具有透视感和层面感。譬如《枫叶》《往事二三》，以及她的戏剧素描式的诗，以情景的移换变幻来推进情感经验的发展、转折与上升，在一定意义上是对九叶派诗这种探求的承续和发扬。

3. 运用现代语言技巧的尝试

有评论者认为朦胧诗派语言结构上出现的奇特修饰，如"被雾打湿了的，沉重的早晨"，"像天空，像酒，酣畅地敞开胸襟"这样的不谐和修饰和虚实间的反传统搭配的大量出现，是八十年代的事。[1]这种说法或许是不够确切的，在现代诗的艺术水准有了普遍提高的九叶诗派中，出现类似的语词组合，早已不属鲜见了。他们的抽象观念（词）与具体形象（词）嵌合的手法受之于现代派诗，早已运用得比较纯熟，如"镣铐响起了我们的孤寂"、"太阳染给我刹那的年青"、"列车轧在中国的肋骨上／一节一节接着社会问题"等。不过，朦胧诗人较其前辈运用得更活泼丰富，语句结构上有所扩展。

对这类所谓欧化成分，我们应该更注重于它为锤炼新诗语

---

[1]　徐敬亚：《诗，升起了新的美》，《诗探索》1982 年第 2 期。

言作出的贡献。从中国现代诗发展的传统来看，它不尽等同于臧克家、艾青等诗人凝练字句的创造性实践，而是在他们缘物求真、拓展情境的基础上，力反事物寻常的逻辑，企图寻求某种新鲜怪异的诗情关联，采取"奇特的观念联络"，以内敛凝却情感，加曲加深诗思，更真切地凸现错综复杂的精神世界。因此，才会产生现代派等的主观飞跃、时空递变的诗，出现卞之琳的《距离的组织》，辛笛"岁暮天寒"的光色氛围，穆旦《森林之魅》般的诗剧场景的变换；在舒婷等这辈诗人的部分创作中，似可认为也有类似的不自觉的追求，玉成了他们在诗风特色上的情境皴染、情感错落、视角变换等抒情"解数"。据此再来作语言的微观分析，就不难认识到两个诗派运用的语言技巧和手段，无不是一种使意象具备知性的深度和韧性，在字词之间支持开张力，使新诗语言更加凝练坚密的艰苦努力。

从九叶诗派到朦胧诗派，经历了一个伴随新时代的君临而来的文学观念、理论主张及创作倾向的急剧变化，新诗艺术走上了殊为曲折多难，乃至濒临绝境的道路，继而走向了在新时期的曙色中披荆斩棘、奋力崛起的漫漫路程。但朦胧诗派的创作在一定程度上实践了两个曾经互相冲突的历史责任：不但使新诗在审美观念、思维方式以及创作实绩上有了很大的突破，迈向世界现代诗歌发展的共同方向，而且要使新诗植根于民族文化传统的土壤，体现出强烈的时代精神与现实追求，日益深入到人民的心灵世界中去。这样，朦胧诗派实质上接续与汇合了新诗发展的两种传统，较好地完成了这样一种势必承担的历史性使命。当它逐渐沉寂下去的时候，或许正是一种更卓越地实践新诗历史责任的诗潮酝酿之际。文本粗疏失当的比较分析，仅是对中国新诗艺术发展的一斑之窥。

解构：都市文化的黑色精灵
——评林燿德的诗

读罢林燿德的主要作品，我无可怀疑地发现林燿德本身已成为台湾八十年代都市文化培育的一个富有奇迹感的精神现象。

林燿德是八十年代都市文学的倡导者和实践者，可以视为台湾最具有发展性和冲击力的年轻作家，在散文、小说、评论尤其是现代诗的写作上有着出色的表现。我所读到的诗集就有《银碗盛雪》（洪范书店版）、《都市终端机》（书林出版公司版）、《你不了解我的哀愁是怎样一回事》（光复书局版）三种。他的诗气度恢宏，视界辽阔，以奇诡的心灵幻想、异色的情爱心理、变幻的都市图景、严酷的国际政治，交汇成当代社会五光十色的文化景观。尽管我与林燿德年岁相仿，但碍于各自社会文化之间的巨大差异，以我匆促的浏览，毕竟难以深探其作品的玄奥。本文兴许真可能应了痖弦先生的话，"率尔操觚，强作解人"，以致多有差池，令人愧然。

无论如何，将林燿德喻为"现代都市文化的黑色精灵"显然还是比较妥帖的。对其诗作的评析，我无疑也会基于这样的文化思考背景来展开。

一

　　林燿德的诗里总是回荡着一份不安与焦灼。大至历史的宏伟场景，小至私我的生活感受，都受着这种深层情绪的支配。对战争的恐惧的阴影盘踞在内心，与用性爱方式加以排除的企图结合在一起，就构成了这首《上邪注》中的《山无棱江水为竭》。而事实上，作为现代人心灵上的那份不安与焦灼在某种生命悖论的动荡不止中，将永远不得终结——

> 在无数人类同时努力做爱的子夜
> 　　　再度　它悄悄降临
> 今年的第一枚核弹
> 　　　也是我们所知道的最后一枚
> 　　　是时　我们正坐望满月
> 　　　却等待到一颗太阳
> 　　　在愤怒的大地上
> 　　　霎时目盲的你我
> 　　　　　依旧知觉
> 　　　山脉　沦陷

　　　　　江水　逸散
　　　　犹如我们做爱后
　　　　一片空白的满足

　　现代都市社会过于繁杂的变化兴替，与现代人偏于敏感的
智性思考的复合，导致了这种不安心态的产生。复杂的现实世
界从来给人难以认知、把握的茫然与疲惫，感受的哀绝和判断
的失衡绝非是价值失范的精神后果，唯有挣脱了二元对立的传
统思维与语言模式，我们方可能从中体会到诗人的一种后现代
性情感。同时，林燿德作为现代社会的青年分子，又天然地产
生着对稳定平静的渴望，青春的躁动本性与现实威胁感之间的
冲突，所谓核战争恐惧实质上可以说是作为一种具体化了的态
度而存在的，或者说是一种不安的能指。尽管林燿德也一直做
着拒斥现实的痛苦努力，但某种不稳定心态似乎已无法消弭，
这必然地衍生出他诗中的奇诡的意象幻觉与冷峻入里的骨相。
　　林燿德所倡导的都市文学的概念，事实上涵括资讯发达的
现代社会整体的生活情态，显示着一种体现出多元性、复杂性
和多变性的广义的都市精神。当然，诗人面对纷繁的都市现象
的思考也是十分复杂的，他是一个介入都市文明的批判者和讽
刺者。从林燿德在新近一本散文集《一座城市的身世》（时报文
化公司出版）富有个性的精细描状中，我们也多少可以领略他
的"令人兴奋，也令人心悸"（痖弦语）的都市感受——

"我有些儿茫然，而且被什么东西蹑追不舍的感觉再度强烈地浮现……"(《幻戏记》)"一种缺乏稳定性和安全感的安谧和宁静"，"孤寂是都市人共通的命运……"(《靓容》)"人在都市，就像是驶载着螺壳的蜗牛，在长满了符号、象征、暗示、密码和图腾的草原上，拉开一道继继绳绳的蜗篆，缠错成一幅以虚无感为笔触的抽象画面。"(《幻》)"都市啊，交织着文明和无明，交杂着希望和失望，交融着理性和谬性……"(《靓容》)"摆脱千年来的隐遁和怀旧心态，而昂然抬头，以人的自觉与都市化的思考，去前瞻和关切未来。"(《都市中的诗人》)

当然，在他的诗中，某种以疲惫性焦虑和无名状恐惧为特征的都市意态有更好的表现，此不赘述。我只是愿意指出我所注意到的现象，即在林燿德的诗行里，"黑色"意象的反复出现使之已成为令人咀味、引发联觉的一种情感底色。不妨援引诗例，如《悲怆说》中的《白银纪元》一节：

悲怆　沉淀在银色都市的表层

银色的建筑银色的塔银色的悲怆

我们看到的白银纪元

是一朵不断绽放不断

张开的

黑色的昙花

再看一首《昙花学说——一九九九年九月》

劫余者都必须培养一朵昙花

黑色而且唯美

昙花不是虚无

黑色是比爱比恨都要强盛的势力

　　因为昙花不断绽开

　　因为黑色不停吞噬

　　所谓黑色的昙花乃是作为核战象征的蘑菇云的比喻，它既隐示了诗人的一种核战恐惧，又顽强标示出诗人的一种复杂的批判性情感。黑色是与银白色（都市时代的表征）相斥的颜色，它是放逐抒情和明快的，显现出冷漠、静肃、沉重的色彩，超越了两极化的情感，给人清醒、超离甚至冷酷的审视感，同时，在某种寂灭感中包含恐惧的不安。这一切正是林燿德的诗提供给我们的一种消解性的"黑色情境"的心理学蕴涵。它体现了八十年代诗人的一种理性素质和社会批判态度，甚至可以说，林燿德本身就是一台"冷静的电脑"，"带着丧失电源的记忆体 / 成为一部断线的终端机 / 任所有的资料和符号 / 如一组溃散的星系 / 不断 / 撞击 / 爆炸"（《终端机》），"终端机"是充满现代智慧的个体化象征。

二

　　林燿德在诗集《你不了解我的哀愁是怎样一回事》的扉页题下的——"献给／跨越语言也被语言跨越的世代"，与他的诗中始终弥散着的解构情调是紧密相关的。或许只有从这一后现代思维框架着眼，才有助于我们真正认识和理解林燿德。尽管在某种程度上他企图进行的还仅是观念的实践，而现实本身并未真正抵达后工业文明时代。我所认为的作为都市文化一个富有奇迹感的精神现象的林燿德，同样包含了其文化意识的某种敏感力与趋前性、艺术情态的某种深度隐涵与平面形式相互错杂的意蕴在内。这一点对于我们评断目下的先锋小说与诗歌同样具有启迪。

　　对林燿德来说，所谓解构情调的发生原由，当然是来自诗人的"不安的能指"的动荡不定，他未有也无法真正握有存在之端，因而导向了对确定性的虚幻感。譬如《蚵女写真——报道摄影实例示范》：

　　　　每一次台风扑袭

　　　　她用绵绵的胸脯死硬护守

　　　　飘摇剥离的蚵架

　　　　　（我替她在面颊抹一把泥

　　　　　　以至于保持住自然的神色）

每一次台风扑袭

狂风卷走了人间的一切温暖

冲走蚵仔

却冲不走腥味

分不清，泪和雨

（请侧头哭泣，社会大众才有同情）

　　括弧里的话作为反衬，构成了对所谓报道摄影的写真性的强烈质疑与讽刺。显然，这是诗人形式意识过于强烈的解构方式，其结构化的颠覆意味还未进入更深的精神层面，但我们无法否定它的怀疑精神。

　　我们也不必怀疑，林燿德的解构情调乃是与发生"真实"危机与"意义"失落的现代人文思想背景联系在一起的。随着传统的人文信念发生认识论的危机而解体，人们不再相信所谓历史的真实性与因果论，认为任何解释和理解都不可能重现原来的意蕴，都是虚幻的、不可靠的语言叙述。按照雅克·德里达的观点，意义是无始无终的符号游戏的副产品，它是某种悬浮的、延迟的东西，无法被轻易地确定。而任何超越的意义（所指）譬如上帝、自由、理念体系，也都是虚构的，是语言能指的运动结果，当它被其他意义趋求而成为起源或目标时，就形成了某种目的论的线性发展的秩序，某种完整而封闭的意义等级系统，而这正是所谓意识形态幻觉的肇始，也是解构批评的着眼点。通常认为，文学作品（包括诗）产生的快乐，就是一种认识的快乐，是一种自我认识或认识对于人类处境的真实描述。那么，我们将作品放在这样的人文背景上来阅读也应当被看作是具有开阔视界的自由游戏。

作为意识形态的基本认识方式，二元对立的思维与语言模式习惯于在可接受的和不可接受的事物之间进行严格划分，仿佛二者唯有相斥而不可调和，譬如善/恶、神/魔、真/伪等。一旦产生了二元论的形而上学观念，就会有永远无法解决的矛盾，在人的价值认证和判断中顽强地发生作用。解构正是对这种二元对立组的拆散，从本文意义上证明二者的相互颠覆性和可相对性，体现出某种自由怀疑主义态度。可以发现，"解构"所要破坏的正是传统信念与价值尺度的神圣性，以建立起人类新的自我认识。

林燿德作为一个当代都市诗人，他的诗发散的解构情调无疑可以视为某种智慧快乐的洋溢，鲜明地体现出透彻的思辨力和人文眼光。更使人赞叹的是，他的诗往往气魄宏大，结构谨严，想象奇特，辞采靡丽，巨制佳篇为数颇多。譬如这首长达三百行的《木星早晨》，就是描述欧洲神话中主神奥丁用眼睛换取智慧泉水的典故，配以木星"大赤斑"的科学现象，充分展现了神魔决战的夺人景象。正像有评论指出的，它表明，神魔作为两股对抗力量，胜者为神，败者成魔，交战反复进行，不断进行正反合，其实二者一体同源，这种宿命根源于人性的矛盾。林燿德还有一首《灵魂的分子结构式》，以上帝与撒旦（汉字）同体的思想，十字架图形一样显示了质疑传统信念的神魔同体，这可以看作是对二元对立思维模式的打破，从相互寄生的角度消解了神魔二者的绝对对立，使传统观念模式从发生到颠倒，陷入困境，到彻底瓦解。尽管这种反讽意味令人感到残酷，但它确实从历史想象与语言幻觉两个层面，有力地揭露了这类二元对立模式维系的人文信念的虚幻性。

写于 1984 年的《线性思考计划书》被称为台湾后现代主义的宣言诗之一。在我看来，它同样也是林燿德的"不安的能指"的移位投射。以下是《语言学的看法》一节——

> 不可述说者　　　　　被诗的语言紧紧包扎
>
> 可述说者　　　　　　被诗的语言狠狠砍杀
>
> 分析学派与禅宗也不得不提起语言的假面
>
> 他们用语言揭去一层层语言的花瓣与假面
>
> 仍然无法洞穿　　　　自己脸上的假面
>
> 包括形而上学与巫术也是后于语言的存在
>
> 抽象的语言思考与可听闻的语言发音它们
>
> 脱离了人类而形成一个超越生命的真主宰
>
> 回过头来　　成为证明人类存在的唯一根源
>
> 人类把持着语言假面的说法　　　其实
>
> 乃是语言统治文明的真相　　　　一再

模拟现实世界的语言已经跃为文明的上帝

诗是上帝　　　　　　　　除了哭泣

诗是上帝　　　　　　　　除了做爱

　　或许它同"跨越语言也被语言跨越的世代"这句话是相通的，语言成为了主宰，成为了中心，却无法永远固定其位置，反复循环而无终止。事实上，世间的其他事物亦复如此，都处在无始无终的反复运动中，动荡不定，企图成为超越的存在只能是一种幻觉。既然如此，一切便都是不可靠的、虚幻的和不可把握的，不可能真正拥有某种存在，这种现代状况可以概括为：无中心性和非确定性。

　　所谓解构情调，在情绪层面上，用特雷·伊格尔顿的话来说，正是"兴奋与幻灭、解放与纵情、狂欢与灾难"变幻交织的混合产物。解构立场的产生当然源自某种特定的现实政治的失败与幻灭，但它同样包括了对现实生存状态的无中心性和非确定性的哲学确认。既然由超越的所指所支撑的作为整体的信念体系被认为是虚幻的而可以消解，那么人们势必陷入无中心对象的零散化和非连续状况，无须整体地介入现实，更无须同所谓作为整体的系统发生对抗或发生挑战。在我看来，林燿德面临的正是与此相似的文明状况。尽管林燿德诗的解构情调，也是带有某种观念性的个体运思，但它们作为对传统人文信念和思维规范的神圣性的一种彻底放弃与亵渎，其渗透着的智性思考又足以使人兴奋。

　　无法回避的事实是，解构情调具有的破坏性，既针对对象，又指向自身。这成为了一个规则。也许正因此，林燿德诗中"不安的能指"的解除才被注定为无望，无法真正拥有并明确肯定什么，当然就无法摆脱无始无终的循环反复，以虚幻的性爱方式来排解，也只能带来更大的无奈，导致更强烈的无定感和虚幻感。向人自身宣布某种存在信念的虚幻性，不啻是一种莫大的冷酷。林燿德诗的放逐抒情的黑色情境，正是向人们揭示了一种企望的虚无。这是一种生长于现代人内心的宿命的悲哀，谁又能了解"我的哀愁是怎样一回事"？

三

　　林燿德作为当代都市诗人表现的后现代性情感，主要集中展示在都市和战争两类题材的作品中，但以描写都市景观及生存心态的诗而言，已不再是一般地表现异化主体的压抑、焦虑、孤独、绝望的情绪，而更多地趋近冷漠、虚无的色彩，理智而淡漠。譬如《一或零》："在这个数字至上的时代／除了 IC 缺货我们终将对一切真实无动于衷"。而茫然无奈状则如《都市·一九八四》："真的我不再抱怨什么／不再批判什么／只是稍稍厌倦罢了"。他的《七〇年代》这样写道：

我们的爱

既不属于个人

也不属于群众

那是自生命的悲悯中抽离出来

以慈祥的姿态向人群掷去

又被世人以愤怒掷回的石块

　　倘若我们的爱只是这样的石块，我们于时代社会还能有更大的企图吗？自然，这首诗隐含的讽嘲意味冷谑地消解了我们爱的企望。后现代情感作为两极化的情绪态度的消解和融化，是一种混合和超离的产物，甚至在形式上使对立的要素并置拼接，进行有意味的组合。林燿德的精心实验同样贯彻了某种解构态度。林燿德有关都市状态这路诗包括《暴走族》《断指手套》等，虽然没有十分出色的表现，但部分作品，譬如《报导诗学》《不明物体丛考》两辑着眼于未来后现代文明状况，通过艺术形式的探索展示了新的面目。

　　对林燿德来说，他诗中那份不安心态的主能指就是核战恐惧。战争于林燿德是超经验的事件，而不是现实的威胁，他这代人对战争几乎不可能有直接的印象，但即使在某些非现实情境的诗作里，林燿德的这种指涉仍然显得强烈，甚至在科幻性诗作中，作了大胆而奇诡的丰富想象，堪称卓然。林燿德的这种敏感及其想象经验除了早慧的原因以外，更主要的是由现代社会的资讯发达所带来的，也是现代社会个体生存的深层的危机感的具化反映。林燿德曾经说过："人类的文明，就像是冻结在琥珀中的甲虫，终究要败坏在一次无可挽救的劫火之下吗？踏着火光走出来的人类文明，会不会消失在火光之中呢？"在这里，林燿德的这份不安已成为对人类文明的超个体的忧患了，他的《世界大战》中形容核战的"光／更强的光"，就是对战争恶果的简洁、强烈而有力的控诉。林燿德笔下能够显示当代国际政治风云的舒卷变幻，写出《马可仕头像》《艾奎诺现象》《柯尼印象》《一个锡克族卫士的自白》《日蚀》等诗，同样足以体现他开阔的全球性视界，纵横捭阖的气魄以及作为当代诗人难得的阅历与个性。

与核战恐惧阴影相交错的，是林燿德诗针砭深彻的反战思考。他的《战后》里有这样的诗句：

> 失去战争
> 我也沦丧一切
> 卸下戎装
> 我开始痛恨和平

这首诗令我想起四十年代九叶诗人杜运燮的名作《追物价的人》，同样采用反讽手法，表面上加以颂扬，实质上却是以此揭露和嘲弄事物的荒诞性与阴暗面，效果尤其强烈。然而，林燿德的诗却还更深地隐示了类似他的《木星早晨》表达的思想，战争与和平并非绝对对立，而是相互依存的，它们循环反复，没有终止，根源同样在于人性阴暗的矛盾。这又是人类一种悲哀的宿命，因为和平作为某种人文信念已被证明了它的失去神圣的虚幻性，如图《薪传》一诗所显示的，人类家族的本质最终只能统归于"人类的哭泣"，或者如《空白》一诗所指出的，"历史依旧历史／依旧蒙着面纱除去一层还有一层／最后一层的后面／一片空白"。这种深刻的解构冷酷地揭露了人类家族的游戏本性，而其所谓游戏本性本身就是一种破坏性的解构操作。林燿德所扮演的正是作为媒体的人类文化的黑色精灵，他是裁决历史，还是预言未来？他是试图消解文明，还是揭示自身虚妄？

我们是否能走出解构的宿命的魔圈呢？

四

林燿德的诗一直流溢着诡谲与歧义，盛满语言之雪的银碗。也许，我们每每只能发现它某一侧面的灿烂与奇诡。

然而，唯有林燿德不断继续他的创造，他的诗才会永远拥有一种奇迹感。这也是我对林燿德的真诚祝愿。

寻找新大陆
——《金牧场》的品格描述

当我们的身心浸润进张承志的《金牧场》那充满着生命光色的浓烈氛围时，就无法不感受到一个同命运共振的灵魂的澎湃激情，从而使得生活于现实中，那许多游弋无定、渴求自由的智慧心灵获得自如的舒放。

人们曾经这样生活过。当这一群年轻伙伴踏上漫漫的红军路进行艰难行军的时候，尽管他们或许仅仅是为着某种简单而神圣的意愿，却仍然具有一种打动人心的追求的力量。"长征"归于失败的同时，也预兆了前行不息的奋斗者品格正悄然诞育。人生中常常有许多富于启示性的时刻，它霎时间启悟了个体自身的精神内省。奔趋阿勒坦·努特格——牧场的大迁徙便是如此。他们乃是出于对内心渴望和需要的响应，以坚执的寻求作为生活的支撑，找寻着神交真理的辉煌遇合。这已成为神圣的责任，注定了一种与苦难、彷徨和软弱搏争的生命基调，贯穿于整部作品中，即便是在当今的现实背景中，主人公身处异国，他也被这种信念顽强地支配着，艰苦地诠释《黄金牧地》——一个人生探求的同构意象。《金牧场》以如此蓬勃有力的生命回响，凝聚成一代人的精英风貌，它回荡着他们从过去获得的感悟和信仰，更把寻求的眼光再次投向未来。

这一明显带有自传性的作品，其意义显然不至于个体的精神成长史，也不仅为了描状历史中的理想主义风采。

因此，我们可以说，能够勾连《金牧场》三大叙述板块及其内在精神的，正是它不断转换凸现的人生理想探寻的结构性母题。

一

继展现生命的喧嚣与奋斗的《北方的河》以后，他的晚近作品大都呈示给人们以"一派厚实的宁静"的景象。直到《金牧场》的推出，才以富有凝重历史涵容的人生全景观的壮烈面貌出现。

曾几何时，他笔下那些面目相差无几的人物总仿佛心里揣着沉重的虑念，在毫无缤纷色彩的艰困生活，甚至是某种宗教氛围中渴求着一种无形乃至无名的"不可表达之物"，作为自身的内心需求和精神依托。尽管《金牧场》的意义架构并未显得如此纯粹，却依然是与作者一贯的人生欲求与哲学沉思相契合的。显然，它的意义在于把人生自我的成长过程本身认作一种

寻找，一种理想价值的**探寻**。这也许是张承志这代人从来无法背弃的精神内核。

让我们以同样赤诚的心相濡于长在红旗下的这代人的热情。当整个民族正为一个非常转折所痛苦困惑时，那些年轻纯真的学生对于历史人生的深博内涵仍旧处在近于懵懂的状态。在他们看来，"革命""真理"这些字眼，似乎与相距悠远然而至今被人传颂的万里长征和红军战士的形象更为贴近。选择原来的长征路线去作探险，遍历峻岭，身经险隘，对于容易冲动而又敢于开拓的年轻心灵来说，这不啻是他们朦胧的精神渴念的实现形式的满足。只有当这段传奇成为历史，当这种如火如荼却又显得宝贵的热情冲动沉寂下去的时候，我们才有可能感到一阵缥缈迷茫，对这实现形式的合目的性与否产生出疑惑和诘问。

年轻伙伴的"长征"标志着其前成熟期的即将结束，正待步入良莠杂生的真实的人生长廊。

他们头戴八角帽，脚蹬草鞋，走栈道，过峡谷，居然真的闯过了雪山和草地。在壁立的石崖上那斑驳剥落的字迹面前，在腊子口天险散步沉吟，他们仿佛觉得返入了历史，忘弃了自身，掩饰不住内心的一阵激动。同曾参加过当年长征而近流落的黑络腮胡子并肩行路，更使他们如镂如刻地感受到革命的深重的悲壮。他们企图显示自己，证明自己，挺起稚嫩的胸膛，油然升腾起对历史中的英雄的景仰和情感的认同。这中间隐潜着一种少年的纯情的神往，一种勇于披荆斩棘的追求的意志，显示出良好的精神素质。在人们回首往事的时候，这不足载传的故事却袒露了少年的真诚和浪漫情愫。

带着这样的情感及其成熟程度，"我"去应对风云多变的现实和自身的遭际，它使个体的心灵变得日益丰富、多思，并且坚强起来。

他曾经风餐露宿，体味过跋涉攀援的艰辛，也为了某种热情的愿望疲于奔波。他发现了生活中善良的人心，更力图透过跃动的表象去察查历史与现实的真实本相。出狱的那天，他受到忠诚的小毛的迎候，顿时觉得这蓝空是多么广阔耀眼，似乎真正知道了自由的滋味。很难说其中未夹杂着某种稚气，却又毕竟平添了一份几遭磨砺的沉重与悲凉，使人联想到北岛的《雨夜》。或许，同伴大海的毅然奔赴越南，以及最后牺牲于战场，正像当年许多轰轰烈烈的献身行为一样，更能够冲击我们久已漠然的心灵的自我卫护。尽管他是那场历史灾劫的狂热中血性方刚的勇士，但其本身却体现了对于某种理念信念、价值的执拗。这曾为许多人所渴望。在今天看来，个体终究难以脱逸历史背景的笼盖，他唯有以自身的搏动来显示其被局限了的人生选择，为价值实现的可能性提供一种释义。"其实你知道一切，但是你就是那样的人，你不会回避。"当我们今天能够清醒而自觉地审视过去时，无疑为重新理解生活开辟了新的认识层面。

可是，理想毕竟不能替代生活的一切。在长征途中，他们遇见了大批红军流落人员，了解了在不可扭转的历史力量背面的痛苦史实。历史时常以恶的形式趋前，那些残忍凶恶甚至可能潜伏在我们的肉体里而令人不安。"文革"武斗曾以凶猛的冲突展开，不堪回首；而"四五"天安门事件却是因粗野的形态而撕下了历史的旧页。他开始对革命运动、人民和历史诸种抽象范畴陷入了踌躇的深思。倘若说以前他会以具态的内容与形式去框定他们，那么，如今他已深深懂得了历史和社会运动的复杂性与非常性，但从情感上无法作出恰当的评判。人们接受了宽容与理解的尺度，他本身作为历史的参与者也必然会从中凝聚起主体的真知与睿智。

他为一种内心的神奇召唤所震动，所策励。这召唤来自血脉里魔性的催动。他满怀着希望，还有热烈的活力，将不畏艰苦地奔向边地。也许他还没有完全成熟，但他的胸中有一股不可阻遏的自由冲荡的神力正呼唤着。只有在那里，他才获得了个体价值的自我肯定，并且催醒了理想的深层的梦魇；也唯其如此，他才可能在更广阔的意义上实现自我，承担责任，与人民和历史的发展意向相互吻合。

青春祭典的壮丽终结，正意味着他在精神成长上的趋于成熟……

二

现在，他来到了曾经那样心神向往的浩瀚草原。

在他的梦境里，只有人和骏马的神秘交流，只有他成为一个彪悍英武的骑手而涌出的狂喜之情。这是个人对美丽青春的外化的凝神观照，更是对生命力量的象征形态的欣然陶醉。于是，当小遢在悠扬起伏的牧歌伴奏中，忘我地纵情狂舞，而激发起群马疯魔般奔驰的壮观景象时，他再也不能抑制住内心高涨的情焰。马群围着小遢绕成一个巨大的圆阵奔驰着，小遢在中央欢乐舞蹈。这青春祭典的瑰丽景观本身，标志着他完成了一个庄严的蜕变，获得了自由灵性的涅槃再生。他将像草原的骏马一样激烈不屈，像木轮的勒勒车一样怀着渴望，从此去经历苦难，忍受磨砺，寻求一个梦中辉煌的抵达——阿勒坦·努特格。

他接受了额吉的赐名"吐木勒"（铁），深沉地产生出对慈母的眷眷之情，也就无法阻隔与阿勒坦·努特格的心灵感应。环抱着的沉默草原的注视，似乎也是一种精神暗示。它和冥冥之中命运之手的悄然推助一样，暗暗指示了一种人生的命运轨迹，教人无可逃脱。平和安稳的生活并不能消弭人的心灵中的躁动不宁，一种精神焦渴势必胀逸出庸常无奇的生存境遇，这使我们不能不想起《晚潮》。

大迁场即将开始，人们忐忑不安，额吉也在焦灼地等待着颠簸动荡的迁徙生活。在她的记忆里，阿勒坦·努特格从无兵灾匪难，风吹草低，一派青绿，是个美好的地方。作为生育自己的家乡，它多少被蒙上了一层理想色彩，成为一个"黄泥小屋"般的念想。

事实上，以类的意义而言，它也成为了人的精神家园的象征。阿勒坦·努特格，原意为金营盘，金黄的旧宿地，或者是神的家乡。显然，回返故里，正体现了人们寻找家园的内在渴求。本来，寻找精神的归宿与当代物质生活的富足奢靡是相对立的，精神空虚导致了人们对带宗教意味的慰藉的渴寻。它反映了处于社会精神敏感层次的人们的心灵异变，在新时代的降临中，面对旧的价值观念溃决的彷徨无依。而从某种意义上说，精神还乡这一本世纪文化的重要母题，正能够由此实现它的形式冲动。这种形而上的意味给《金牧场》的读解带来了愉悦。

确实，人生世间更多地充满着的是艰辛与痛苦，生命的跋涉可能永无休止，甚至得不到及时的愿望满足。人们常常这样说，人生的价值与意义在于它的追求的运动过程中。倘使不把有限的现实欲求作为目标进取，并且易于脱离世俗羁缚的话，那么，他将完全有可能去探寻一个更为高远雄浑的人生境界。当他明晰地意识到人生艰难的根本性，而人生的辉煌与欢欣仅仅是一个"美丽的瞬间"短暂易逝，他对生命的理解就明显地注入了清醒的现实感，以至流溢出一种虚幻与失败的情绪。它确凿无疑地告示着，在生命的旅程中，那些不断命处危难身心不力的追求者，最终将成为理想的殉物，失去对一片美丽的梦幻的把捉。

但是，正因为这块圣地的难以企及，这一瞬间的无可把捉，人们才会背弃这种念想的撑持。由于这团内心的光焰的照耀，找寻方始成为人生的永恒努力。

这显然是因为他不再把受难当作对自身的惩罚，而认为是一种命定的限制。"命里的苦难若是来了，又有谁能躲得开。"在现实人生里，理想与失败，痛苦与欢欣，追寻与放弃，焦渴与虚妄，不断地发生撞击，构成个体的永难消歇的生存烦恼。在这种意义上，成为理想的殉物的生命运动本身也包含着困兽犹斗的积极的基因。

奔赴阿勒坦·努特格的漫长行程，正是体现人的精神探寻的外化形式。它为独到的生命理解的悲壮感悟提供了现象还原的契机。

严冬里，向着阿勒坦·努特格叶落归根的长途迁徙开始了。结果，他们并未到达目的地，而是借居召·淖尔，在马背上颠簸了两年。他们忘了前方的目标，只是依稀记得有个地方叫阿勒坦·努特格。这或可看作一种象征，探寻的中断使他们经历了艰困的底层生活，有可能蓄积起更为顽健的生存力量。它来自于晃动着银发的老额吉深挚的抚爱，来自于知青伙伴相互的复杂纠葛中的真诚情谊，来自于小遐和"我"的爱情所激迸出的青春的迷人。它启导了人们心灵深处的记忆之川，甚至连那些渴望飘荡无定的自由灵魂也无法忘弃。这显示了在超越世俗意义之外，日常人际生活的质朴感人的诗意光辉。

然而，生活总有现实的严峻的一面。那些无法躲避的灾难正在袭来，而探寻就意味着面向困难与阻抗的迎击。这不仅是指涉生存境遇的具态的约束，更主要的是昭示了人类力图征服自然战胜自身的自限制性。离开召·淖尔后，迁徙途中令人恐怖的雪灾和白毛风的威胁，既向牧人们展示了大自然的严酷面目，又仿佛是命里注定的桎梏，击垮了人们固有的自信、勇气和坚韧。尽管我们可以承认现实失败的可能性，但对于人生苦难的理解与认同显然不应当笼罩上宿命论的阴影。生命企盼的实现必须走过漫长的路程，一种扎入心底的渴望才将会如镂似刻，绵延不绝。这构成了生命的真正本质，它在一种命定里显示了个体的痛苦超越。这一超越的实现体现在生活抉择的差异中。它透示出生命的某种执着状态，一个人生勇士的成熟的独立性。

勒勒车队还在雪原上默默地行驶着，挣扎着，与充满杀气的白色雪灾相抵抗。而雪灾的残狠、粮草的匮乏，已使人们再无法坚持下去了。迁徙意味着逃亡。于是，戈切的叛逃，徐莎莎的出现，越男的人生，还有达不苏、李小蔡的潦倒，就呈现了多样的选择和归属，体现着生活实际的复杂情状。为风雪冻伤了的小遐选择去文工团，决定了"我"与她相爱一场的分离，那痛苦的离情在"永远记着"的应允声里，闪出静流则深的光泽。也许，这一分离并非出自于他们生活观念上的歧异，而只是意味着他们各自都想找寻一种依靠。他曾经迷醉于小遐身上的青春活力与娇美，把她当作灵性的化身；而今在她抓住某种

"实有"的同时，他则完全将自己的生命移注进尚未成功的某种企望中。

"我"满怀诚挚地与额吉共同着命运。额吉就这样在草原上颠簸了一生，对生活的不可摧毁的信念竟使她瘫痪多年后重新站立起来，顶着雪灾率领车队迁场。奇迹背后暗含了一种历史和前人衍生的极强的生命力。他是在和当年的额吉同岁时走向同一个阿勒坦·努特格的，这时光上的轮转巡回可能不仅象征着庄严接受母性力量的哺育，而且昭示了作者反复宣示的历史的链式结构的接续性。个体的苦斗将在群体的耦合上显示出成效，它瞩目的是一种未来的光辉。此时，我们仿佛感到，有一股深厚的热流正缓缓流经自己的血脉，这使人的胸襟不禁为之阔大。

阿勒坦·努特格终究没有能够达到，这是一块梦幻中的理想土地。而对他来说，唯有在这探寻的路途上独来独往，才是真正的欢乐，哪怕仅是人心中的幻象。那一片美好未及把捉，于是我们也将追逐着一次次启程。

确实，"只怕拚尽残生也走不到头，所以，也许真的需要一种宗教的热情"（张承志语）。阿勒坦·努特格的永难到达，或许预兆着未来的探寻的艰难。它将转换为新的人生形态来继续找寻精神家园。而他当年在翻过了天山大阪以后的矛盾心态的那段内心独白，又能否说已表现出对现实追求的具体化与确定性的反叛意向？

三

人们共同拥有着一个世界，而这世界在每个人的心目中又折射出千姿百态的奇幻光晕，它构成了主体精神的强烈外化与接纳。

他渴望了解一个新世界，带着兴奋不安的心情来到日本。当这一曾经幻想过的目标达到的时候，他确实涌起了快乐又新鲜的感受。也许又有一个宿命的神正在那里暗暗凝视着他，他无法遏制自己的意欲冲动。尽管入夜的都市依旧喧嚣不息，车流灯河、大街橱窗在尽情招展着奢华艳靡，闪烁出强烈的物质诱惑力，可是，这一切却难以冲垮他对日本大陆固念的精神访问，他决不会沉醉不返。与《北方的河》不尽相同的是，他不再以在生活的现实境遇中疲惫奔波，同自己对北方大河的精神遨游衬成对峙性的意蕴反差，而是力求从这一光怪陆离的异国世界中兑现自身的心灵探求，发现被湮没了的光辉。那样，他将再度完成一种创造性的深刻遇合。

这种精神的遇合是通过心灵与心灵的碰撞感应来实现的，它的本体意义依然出自于对一个理想圣地的执着找寻。同时，它也被赋予了某种并进的现实行为方式——中亚古代文献《黄金牧地》的诠释，这使本族在与异族、历史与现实、人类理想与宗教皈依在时空与结构质的明显差异中，却达到了内在精神的遥相照应。

"世人都说尘世痛苦，世人都说在大雪冰的彼岸有天国。"《黄金牧地》的开篇手句不仅道出了一种宗教信义，也寄寓了人们对生命幸福的渴念。勇士们翻过了大雪冰，又穿越一片不毛之地，最后仅剩下了两个人；他们再不愿看这世界，蒙上眼睛在黑暗中前进，涉过血河，竭尽全力奔向渺渺之中瑰美的黄金牧地。踏上最后的旅途之前，青年勇士已是伤痕累累，又刺瞎了自己的双目，但他的内心却看见了一片金霞闪耀的前景。这种令人震颤的自我残害，作为宗教献身的举动，难道不正是为了响应心中天国的热烈召唤？人生的苦难、悲壮和孤独在这里以极端的方式得到张扬，而人生的极地又可能像崇山峻岭迷茫奇险、不可遥测，也许永世不能到达。

它衍生了许许多多朝圣的故事和圣徒的烈举。纵有千难万险，他们也誓愿去完成一生的念想。这是一个难以求求的梦想，是咽着苦杏叶子的回回农民坚信的真主，是天山腹地里人们吟唱关羽黑醋栗的情歌时崇拜的灵性，也是北方草原的牧人们所盼望的地平线外的远方，而共同构成着一种民众性的宗教意识。当它们与黑人领袖马丁·路德·金，与日本贫民窟挥泪桥畔底层居民的不幸历史勾连起来时，就在精神深层上沟通了人们对苦难命运的理解和共鸣，从而汇聚起了世界人民热望探寻人类大同的自由美好的理想信念。而安田保卫战青年学生的英勇斗争所直接表现出的青春狂热的义无反顾和执拗偏激，也多少让人体验了宗教型热情的现实形态。这里，他业已脱逸了个体探求的角度，而从民族群体的意义上来观照、思考现代世界的种种精神现象。显然，这是一次背弃抽象玄想，植根于现实的思想腾挪。

尽管他会永远记着人民的苦难与渴望这生活赐予的真知，继续寻求那庄严的憧憬，但却未必能够得到世人的理解，因为并不是人人心中都有一块阳光普照的理想圣地，都能深刻返观自身的生存。

于是，他就被小林一雄自深沉又孤独的灵魂发出的，那沙哑而痛苦的歌声紧紧地攫住。"向着自由的长旅／我走到了今天／向着自由的长旅／我独自一人。"一种直面人生的勇敢真诚，一种绝望与坚忍交织的意志力正从中涌溅出来。他要决然背叛世人，向着养育自己的世界郑重道别，踏上旅程。但在这背面，却是"绝望的前卫"的执着、痛苦与大爱之心。他以一种"荷戟独彷徨"的精神状态，宣示了寻求理解的虚妄，因为任何人生斗士都注定是孤独的。

正像他自己所说，一片大陆（指甘宁青黄土高原），几百万人口，上千年时间，都背对着人们。这个背影太雄大了。当他力图用心灵去感知洞悉这千百年人民苦难的心路历程，解除他们心灵上屈辱孤苦的沉重负疴，而博得一种精神理解时，他顿然明白了这是何等艰难，无法企求实现的"大陆憧憬"之梦。

他陷于一种深深的孤寂与困苦中。他将开始一次终旅。因为毕竟支撑和引导他的那个神示并未失落，他仍然会不甘失败，继续寻找。

这一切构成了《金牧场》的叙事人面对自我的潜对话，以及它的无法弥合的精神矛盾的内结构。

当小女孩使劲挣脱了"我"，忘情地奔向初升的朝阳时，人们愿意相信这预示着人类理想探寻中未来性因素的增长。它环扣着历史与现实，把生命的魔杖传给了接续着前人血脉的后代。

我们随着时光流转，追索着主人公曲折而辉煌的人生轨迹，并且在时时比照自己、叩问自己，内心洋溢着一种上下求索的人生渴望，一种奋力拓进的行动精神。

在汹涌起伏的时代大潮中，《金牧场》显然不仅仅是一部动荡历史背景下富有冲创力的人生实录，更给人们展示了无限宏阔的创造空间。它意味着：只有敏锐地探察人生，不倦地追寻自由，他才能够最大限度地实现自己的生命潜能，满足自我发展的内在需要；同时在一种永远的不安宁中，持久保持发现进取的品格。

人生的全部意义正在于为着人心中的自由美好的理想夙愿，不畏艰辛磨难，敢蹈失败死亡，九死不悔地往前探寻。而这一切，乃是——

为着在我的身后
能诞生一个未来

个体超越与人生风貌
——论《北方的河》和《棋王》

文学的内涵不仅是表现宽广的社会历史，而且要通过形象塑造来凸现作家自我，表达其深沉博大的美学理想。就是说，读者经由作品及其人物所认知的不单是文学世界的面目，更主要的在于透视作家活生生的血肉魂魄。同时，作品的生命力也只有建立在它所蕴含的人生态度和当今时代的社会意识相契合的基础上，并且努力融合民族历史文化深厚的精神内容，体现出当代性和历史感的交合，才会焕发出永久的光彩。

正是在这个意义上，我们以为近年小说创作的双璧——张承志的《北方的河》和阿城的《棋王》代表了两种截然不同的人生风貌，足以构成当代小说的美学理想气象迥异、刚柔互济的两元性，具有各领风骚的典型意义。探讨和比较这两部作品，最根本的还在于它们表征了新时期小说创作的发展趋向，即不但在创作方法、审美观念上进行突破性的变革，呈现开放多元、群芳争妍的灿烂局面，而且由于融贯民族文化的历史意识和人生哲学，使之充盈了新鲜浑厚的生气活力，达到了较高的文化境界。

一

《北方的河》的问世，宣告了新时期小说创作中积极浪漫精神的成功奠基。它的气质是罗曼蒂克的，外放奔突，意气盛人，向自然和世界喷射着主观情志，抒发了青春奋击者的强烈激情，开拓出豪放、顽健、深沉的卓然气度。因此，它就不啻是作家个性素质的单纯折映，而衔领了包括梁晓声、邓刚等的小说创作在内气概阔大、庄严强健的一代浪漫雄风，迅猛地冲击并导致当代小说在创作观念与风格上的发展和突变。这一群体的产生不是偶然的，他们充分确证了一个急剧变动的时代和民族那番回瞻苦难过去的痛苦蝉蜕，尤其是面对灿然的现实前景的躁动、振奋、搏求，在对理想信念的渴慕和进取中体现的必然的曲折性与伟岸的强悍力。

文学敏锐而深刻地感应着这种生长着的时代精神，它需要孕育出现代新人的形象——《北方的河》中的"他"，经受了生活磨难，不寻常的成熟内向、沉郁刚毅，并且在精神品质上显得高大挺拔，是顶天立地超人式傲世独立的男子汉。他把旧有的痛楚与温馨储藏在心灵，而将生命寄托于永不歇息的对现实和自然炽烈的渴念与追求的奋斗进程，以至自身的生命力量和深沉的爱全部熔铸进左冲右突的自我实现中。浪漫型文学主观的心灵内容实质上是完全超出客观的现实状态本身，意胜于境，偏重于作品情志的宣泄和抒写。因此，《北方的河》也是试图宏观地涵括和把握个性高扬突进的一种时代性思潮，在相对虚淡的现实背景前锻造一个有着钢铁般意志、个性奇特的英雄化身；"他"不仅是现实人物的性格类聚，而且是文学天地里光环闪烁的人格理想的具象化。在当代文学中，人的地位和价值重新得到归复，人作为万物之灵长的主体力量被完全确认，具有征服、主宰自身外部力量的智慧和伟力，这一系列极限意义上的观念获得了艺术的阐释。因而，它就结晶为当代文学的美学理想内核的一个棱面，辉映着充满阳刚浩气、博大情怀而不虞功利、纵横捭阖的奋斗者形象。

《北方的河》的"他"始终是辽阔的穹庐背景下的一个刚强的跋涉者，坚忍沉着地找寻在巨川高山的北国疆土中浸渗的沉重岁月的记忆和情感，找寻悠远浑厚的历史文化千百年冲荡着的热力。在他的生命中，北方粗放的水土把勇敢和深沉、粗野和温柔、传统和文明同时注入其血液，吹打他成为一个真正的男子汉。就连古老彩陶的碎片也仿佛流成了河，向他指示着一种民族文化的精神哺育，使之不断地获得那神圣的答案："黄河是你的父亲，他在暗暗地保护着他的小儿子。"尽管他曾经遭遇了肉体的创痛和感情的磨砺，失败、追求、幻灭、热情交织成青春的忆念，但他懂得，无论幼稚失误，还是思索奋争，都是属于他以及这一代人的。而从前的一切也汇成一条北方的生命河，向他灌溉着坚实的灵肉力量。因此，"他"的形象就不是以人的单个体出现，而是承继着一种民族的伟大血统、历史的苦难屈辱和时代的创造力量的一代人，乃至在更广大意义上，成为民族群体实现奋斗的一种艺术抽象。这就是他个人意志所无法不依从的历史的命运强力，它赋予其个体价值实现的动因。如果说《大坂》中对人生艰辛的超越的体验还是时空具化的表现，那么经历了《老桥》青春磨难的事件性象征，以及《黑骏马》对古老文明繁衍的苦难的理解和战胜，《北方的河》则成熟地表现为在博大深厚的民族历史文化层面上，那种强固的历史接续性、集体的承受力和执着于现实人生的创造探求，卓越地揭示了民族振兴的历史底蕴。

借此，张承志小说中"人"的形象已经良好地体现了对个体生命的超越意识。他把"人"置于历史和主观情志的长河里，不断地锤炼其血肉筋骨，赋予宽广的社会历史涵容；又不易受现实中利害成败的纷扰，保持超群独立的生活姿态，在精神上日益显现出对尘俗的苦难与欢欣、成功与失意的审美性超越。这种独具风采的历史感和超越感是张承志创作的精髓真义所在。《北方的河》的"他"就是牢牢地把握住了人生个体和历史贯联性与现实立足点，着眼于把人当作一个恒稳的纵向文化体系的纽结来审视它的生存奋斗的意义，以此作为新的进取的起点，在历史推移的启示里，找到一种对历史悲欢的成熟的辩证观；

并且将实现个体价值的行动本身升华为一种超绝横向时空的人格构建，充满浪漫情感地凸现现实世间奋斗者的心态，展现出独立自足、面向未来的高远气度。

《北方的河》的人生风貌同庄玄哲学和传统文化心理结构的渗入不无关联。以庄学为发轫的道学文化，如同中国文学艺术发展中的浪漫思潮一样，同属于传统文化的一个独特系列。在春秋战国新旧制度更替的动荡时代，伴随着物质文明的发展，出现了财富掠夺和权势侵压的严重现象，战乱纷争频繁，固有的人文法则与道德观念完全沦丧，人的命运祸福处于难以虞度的无常境地。庄学生发于这种现实土壤，旨在反叛社会变动裹挟而来的"恶"相，但它终究要弃绝遏制历史进步、复返原始文明的欲求，而提出精神意识上抗拒现实的反题：为了在社会劫难中捍卫个体价值，不致遭受戕害或作为功力之争的械具，它就只有让人本体脱开尘俗物役，去追求冥远之中理想人格的独立自由，即所谓"道"的本体。"道法自然""无所不在"，庄学的"道"实质上乃是臻至理想人格的人本体，而实现的途径也只有通过遗世绝俗的"吾丧我""逍遥于无为"，在自我与宇宙合为一体中达到精神幻想式的超越完足。这种超越既不否认感性存在和人生体验，认为理想人格亦同一于人的自然本体（"神以守形"），又想离析和摆脱群体生存的现实生活，企图由"心斋""坐忘"而非行动选择来消极地待求一己之超验、独立。对庄学来说，这毕竟也是别具意义的选择，并且成为超越具体文化形态的，面临"人"与"物"的矛盾冲突而保全身心、独善其身的一种自解方式。但是它对尘世目的的厌弃无为，使这种精神目的的追求只能是无本之木的心理完成过程，毫无进取和改变现实生存的实践因素，因此不可能真正摆脱痛苦现世，逆转历史进化的"自然"，在社会群体中取得个体的独立价值。

在魏晋之际特定的社会变动中，玄学（嵇康、阮籍等）从实践上外推了庄学的人格本体论，铸炼了它的情感色彩，充分发展了庄学摒弃尘世、个体超越的浪漫理想的一面。它尤能正视社会现实，在个体身心的修养中透彻否定与反叛的情绪，不屑托身于世，依从于社会伦常，显示出人的自觉意识。它存在的历史局限同庄学是一致的。

张承志作品的超越意识较之各有其质的规定性，但也确实存在某些相通之处。当代小说中浪漫潮流的出现，正是由于历史带给人们的苦难和屈辱的创痛尚未消退，从废墟中站立起来的民族渴望在新的社会变革中面对未来拓进，它呼唤一股男子汉的雄风，敬慕一种奋进者的卓行来灌注以振奋的活力。《北方的河》典型地代表了这种思潮。主人公"他"就是一个青年开拓者的现实形象，显示了这代人不断的觉醒、搏争以及在民族复兴后的昂扬气宇。"他"（们）的不幸遭际明显地扩展了主人公形象的历史宽度，冷静和宽容既成为"他"生活态度成熟的标志，也意味着执着现实的辩证历史意识所具备的自觉素质。因而使得"他"对历史苦痛的感受、坚忍、理解和超越，就演化为整个社会群体对民族命运和人生价值独有的理性思考，对几度劫波的祖国母亲更深挚的眷念和敬仰，激发人们坚韧不屈地实践进取。从"他"这个强者来看，一方面"他"绝不甘于在生活的反思中沉沦颓伤，而是能从历史的检视里获得驱动前进的热力，自信于对未来的掌握，面对尘世内敛着凝重的激情，保持着鲜明的现实欲求；另一方面，他又是孤独往来地探求生活理想和个体价值，力图在积淀着生命和文化的自然宇宙中归化自己的灵肉，孜孜不倦地进行无穷尽的超脱尘嚣的精神漫游，在感情上他排斥现实存在的利害、毁誉、得失，奋力冲决传统尘俗的人生观念、方式和社会"物役"现象，来塑造俯视世态、君临众生的高大姿态，在独特的行为选择中获求对一种崇高人格的皈依。因此，《北方的河》既是对庄玄哲学人格追求的精神层面的承合，又是对它逃避现实、消极承受与独善个体的超越乃至反拨，表现出积极的现实奋斗意向。

《北方的河》在美学意义上昭示了当代人对时代使命的不懈探求。主人公对富有历史文化内蕴的北方大河的艰苦漫游、求索和对心神向往的事业及个体社会价值的竭力追求，构成了当代奋斗者人生追求的精神和现实的两重内容。所谓当代人的时代使命，就是这两重世界在人的崇高理想统领下的并重不悖和交叉影响。"他"深深懂得，作为尘世生活目的后者，这种现实追求是有限的，它产生着一种增进自身社会价值的自在行动，并将获得必然的终极目标；它同时向"他"指示了一个更卓越的境界，那便是在精神世界永无止境的个体的价值探寻和整体的文化嬗变，获得横渡黄河般的精神更生，但有限的个体领略的只能是精神渴求的跋涉进程及其不朽的人生光景，而非彼岸世界的企及。从两者合一的意义上说，人生追求正是在这种有形和无形、能够实现和必然不可企及的相互结合中，才充分显现出它对人生奋斗者的巨大魅力。它完全超越了庄学的虚无的精神追求，而达到了人生使命在更高意义上的坚实的综合。

《北方的河》向人们展示了这样的美学境界：辽阔的天穹下，一条落满红霞的喧嚣大河，一个半裸着的宽肩膀男人向茫无际崖的高远前方，迈着沉实刚健的步子走去。"他"已然获取了中国文化智慧中殊为发达的历史意识和辩证思想：将自身既看作历史的终结，又作为未来的始端，肩负着不可推卸的创造责任，相信"前途最终是光明的。因为这个母体里会有一种血统，一种水土，一种创造的力量"。"他"的品行濡染着"天行健，君子以自强不息"的乐观进取精神传统。再者，"他"既在现实追求中苦苦奋争，又在精神驰骋里游刃有余，如何使两者并协互补就铸成其人生行为的特征和宗旨：现实追求固然需要积极进取，但它的意义指向应当是精神追求，而精神追求只有附丽于前者，它才获得实践价值。人们包括"他"常常在这两个层次中间踌躇不决，困惑孤寂：既不能弃绝现实生活及其成败利害，又难以割舍同理想世界的精神维系；既力图排斥尘俗物役的束缚，又苦于精神漫游无以养形的玄虚。《北方的河》在一定意义上重复了这种古已有之的文化心态，并且着力体现其深刻的时代意识的特征，"他"从这块苦难的土地汲取无限的诗情和追求，现实成为"他"精神漫游的驱动力，也是其精神漫游所超越的对象，这样的人物品格，预示出新的文化必然达到的超越。《北方的河》揭示了主人公这种永无穷尽的崇高探索的两极所构成的扇形时空，展现出丰富深邃的人生风采和美学意蕴。确切地说，"他"是一盏光彩四溢的人格象征的明灯，照亮了变动无定的时代生活，照亮了每一个人生求索者的心房。

二

《棋王》是当代小说中的一枝独秀。它的气质是克腊西克的，内敛凝定，意近旨远，在疏淡的生活景象和平伏的感情释发中，透彻着一种深邃的人生感悟和荡漾肺腑的生命活力，鲜明地浸润了民族哲学、文化意识的某些精神，可谓"外师造化，中得心源"。阿城无疑是要写出别一种现实人生，他用自身现代人特有的文化意识和人生眼光来重新观照、洗练那一段知青生活的蹉跎岁月，从中觉悟出许多哲理性的智慧光辉和强烈的生命欲求，深沉地抒发了生逢乱世的一代青年的自觉精神和坚忍品质。

近年小说创作有一种趋向是，随着以现代主义思潮重新涌入为标识的文化开放，现实主义创作方法不断得到开放与深化，出现了一批力图融汇现代意识和民族文化的较为成熟的作品。《棋王》则高标独秀，以颇为浑厚的民族文化素质及其表现形式、审美追求，向文坛宣示了一种独特的中国气派和阿城"文化小说"的发展道路。这些新生代作家凭借不同风格追求和表现方式的创作，形成了临对民族历史文化传统和深层心理的现实社会下层，尤其是普通人们的生活心态以及地方风情习俗，表达出现代人独具慧识的审视和深沉蕴藉的历史思考。

阿城的创作，包括《棋王》，应该说也是这种文学现象的一种反映。它正是试图淡化沉重的时代氛围，把在反文化的"文革"浩劫中沦落荒乡的知青对物质和精神需求的渴求作为情节框架，从王一生这个形象身上皴染烘托出乱世自解、内在抗争的处世哲学和玄远的文化境界。《棋王》同样实现了对题材的超越，它不再局囿于自身的时空意义，而指示着人的本体精神世界，隐潜着以柔克刚、淡薄功利这种受到传统文化熏染，却仍不失时代特色的人生追求。当代文学重新肯定了人的地位和价值，它始终以抒写当代人丰富复杂的精神风貌为己任，既仰止于英雄强者，又盘桓于芸芸众生，揭示出那些普通人的生活价值和命运变化，尤其是他们体验和驾驭人生的自觉智慧。在这一意义上，《棋王》岂止是讲述了一个吃和下棋的故事，而是代表了当代文学美学理想内核的又一个棱面，表现了"人不会仅仅是被历史的狂风吹来卷去的砂砾"（王蒙语）的哲学意蕴。

《棋王》是那段动乱人生的真实折射，它笼罩着一种沉郁疏拙、略呈变形的叙事氛围，给人以"凄怆水中月"之感，充分显示了特定年代里人们悲凉荒寂、无以解忧的忧郁心结和凝滞苦涩的历史感。"棋王"王一生是一个秉性厚实、为人呆直的青年，从小遭遇了家庭的不幸和生活的艰辛，又是成长于这样不正常的社会环境，尽管他天分颇高、禀赋灵慧，却无显才用武之时。他像所有的插队知青一样，被社会抛掷到穷乡僻壤，过着物质和精神上及其匮乏的生活，所以他们无不深感一种压抑、孤寂、失落和被扭曲的青春苦痛。但是王一生的独特性在于，他一反以往知青形象的哀怨、悲壮和搏争，而表现出外在的平和冷淡，把现实忧痛消解于默不言表的情境中。其实，在这种毫无奢想、愤嫉、拚争，但求衣食温饱、寄情棋道的表象背后，内凝的满腔孤愤、怅惘却更能深沉地冲击读者的感情屏障。因而，王一生形象具有不可偏废的社会认识价值，正是他使人发见那乱世风云下社会生活底层独特而深挚的人情心态，折映出特定年代里具有普遍意义的内在抗争的宝贵人格。王一生是芸芸众生的一员，他不及《北方的河》的"他"那样高达卓特，勇于进击，但也是值得书写的别具神采的人。

对吃的看重和对棋的沉迷构成了王一生本体形象的二元。他对吃是非常郑重、精细的，要求"人要知足，顿顿饱就是福"。注重满足生命的自然需要，这既是他对社会现实的批判反讽，又是执着于尘世生活的衣食为本的表现。至于下棋，这虽是高于"吃"的精神需求的层次，却仍属于他人生的一层构造。"何以解忧？唯有下棋"。神游于斯，他可以摆脱郁闷伤楚的现实感受，解忧散怀，忘乎于世。因此，下棋是他自我造就的入俗而又抗俗的精神领域，既能发扬才智，崭露将帅气度，又可以忘弃忧烦，"独与天地精神来往"。吃和下棋都是他在哲学意义上不可或缺的人生支撑。当他博弈群雄，"把命都放在棋里搏"的时候，他在日常生活中沉潜着的智慧伟力，就冲决了尘世生命的两重结构，焕发出奇彩洋溢、卓异非凡的精神力量。这段情境描写是极其精彩的："……那生命像聚在一头乱发中，久久不散，又慢慢弥漫开来，灼得人脸热"。此刻，王一生的精神灵智升腾高扬，脱开"瘦小黑魂"，仿佛超越了物我人己、时空因果，与天地俱有凝为一体，这使他在某种意义上切近于道、禅发展而来的"悟道"境界。我们以为，《棋王》虽然写的是道家的棋，但实质上受到的乃是道学这个系列的哲学文化的浓厚熏陶，而不是纯粹师宗道抑或禅。它"汇道禅于一炉"，因此某种程度上既呈现出整一的生命状态，又状写了"离形去智"的精神升华；既表现了"从凡入圣"的人间世俗化的特点，又描绘了人格超越的"枯木死灰"貌。《棋王》人生追求的特色，应当说是迥异于《北方的河》的人格超拔，而尽情地礼赞凡夫俗生的生命热忱和精神自由。

　　禅宗尽管隶属佛学之门，但它对中国思想史的发展产生过较为重要的影响，造就的主要是为历代知识阶层寄托身心的某种人生审美境界。禅宗所谓"悟道"，即真正达到对本体的把握，它突出地表现为在某一感性时空内，物我、时空、因果、往来均迅即融合到一起，个体与佛达到永恒同体这样最高的领悟体验。禅"悟"的特色还在于虽然仍旧身处感性世界，却因为既已超越了尘世的一切牵累束缚，乃至主体的感受、思虑，所以能够获得一种殊为空寂的淡泊悠远的境界，保持着对世界万物观赏超脱的审美意识。对禅宗来说，它是能使后代中国知识分子借以舒畅心志、超然于世，对现世苦难宁用特有的历史眼光来观照、感识、评叙，采取审美超越态度的主要思想源泉。值得重视的是，禅宗的"悟道"讲求的乃是一种完全独特的直观感悟和个体经验，而不可依靠语言表述、思辨推理来完成，因此，它要求个体只有不脱离现实生活，在日常生活经验中经由特殊的契机，才会实现主观的飞跃和超越。禅宗讲"担水砍柴"，过自食其力的世俗生活，把对信仰非刻意的寻找和普通的人际生活完全统一起来，"无所住心"便是。这就使它相悖于庄学的人格追求，即超越了尘世现实的种种羁绊，"把个体提到宇宙并生的人格高度"（李泽厚语）；同样求脱世，禅宗则力图在尘世间的精神彻悟，与天地宇宙交相合一，人生态度的恬淡自适为庄学所不可比。到禅宗真正完成了中国人生哲学的人间世俗化，"天道"变为"人道"，"逍遥游"变为"人间乐"，"真人"变为"凡人"（入圣），它是终于落到地面的"飞天"袖间的花朵。因此，禅宗实际上对于中国哲学文化传统执着人间世道、追求审美感悟的整体特征的延续和发展，也起过独到的作用。而且，它对于在现实生活中遭受了痛苦不幸的命运，企图寻求某种精神解脱和生命自由的普通人们，是尤可宝贵的人生方式。

《棋王》正是在上述意义上使其人生追求和审美境界的特色相通于禅宗的精神内容。《棋王》虽然用极吝啬的笔墨点化了当时的社会人物、环境和王一生的身世等，但主要是在一种沉郁的时代氛围的烘染笼罩下，展开吃和下棋这两大情节主干。它所特有的历史感和叙事格调使得整部作品在某种程度上确实给人以恍若隔世之感。王一生这个执迷于棋道大智若愚的棋王，待在棋里可以毫不顾而纵横神游，"心理感到舒服"；他把那种年代里的世事纷争、创痛忧苦置之度外，对生活现实平和知足、无所奋争，保持着自由超脱的逍遥性情。这种种使《棋王》虽然写的是乱世岁月的客观情境，却具有凝重深厚的历史感，因而也具有对历史悲难沉着超然、从容鉴取的审美气度。《棋王》又写道："家破人亡，平了头每日荷锄，却自有真人生在里面，识到了，即是幸，即是福。"确实，王一生他们就是这样终日处在衣食是本的世俗生活中间，绝无值得大书的豪壮风貌，即便如吃蛇肉等精彩片段，也仅是写出了他们充盈着的生命热忱和真挚友情。然而唯其如此，才真切地写出了荒寂恶劣的现实生活环境，显示出他们在现世艰难中驾驭生活命运的积极韧力，而这或许正是所谓凡夫俗生执着人生、自解自立的性格力量的光彩可人处。

王一生无疑是置身且执着于尘俗生活的，他也以棋解忧，借此忘弃现实忧痛，在这种逍遥超然的背后恰恰透彻着抗拒乱世的社会意蕴。俟至车轮大战，他方才把握到悟道升华的特定的感性时空——"一个瘦小黑魂，静静地坐着"，"似无所见，似无所闻……眼睛深陷进去，黑黑的似俯视大千世界，茫茫宇宙"。乃至滞气调理过来，有了精神。这些都精彩地刻画了对现实尘俗的主体解脱感，把前述的得悟情境活脱脱地描写了出来，而且整体地融贯于现实题材的当代小说中，浑厚地皴染出颇得民族文化精髓的现实人生风貌，委实不同凡响。无论如何，应当说《棋王》既深沉地表现了对动乱社会里普通人们生生不息的生命力量的赞美，又出色地展示出当代小说孜孜追求、神慕已久的历史文化相。

《棋王》在美学意义上奠定了王一生形象的独特的历史价值。许多青年作家笔下的知青形象，大都经历着一条从当年的狂热到消沉、反思，再走向奋起拼搏的思想生活历程，希冀在现实社会中实现自己的人生价值和青春情志，即使《北方的河》的"他"也极为注重个体的社会使命的追求。但王一生无疑是知青群像中的"这一个"，在险恶污浊的时代氛围里，他看似不问世事，无哀无怨，消极遁世，实质上却是扭曲了的现实中独特的世态人情的折射，内蕴着忧国忧生、变相抗世的意志品质，始终坚持了不为世势所摧损的人格自由和质朴信念。

在他身上，对尘世追求和精神追求就不同于《北方的河》，将它们置放于两个主观叉分的极向上，而是统一交融于现实人生发展转折的过程中，保持对生活的"沉入"态，把有限的生命追求凝注于宇宙复合的无限玄远中。对于无以遁脱寥廓人生的凡俗者来说，这两种极探求的合并更利于他们在互为包容和讲求独化的生命世界中，达到截然有别于《北方的河》那样在两个人生值域间奔突撞击而痛苦困寂的境地，而表现出内里的忤逆乱孽、追求不息臻至彻悟升华，用以呈现个体生命的自在精神的整合过程。因此它所达到的对人生现实的超越，乃是哲学形态的人生把握的具体化，不同于正面冲突拚争的理性亢进气概，而采取隐匿锋芒、柔性制胜的更高层次的无形超越，暗合于中国文化传统阴虚一面的基本精神。在这种超凡入圣的虚玄相背后，由于身逢动乱现实而收敛内视的牢固的社会意识和耿耿情怀的附着，以及题材内容的鲜明时代性，才不致使之无异于浪迹江湖、隐逸山林而虚无消极的士人形象。王一生这一艺术形象，应当从《棋王》的人生风貌和广阔复杂的社会历史大背景相复合的意义上，从《棋王》的文化蕴含和社会现实反文化的现象与本质反衬的意义上，从他人生态度的个体性和所指示的社会普遍性相影射的意义上，从当代小说中《棋王》们的自由超越和《北方的河》们的探求奋进相比照的意义上来审察、发掘其本身广博深厚的历史和美学的蕴含。

《棋王》向人们展示了这样的美学境界：王一生孤身坐在场中央，瞪眼看着远方，高高的一盏电灯，暗暗地照在他毫无神情的脸上，神魂灵气却高扬活跃，结气不息，焦灼炙人。确实，王一生不仅为当代文学的人物画廊提供了一个独特的形象，而且鲜明地昭示了一种具有相当历史文化底蕴的艺术形象所负担的美学使命，更是哲理深长地阐释着一种互通古今的人生意义。从这样的意义上说，他既是民族文化、美学意识哺育的产儿，又是新的社会形态孕育的深深浸渍着时代风雨的艺术典型。《棋王》宛如一弯倒映在凄怆幽潭中的残月，照见了荒芜悲苦的历史景象，照见了每一团强烈搏动的人生灵魂。

《北方的河》和《棋王》代表着当代小说中两种迥然不同的人生风貌：前者，着力于构建浪漫的理想人格的刚强的奋进者；后者，苦心于实践现实的精神自由的坚忍的凡俗者。我以为，这两部作品都各自达到了相应独特的文化境界，从而为当代小说在创作方法、审美观念、文化探寻方面的发展拓进，开辟了新的道路和前景。在某种意义上，它们可以说是奠定当代小说美学理想的两块基石，揭示了文学中两种人的时代和美学的使命及其价值。它们并非呈现出尊卑有序的组合，而是繁荣灿烂的当代文学天地中的共态存在。二元气象，恰恰意味着开放多元的丰富性，绝不是简单划分和片面倡导的重复。因此，这两部作品为人激赏和品评，正是显示着人们渴望与这一大时代相呼应的大作品的问世，以实现必然达到的新的开创和超越，把当代文学提高到一个更为卓越的境界。

张承志：在失去喧嚣以后

张承志的创作总是为文坛所瞩目，乃是因为他始终在自己的艺术世界里不断开拓着新的天地。在他早先的《北方的河》《大阪》等作品里，我们曾经是多么熟悉那种震耳欲聋的喧响，激奋于那种生命力的纵放与高扬。然而。面对张承志的近期小说，我们却很难重新领略他所独标的生命喧嚣的风骚，我们时时感受到一片空旷宁静的气息，以及涌动在它背后的一种人生求索者的焦渴，甚至困寂；我们更可以由此获得一种深邃的理悟，把握到渗透在作品内面的强烈的命定意识。

人是什么？人渴求着什么？人的命运又是怎样的？人在现实矛盾中的精神痛苦应该如何消除？确实，这都是时刻在困扰着人类本身的问题。尽管我们可以充满自信，去探索科学的堂奥，创造文明的财富，获得生活的富庶和幸福，然而，面对人自身存在的问题，却常常变得茫然失措，莫测神秘。同样也必须承认，人类还无能力来完全掌握和驾驭自己的命运，它的生存境遇也令人生忧。这种种文化的限制性明确地摆在人们面前：人究竟在多大程度上能够自由地征服自然，主宰自身？

世界向人们的认识提供了一种不可知和不满足，而人本身也永远会保持一种精神的渴求。《北方的河》的主人公那种无穷无尽、漫无边际的精神漫游，其实也是企图同自然包容为一体，渴望用全身心来体验和审视宇宙的庞然存在。人们深切的渴望得到满足。凭着那种希望、信念，他们总是在不断地向前追逐。也许要寻求的东西并不存在，而能够寻求到的又并非终极实在，然而，我们却不能没有这种渴求，没有这团内心的火焰的照耀。人生的意义就在这里，一方面为了追寻这种光辉而进行永无止境的努力，另一方面又必须直面人生命运的严峻现状，因为它常常要打破我们的幻想，给人带来现实的缺憾、痛苦乃至失败。

这种渴求是《残月》里杨三老汉的"念想"，也是"九座宫殿"，也是"黄泥小屋"，也是"月亮古赫"（《亮雪》）。它们是那种"不可表达之物"的事件性象征，因为杨三老汉、苏尕三、韩三十八们的景仰而变得神圣并且充满魅力。

《晚潮》的出现，表达着张承志心中潜行着一种"听不见的声音"。它实实在在是平和宁静的，连黄泥小屋也安稳地卧着，但当我们透过重重暮色看见儿子晃动着的肩膀棱角，还有母亲那头乱发"在昏黑的暗地里闪着淡淡的银光"时，我们却难以遏止胸中晚潮一样不宁的涌动。《晚潮》仿佛是在透视一种人的艰困的生存境况及其自身坚韧的努力，在这种全息模态的观照背后，不是在宣示默无声息、困苦耐忍的生存谋求，而蛰伏着一种对明天的深挚的精神渴求。

于是，在《残月》里杨三老汉一辈子信守的，就是"人活着还是得有个珍珍贵贵的念想"。他数十年饱经风霜，几遭苦难，"受着那样的屈苦，若是心里没有一个念想，谁能熬得住呢"。"心里还有主的念想，再苦也能寻个安慰。"对于杨三老汉来说，这也不失为一种人生的渴求与信念，它需要这样的精神支撑。但这毕竟只是安慰，当他看到了夜寺洞开的辉煌景色，体验到那单纯而神圣的时刻以后，却开始觉得茫然了：难道他一辈子受苦，盼着的就是这种时刻的来临吗？这是杨三老汉的茫然，也是我们每个人共同面临的人生追求的困惑。人需要一种无形又无可企及的渴念的感召，而不是获得实在之物这一暂时的结果。否则，人很容易放弃自己对形而上的渴求的继续。然而，我们如何来正视现实的困境，以及摆脱功利目的的诱惑呢？

在现实中我们常常要接受的是失意、痛苦和孤寂，而绝非无往而不成的完满。尽管我们会牢固地捍卫自己的渴求，满怀着追求奋争的激情，更鄙薄"物役"者的陋俗，但是现实却可能对这种渴求的努力发出善意的嘲弄，造设难堪的窘困。《废墟》中的那口红井"红得那么刺眼"，它终于成了一座废墟，仿佛是一种"念想"无法实现的悲哀的象征物。《山之峰》本来应该在群马嘶鸣、奔腾向前中，使人们振奋于一种生命热力的激越的宣示，结果，铁木尔却重重地跌倒在汗腾格里冰峰的山腰上。他的失败使"峰之巅"变得难以企及，那种强烈的渴求由于现实的撞击，显现出无能为力的虚亏。而《雪亮》里默默离开了乔玛的"月亮古赫"，再也不能复生；乔玛日夜呼喊声中的万般追悔之情，难道不是在对现实的某种失落的呼唤？

在神话般瑰丽的《九座宫殿》面前，张承志向人们展示了两种人生姿态。那个蓬头发的城里人，怀着执着的"心劲儿"，进入沙漠去寻找那"九座蓝玻璃镶碧玉的宫殿"。但他像落入了一个无涯无际的大陷阱，沙漠恣情地残酷地折磨他，使他迷了路。小伙子终于撤退出来，悲哀地承认自己这种寻找的失败。多少祖宗先辈也曾经企图找到它，结果无数次地失败了。也许《九座宫殿》的意蕴就在于这种悲哀所涵容着的命定意识，它是在阐释着人类力图征服自然的自限制性，更在某种程度上表现出人类认识和驾驭自身的无能力。

不过，张承志并没有停留在这一步。他把韩三十八推到我们面前：这汉子年轻时使着心劲，也进沙漠找过九座宫殿，当然并没有成功，但他同祖辈一样忍着心里的冤苦，在这块红泥滩上扎下了根。他是那么勤劳踏实，生活过得有滋有味，因为他有个"心劲"不死，深深藏在心里。这是一个不会泯灭的渴念。尽管他无力征服沙漠，改变严酷的现实，然而，他始终保持那股"心劲儿"，用辛劳向贫瘠的红土索取收获。这是韩三十八的人生智慧所在，其实，它又何尝不是张承志在苦苦探索着的人生真谛呢。不论现实境况如何，人们永远需要这样的"念想"作为精神支持——它是"九座宫殿"，是"黄泥小屋"，召唤着人们坚毅自信地面对现实，面对未来，使人生愈发繁复深沉，富有光彩。张承志在这里居立于新的高度，重新阐拓了精神渴求面对人生的现实命运所拥有的强劲的内驱力。

对人自身命运的思考和理想追寻，构成了张承志近期小说创作的一个母题。它在其晚近的几乎所有作品里反复地得到转换和加强，使得这些作品尽管人物不同，风貌各异，却总是隐隐地贯通着一种形而上的思想模态。它们不再局囿于自身的时空意义，而为收纳在作品内面的深邃的理性之光所照亮，呈示出形而上思索的过程形态，即不断地走向完整和成熟。

让我们暂且来对张承志处于喧嚣期的力作《北方的河》作一返视。这部作品以恢弘的气度，在美学意义上昭示了当代人对时代与人生使命的不懈探求精神。主人公对富有历史文化内蕴的北方大河的心神向往和艰苦漫游，确立了它的渴求的时代品格。他是那样充满热情、幻想、偏执和青春的自信，把自己融化在大河的喧腾声中，一往无前地进行超尘脱嚣的漫游，探求自己的生活理想。然而，他又不得不孤往独来地奔突于自然和现实之间，在现实追求中苦苦奋争。尽管他具有强烈的浪漫激情和亢进气概，来奋力冲决现实尘俗的压迫与束缚，但独自苦斗毕竟愈来愈显得艰难，右肩肌肉的隐隐作痛，似乎也是一种命定感的神秘暗示。他并没有为艰难困苦所压垮而向现实屈服，却也开始承认，在理想、热情、追求和快乐的背面同样有着失败、劳累、幻灭和痛苦。他逐渐懂得坚忍沉着面对现实困境的意味，其实，这是张承志早已潜行着的一个心声，一种思考。当然，它的孕育过程是令人痛苦的。

我们惊异于在《北方的河》的主人公身上，似乎隐约地闪动着铁木尔、蓬头发的小伙子的影子。在《黄泥小屋》里，我们又发现了苏尕三。他日夜念想的就是一座被烟火熏黑的、低矮温暖的"黄泥小屋"，无论受怎样的磨熬也情愿，但它时隐时现，寻找的艰难几乎要使他失去了念想。可是，尽管苏尕三在遭受现实的苦难，沉重地叹息前途不辨，却执意向前追寻，不再回头，哪怕走进火狱。这种渴念是那么炽烈、执着，使他绝不向命运俯首，"胸口总堵着一个冲旋的调子"，准备去承受人生路程上的如磐风雨。

相形于苏尕三的，是另外四个人：老阿訇、韩二个、丁拐子、贼娃子。他们代表着不同的自我需求层次，表现了依附于人生低层级需要的消极姿态。他们在某一有形的生存归属感上盘桓驻足，不再向自己的命运作出抗拒，不再有所追求，不再惊讶地注视世界，怀有一种形而上的精神渴求。善于思索的人们也许会从《黄泥小屋》中发现一种比照于现实生活的结构，获得一种对人生追求的猛然理悟，那样，他们将不再觉得张承志的近作令人感到有隔膜、费解和困惑，并且生发出人所共通的自我质询和思省的有益思考——我怎样认识世界？更怎样认识与主宰自身？我渴求的究竟是什么？

张承志的小说在追求一种显明的象征寓意性，他力图把自己的理性思辨融注到形象建构和心态呈现的过程中去，因而使他的作品境界阔大，蕴藉无穷。它们不再依靠于传统的情节构架，而在努力表现形象主体内在情绪张力，由此来**暗示**而不是表达一种精神实在。他的"象征主义"，正是"建立在对精神世界和物质世界之间的相似性的感觉之上的"（莫里斯·贝姆尔语）。通过这两个世界的重合，映照出作品本体不同寻常的哲学意态。当我们随着张承志痛苦而坚执的心迹，介入到那种浓烈的精神体验中，去历经困苦和坎坷，就会真正洞悉他们的心路历程，伴随他完成精神的熬炼。

张承志的作品在失去喧嚣以后，愈来愈体现着某种哲学思考的超前性。因此，他显得有些孤寂，他在渴望着理解。同时，对他有些作品的象征寓意的同一和游离，及其因思索的痛苦复杂所带来的踌躇无定，又需要我们持有宽容的襟怀。然而，张承志的晚近作品创作所显示出的深在意蕴，却使我们相信他正在向文学的"峰之巅"艰难地攀援着。也许会再度成功，也许要屡遭失败，但作为张承志不能没有这种"念想"——对文学的形而上层面的渴求。而对于他作品的美学审视与探求，倒使人想起刘勰的《文心雕龙》中的一句名言——

"不登峻岭不知天之高，不瞰深谷不知地之厚。"

李晓小说片谈

李晓，这对文坛来说可能还是一个较显陌生的名字。

可是，在我们提及他的《机关轶事》《小镇上的罗曼史》《海内天涯》《女山歌》，特别是他出色的成名作《继续操练》之后，人们的脑海中就会迅速聚集和复原那未曾消匿的鲜亮印象：普普通通且平静文明的学校与机关生活，以及它多少被夸张化了的病态世相的一面，竟然让李晓作了如此尖刻的嘲讽，而又不失痛切冷峻的描状，妙语如珠，机锋毕露，读来令人叫绝。即便是好几篇写过去知青生活经历的，也无不浸淫着他于社会人生独有的冷峻审视及其与众不同的叙述风格。他们呈现着一种崭新而独特的生活态度，同时赋予作品以深刻可辨的品性，成为对时下社会审美心理的潜在变动的积极顺应。因此，李晓与他的小说就获得了普遍的称誉和共鸣。

这种生活态度明显地是以一种智慧化的风貌体现出来的，它构成了李晓小说突出的美学特征。这乃是因为，任何对于世俗丑恶的辛辣嘲弄和鞭笞本身意味着某种精神上的僭越，而用类乎荒诞戏谑的形态来揭示历史错动中生活的悲剧性蕴涵，可能更是对现代价值观念移易的承合。接受和认可现实命运的错置与局囿，或许并不就是真正消极懦弱，在很大程度上恰恰显示了人生方式的机巧。它们决然弃除了生活的矛盾、痛苦和艰险的激烈宣示，而加以冷峻的洞幽和隐曲的传达，它们切入世俗伦常又在无奈的自嘲中具有自审的返观和拔俗的神采。继续操练——这已成为具有深刻悲剧意味的战斗意识的借代语，它同时包孕了一种透彻自觉理性的现代人生智慧。

因此，在李晓的小说里，就无法拒斥一个入世甚深，对生活有着深刻体味的观察者的消隐存在，"他"或者可以称作是小说的叙述主体。

在"他"身上，充分呈现着一种完整而富有魅力，并且超越个体人生意义的认知态度、审美态度和叙事态度。当然，我们用李晓本人来作为其替代，乃是因为对于两者的深层心理联系有着良好的自信。按照叙述学的观点来判断的话，这无疑是一位可靠的叙述者。

统观李晓的小说，大多都存在一个"我"的人物，并且以此作为观点来开展故事的叙述。也许可以说，李晓在叙事艺术上并不属于特别新派的作者。

这一"我"的角色是以各个不同的面貌出现的，它当然多少成为作者自身人格的投影，而更有意义的是它共同隐示着某种生活姿态。由此，它还构成了一种比较确定化的内在认识和角位，在《继续操练》里，"我"名叫"黄鱼"；在《小镇上的罗曼史》《浪漫主义者的病退》《海内天涯》里，"我"又分别成为"博士""林肯"和"四眼"；相比较而言，《女山歌》中，"我"是作为一个旁观型的自我意识的叙事人；而在《屋顶上的青草》里，"我"则又变成了一个近于介入型的叙述者。尽管在这里笔者企图积极地确认"我"这个角色的存在，但事实上李晓的小说并非都是采用第一人称叙述的，譬如《女山歌》等，就是属于多重人称形态的作品，而《屋顶上的青草》中的"我"无疑融合着故事的外围人物与故事的叙述者的两重身份。显然，即使是第一人称的叙述，它的叙述类型的角度变化也是复杂多变的，有时甚至令人很难辨识。李晓小说已经较为周全地具备了多种叙述类型。倘如作单纯的叙事分析，肯定会愈加增进我们对他的良好的艺术评价和阅读兴致。

不过，我们指认"我"这样一个叙事角色，其用意更多地还在于把他看作是整个故事叙述的结构原点。由于它的不可或缺的存在，方始规定着作品的叙事体态和情态。在李晓的小说中，"我"或者仅仅是一个话语主体，或者是故事中的在场人物，但无论如何，"我"终究是小说的魂之所在。它多少显得不动神色，显得冷观自持，就像《女山歌》里出现数次的"深灰色的苍穹睁着只白色的大眼"（指月亮）的意象，给作品蒙上了一层特有的平静阴郁的色调。即使是以复线叙述时态构成的《海内天涯》，深彻地表达着一种过去既已告别，往事不堪回首的复杂情怀，也仍然保持相当的冷峻与泰然自若。李晓描写那段知青生活的小说，大都不把对十年浩劫中人生命运的悲剧和时世的荒谬的批判作为重心，而以超乎情感参与的姿态，着力描状既往的日常生活状况，自然，也并不舍却人性中热烈美好的一面的展示。或许这乃是因为李晓在叙事方式上用心甚多所致。新近发表的《小店》就独具匠心，以对动乱岁月中某一经历断片的不同追求，富有启示地标示出人们在描述历史时的不自觉的主体偏差，很是发人深省。毋庸置疑，这种种变化都源自"我"这一叙述主体的认知尺度的变动，从而提示出一种基本的人生态度，那就是：接受现实的生存境况，执守自身的朴素情操，不事激烈呈示动乱年代知青的艰难遭际以及他们的豪情壮举，而始终作为一群普通人，为时代大潮所冲击和驱遣，虽然不无迷惘惆怅，却与现实命运坚持着忍耐而不屈的拚争。这多少可使我们想起阿城笔下的人物，他们平凡微小的人生和美好朴素的愿望，打动着即便不拥有那种时代生活经验的读者，尤其当我们初读李晓的《小镇上的罗曼史》时。重要的是，李晓面对过去的那段历史岁月，业已表现出了以往知青作家不曾有的冷静的审视眼光，或者说是一种超然的冷观，因而有可能使我们获得更真切的客观情状，并且在复杂地咀味往昔的同时，把握到某种深沉的历史忧患情愫。

确实，透过"我"这个观察者的视角，我们也步入了一方尚显丰富的人生世界。它们更多地属于过去，属于作者知青生活的一段记忆。在那里，有知青们惆怅失落的情绪和人生的无定感，有小镇上男女情感纠葛的所谓罗曼背后透出的人生悲苦，有对荒诞自欺的自我扭曲的揭示等，他们本该欢欣的青春单调而寂寞，但在现实的限制中他们葆有一种不甘沉沦的人生驱力。蟹兄、林肯、四眼、博士、猎狗、小牛鬼的形象，以及他们的憨直、执拗、侠义、热忱、机敏、狡黠、幽默和自嘲的姿态，都那样活生生地出现在我们的眼前，使人无法忘却。他们也许并不属于知青中的优秀分子，缺乏许多宝贵的精神素质，但他们天然地具有生存于艰困境况中的顽健的生存力，甚而具有从容不迫的智慧风度。这使得受制于某种悲剧性的时代环境的人生拥有内在的精神的抗性与活力。

　　试图全面深入地分析李晓的人生认知态度，可能不是一节文字所能负担的。但指出这样一种认知方式与叙事角色的存在，却对李晓小说的评析有着重要的意义。正是凭借它们，他才得以完成那些具有显明联系的故事结构的构建，其精神内核便是李晓独特的人生审美态度的透露与凝聚。

　　在我所读到的李晓的十一篇中短篇小说里，返视或涉及他的知青生活经历的占有六篇之多。显然这是一个独属李晓的艺术世界。所以这样说，乃是因为这些作品不但总是活跃着那屈指可数又异常鲜明的几个知青伙伴，而且描写着一个由女山湖、尿布滩、无名小镇和长青草的小屋构成的完整天地，我们无法臆测和判断它们多少程度上出自他的想象与虚构。而重要的是，它们在我们业已熟谙了的无数风貌迥异的知青小说以外，又具有为人瞩目的独特神韵。这明确地显示出，李晓的生活审美态度的浸淫是形成小说显明风格倾向的至为重要的因素。甚至可以说，这在一定程度上是李晓本身个性中天然拥有的生活姿态。而且，它还多少显得直朴感人，切近于我们曾经历或所构拟的时代氛围，体现出某种生活的实态。因此，我愿意更多地将目光投向这片并不神奇的土地。

对《小镇上的罗曼史》至今我还留有较深的印象，它当然属于李晓比较出色的小说之一。"我"（博士）所亲睹甚或参与的，蟹兄、安琪与大山之间那场感情的纠葛、较量，在当年黯淡寂苦而无亮色的生活境地中尽管属于凡人俗世，却确实注入了某种搏争的活力。事实上，它又没有多少真正的罗曼蒂克可言。因而，小说就在整体上构成了一种反讽意味。这同样可以在李晓的多篇小说中将熟悉的事物（文句）陌生化的处理上明显地体味出来，成为其值得探究的审美表现方式。在这种"罗曼"背后，我们无疑能够感受到它们所隐藏着的深切的现实痛苦。这是一种让社会底层的普通人们的生活愿望和情感渴求受到现实的压抑、羁累和限囿而萌生的内在痛苦。因此，它引发出的蟹兄和大山之间的数番较量及其手段，就可以被视作是一种私我的欲求，一种善良的计谋。我们除却得以体悟真切的人生况味，还由此将以历史的态度来矫治既成的单向的评判尺度。

《小镇上的罗曼史》里，"我"以严肃的面目告诉蟹兄："没有命，有的只是必然，如果能把握那点小小的远见，那你就走向自由了。"它与整篇小说的叙事情态构成了某种反差，但却恰恰产生了正面效应，显示了作者一种潜在的生活信义。这可能体现了李晓对现实生活中的偶然机运变换的特别关切，因为他在其他小说里也不止一次地宣示了类似的生活理解，包括那篇《屋顶上的青草》。同时，它从一个侧面反映出李晓于现实的应对姿态，于人生的把握方式。它和近年的许多小说一样，内在张扬着某种限制中获求自由，企图超逸现实束缚的个体精神，而李晓的小说表现得更为自然，运用得更显纯熟和机智。

也许，《浪漫主义者和病退》中的猎狗在他的知青生活小说中，乃是一个独出机杼的人物形象。李晓以戏剧化的形态表现猎狗为朋友林肯的病退坚持不渝地四处奔波，最终却不料自己成了"严重肝病患者"。"我们这个严峻时代的最后一名浪漫主义者，以他特别的悲壮履行了诺言。"面对猎狗的执着、热忱与无私，我们发现这种悲壮，由于时代气息的笼盖，越发显示出一种人生现实的悲剧蕴涵，以及那种执拗而显疲惫的个体拚争的精神光色。

这种悲剧性的生活意志，最典型地张扬在李晓的成名作《继续操练》中。它还使我们想起李建的《我是侏儒》，甚至刘索拉的《你别无选择》等，似乎在这一类的大量作品中间确实存在着一个进行比较、判断与统合的有意思的话题，但这有待展开。因而，我们可以毫不迟疑地断言，这种我们业已指示的自我呈展的生活姿态及其对人生情状的直面挑战，正是李晓小说最具神采的意蕴核心。

在读《女山歌》时，已经明显地看出李晓多少失却了对他一向令人醒目的审美姿态的把持，而愈益显出冷峻和理智化，表现着对昔日生活的刻意逼视，并且在故事的叙述方式上作了精心的琢磨。《女山歌》里数次出现的冬瓜在洋槐树下边晒太阳边悠长哭喊，事实上已成为生命和生命力被剥夺与丧失的象征。这或许不能看作是附会之说，甚至它的指涉还更宽泛，而变成一种对病态与扭曲的时代的寓意性揭橥。他已经多少表明了李晓创作中审美态度的自身潜变，而且其复杂的含义也变得令人更难以明晰地把握。近作《小店》，以它的神秘莫测的氛围营造而潜隐着精卓的语义;《天下本无事》用一个荒诞不经的故事比照现实与历史，显然也蕴含着一种对历史背谬的批判和嘲谑。任何精微的索解可能会遇到障碍，重要的是，它们指示着李晓小说意态及其个人态度的某种变动，这才是首先值得注意的。

在粗率地结束这篇短文之前，我想把就李晓小说未及谈及而又颇有意思的话题作如下提示:《继续操练》等所出色地表现和嘲人与自嘲的生活姿态表征着的新生代一群的价值取向和审美意向的转换；反讽作为李晓小说中主要表现方式和审美特征（整体隐义上的与个别语象上的）存在；李晓小说的基本叙事体态、时态和语式类型及其变化等。完成了这些具体论析，才真有可能建立起对李晓小说完整而又带有自信的评论框架——它的题目是：李晓的态度。当然，它也应当包含着对李晓创作的内在欠缺的思考和评析。

我将继续这些有意义的话题。

生活的思索：惶惑与超度
——评张炜《海边的风》

　　当人们脑海里还清晰地存着对《古船》那凝重深沉的历史意识与现实激情交织而成的史诗品格的阅读经验时，再来领略这富有浪漫气息、奇幻旷远的《海边的风》（载《钟山》1987年第4期），一定会惊讶于它们竟然出自同一作者之手。这种创作现象并非不可思议，尽管略具审美个性的读者可能难以接受心理上的反差。然而，我们的确很难援引张炜既往的作品来对《海边的风》展开批评与阐释，并且借以畅顺地沟通它们在生活题旨、美学品貌方面的关联。这将是一次批评的新的探险。

　　《海边的风》作为张炜小说的一个艺术变奏，呈现出与以往作品迥乎不同的独特风貌。似乎依然是细腻写实的风格，却又带有颇为浓烈的神话色彩；在一个富有诗情的故事框架里，还时常飘逸出如梦似幻的悠远传说和精神遨游。因此，我无意把它关于民国年间海边村民的篇首语当作某种年代背景的指陈，而去追寻那若有其实的历史风情。可能许多人也会与我一样，因着《海边的风》所造设的奇幻意境及其对现世艰困与矛盾的有意疏离，而将眼光移向那深锚于作品表象之下，更诱引人心的寓意结构。也许正是这样，它才有可能真正表达着作者对人的本身、人生存着的意义执拗顽强的思考，才有可能把现实情状的深沉思虑转换为更显自由无羁的表现方式，透示出某种超越具态生存的精神指向。这已足以鼓动起我们充满生活渴望的心旌——

我们引首远眺，那带着咸腥味的飒然海风吹拂着，海滩上一个尖顶小窝棚显得孤单而引人注目。曾经有过的热闹和喧哗早已逍遁无际。面对冷清清的滩涂，只有老筋头默默地蹲踞坚守。他不想抛弃这道海岸，尽管他可以驾船漂流，独来独往，自由自在。这似乎勾勒出了一幅老者"独钓寒江雪"的画面，却更显示着对现世生活的一种超然姿态。他既不能背弃熟土与旧友，又不愿介入那村庄里着了魔似的喧闹中去。他寂寞而独立着，不无怅惘，又需要欢乐。他是海边充满悟性的精灵般的人物。他本身就是一艘等待起碇的船，一种无法解除的生活困惑与思考的象征。

正是那其貌不扬的瓢壳似的小船——老筋头借以玄想的心爱之物，成为揭橥《海边的风》精神底蕴的显要物件。它是人们漫游浩瀚大海的一块坚实陆地。

但是，当小船还靠在海滩边上的时候，它就只能是一种被悬搁着的念想。老筋头终年远离村庄，独自住在海边。他和这小船生死相伴，是那样依恋。它已被寄寓着一种渴望，一种漂海而去的行动的可能。因为他所面对的是兴奋而忙碌着的村庄，是一群把他和大海忘记了的人们，曾有的喧闹而温馨的回忆也许很难复现。于是，他只有了孤单，仅存着旧日温暖的景象用以咀味。

因此，生活被熔裁成两半：一半是他对大海的依恋，对灵魂自由飘荡的遐想，一半是他合群的意愿，对现世人生的无法割舍；一半是精神的渴求，一半是现实的欢愉。它们合拢起来而统一在老筋头的身上，使他踟蹰着常驻于海边，举目远眺又频频回瞻。我不知道这种解释是否合乎实际，但在他身上确实流溢出一股惆怅的思绪，骨子里执拗着一股心劲，一种素朴美好的憧憬，却又总是弥散开来，化为诗意的光辉，投射在他若有所思、似有所悟的情绪状态。

他是否怀着某种深隐的惶惑与忧虑呢？

是的，这也许就是因为从前常常厮守在一起的老朋友，如今各自忙碌，很少到海边聚会，这使他不由陷入了寂寞。他不明白村庄里人们如此奔忙的目的，那大屋子又意味着什么，是什么无形的力量左右着村庄的每个人。作品本身也没有为我们展示更充分的内容，它仅仅提供了一个整体意象。但我或许能够将这当作一种暗喻，它曲折地传达了现时农村中的某些景象，避却了道德倾向的鲜明流露。从某种意义上说，它的惶惑是坚实而清醒的，尤其是当我们正力图挣脱昨天的桎梏、传统羁缚，而开拓全新的未来与文明时，深沉的忧患并不应当单纯指向过去。

当然，老筋头似乎也料定他的朋友难以过得愉快，他们早晚会回到海边来。于是，出现了那生动而富有意蕴的场面：细长物颧骨凸出，眼窝老深，满面灰土地跑来了；千年龟耳垂下边的坑洼已是很深很深，极其疲软地踱向海边；四方饿得不能撑持，也拍拍身子跑出了大屋子。他们喝足了老筋头熬的鲜美鱼汤，击鼓唱歌，快活无比，重又恢复了元气。这种融洽美妙的情景难道不会触发人们对往昔生活的美好追忆？它又使我们想起张炜另一篇小说《海边的雪》的结尾，两位老人金豹和老刚毅然点燃起他们的小窝棚，以救助冻伤了的年轻猎人……那感人肺腑的情景不能不震动我们的心灵，某种道德批判的情感意向无疑也鲜明可掬。而《海边的风》则更多的是一种内在的忧虑和伤惋，是精神上的超拔。

我们无法对村庄里人们做的大事情做出臧否，他们对既往的背弃和现实的固执，确定自身的行为价值，似乎也无须作精神的悖逆。但是，千年龟、四方、细长物和村庄里人们反复出现的极度饥困，却在天灾频频造成灾荒流离以外，隐示着某种强烈的非物质饥渴。它使得一向倔强的于志广也赶着木轮车，企图飞快地朝大海奔来，却终于未能支撑到底，头向大海卧死野地。这显然带有名状的象征意味。在老筋头和千年龟对船与车、海与田、鱼与粮食的争执不休里，叙述者悄悄地发生着情感的倾斜与偏执，这当然使老筋头多少显示出精神上强烈的优越感，他无限感喟：俗话说"三山六水一分田"，人为什么老在这一分田上奔来跑去……他困惑不得解，也许能够帮助人们摆脱灾荒逼迫，但能使他们挣脱现实的种种困扰与束缚，从而获得心灵的真正升华与超度吗？这漂在水上的精灵也无法断言。

在《海边的风》里，的确没有清晰的时代背景和复杂的情节构成，而更多的抒展着一种意旨深远的诗境。这种模糊性必然带来宽泛的指涉。历史和现实叠现在其中，寻找它们含义深长的投影。我发现，小说包含着许多很难解释以致不甚明了的寓意，它是一个惶惑的精灵浪漫飘逸的情绪载体，它无意显露出过于严峻的机锋。

当《海边的风》力图崭露它诗情峥嵘的时候，它就着实体现了人对现实的生活命运的阻抗。因为人们的心中毕竟都存在着对自由与美好的一片向往，尽管被笼罩上一层过于理想单纯的光彩，它依然体现了一种美丽的坚执。它唤起了我们内心固有的蓬勃的生活热情。

这是面向辽阔大海，也是面向精神境域的一种朦胧期望。

首先跃出我脑际的是细长物，这个奇怪而有意思的孩子，他给老筋头带来了无限的欢乐和慰藉。这样一个小精灵般活泼机敏的人物，多少是对生活实际的变异，他让人想起张炜《一潭清水》中的小林法，其至莫言《透明的红萝卜》中的小男孩。我愿意把他看作是作者的灵秀之笔所致，赋予老筋头以一种务实的情感寄托。

可能是出于避难不及的恐惧，老筋头与小船似乎有着某种明显的生命维系。他对无轮之车——船的依恋，以及对深广无边的海的渴寻，竟然成为整部小说反复出现的显要语象。确实，海上是片真正的广场，它任你驰骋腾挪，却又无法穷尽其堂奥。它是生活的一切可能与不可能的集合。于是，人们被引领着跨入了一个无穷无尽的想象与思考的空间。谁又能真正觉悟人生，穿越未知，完成自由的生命长旅？在大海空旷而深邃的诱惑面前，我们如同老筋头一样，只能久久沉默，显出略带苦涩的微笑。

因此，我们为老筋头温暖而惆怅的思绪牵曳，陷入他那大段美好而单纯的梦幻，却并不能获得充分的愉快和满足。它们显得朴素而纯净无染，过于诗意化，这种沉思与老筋头的人物特征似乎不相协调。但我不能不感受到，这是人心中未曾泯灭的宝贵的精神躁动。它也是对苦难的现实际遇的负面拂逆。

其至，在《海边的风》里还出现了一些神秘莫测的情景。老筋头与鱼人老黑的对弈居然写得活灵活现，而他对海中女妖的出现又怀着本能的畏惧。那场带着深深的离别之苦的最后搏杀又是多么扣动心弦，教人无法忘却。这确有其事，还是老筋头的奇幻幻觉？它究竟意味着什么呢？在我看来，重要的是它体现了老筋头对自身对象的情感观照和神秘感应。老黑正是他强烈的意会错差中貌离而神合的伙伴，他倾心相与的对手和影子；因为老黑的存在，他获得了精神依傍的固着物。他外化了自我人格，而达到了精神的平衡与有定。因此，当细长物锐利地戳穿他将海豹看作鱼人的有意误认时，他不由得愤怒起来。乃至一盘搏杀以后，鱼人让瘦小女妖悄然唤走，老筋头仿佛失落了什么似的，浑身发颤，神色忧郁。他只有沉浸在喧响的鱼皮鼓声里，沉浸在遥远的往事里，才可能消弭内心的恍惚不宁。

在《海边的风》中，我们又聆听了关于老林子里壮男和小红孩及猎人们的故事。这个神奇的传说，具有相当古老而动人的色彩，它把我们引入了一个神话般的浑朴世界。我不知道它的楔入是何缘由，但它无疑给作品增添了凄苦而美丽的诗情。在壮男庄严的选择中，已经包孕着人的某种拗劲，以及更为艰难的生命跋涉，他要确证自身的价值而义无反顾。对我们来说，重要的显然不是故事本身，而是那种人生的执着状态呈现，人的自我选择的无穷可能。因而，它就意味着人的自我意识的觉醒，人类将会把握和主宰自身，顽强地生存创造，去追逐高远的自由境界。

这确实是一个古老而恒新的人生启示。

作品的尾声是极富启示的大迁徙场面：迫于灾荒的一大群一大群人，呈黑黑的一片，像浪潮一样涌向海边，那巨大的呼声远远压过了海的波涌。小船宽松如常地载着一群人离开了此岸，昂首航行。这或许仅仅是一种形式化的象征，它确凿地展示了人本身的自然迁徙，乃至他们从激烈的生存拚争中所获得的辉煌的生命启悟。

它正是以这种浓重的浪漫情调给严峻的生活现实灌注进了渴望与超越的力量，从而感召着我们深沉搏动着的心灵。

——从漫想与独白的状态中渐渐化出，确实，我们无法辨清前面经历的是梦幻中的神游，还是客观真实的描状。这是张炜小说独具生命的一方世界，与《古船》等有着迥然相异的美学品格。它把我们带入一个瑰丽邈远的虚构情境，却丝毫未使人感到虚假浮饰。这是因为，他相当注重富有活力的生活感觉和情绪与扎实生动的生活细节的有机融合，并且汇入了自己独特的哲理思考，营构了一种"表现性的形式"（苏珊·朗格语），从而具有对生活底蕴充分的揭示性和深刻性。仅此一点，也是于当前文坛大量出现的哲理化小说创作的卓然警示。

我不想对《海边的风》作出更明晰果决的评断，事实上，它目下仍然还是一个有待深入解读与品评的对象。在它面前，我和很多读者一样也存有不少把握的困惑，这当然不单是接受方面的妨碍。它可能正像本身那只瓢壳似的神奇小船，虽然看上去很小，却能容纳众多的涉猎者而宽松如常。它是一块陌生、奇异又富有意味的生命天地。

寻求故事性与探索性的交融
——叶兆言小说片谈

　　许多年前在读大学的时候，我读过叶兆言很早的一篇中篇小说，发表在《钟山》杂志，名为《悬挂的绿苹果》。在陈思和先生的指导下，一同写了个对话式评论，题目是《不动声色的探索》。现在看来，这篇小说对叶兆言来说是一个有意义的写作端点。我们开始关注起叶兆言的作品，注意到在他那些平淡的生活故事背后，可能蕴含着的与众不同的认知生活的方式和视角，甚至是一种内在宣示的小说艺术的美学嬗变。文学的探索性并非是要单纯寻求外在形态的新奇古怪，而要看它是否能够超越传统观念的理性束缚，提升人们认识生活的能力，看它是否能够通过文学的丰富表现力来映现出人自身的丰富性，写出传统的文学手法所难以达到的认识世界和人本身的深度。在当时的文学环境下，这篇小说显得与众不同，也多少标示出叶兆言小说创作的特色与风格。假如当年它能够获得全国性的奖项，影响可能会更大，因为优秀作家的作品往往会具有强烈的示范性。

叶兆言的小说，大多显得平实、平淡，他总是以温和的姿态，不动声色地进行着叙事艺术的探索，在坚持小说故事性功能的同时，尝试着小说叙事的各种可能性，寻求叙事方式的变化，寻求故事性和探索性的交融。他的小说不像那些激进的实验性小说那样古怪、晦涩和难读，具有较强的故事性和写实化风格，但它们与读者对故事性小说的惯有的阅读期待相背离，呈现出与之貌合神离的审美效果。他的小说看似顺理成章写来，在外部形式上纯粹是一个传统小说的叙述模式，人物环境、事件时空一应俱全，但在整体艺术结构和人物深层心理的组合上，却开拓了新异的境界。正如有评论所说，他的作品既可以戴上"先锋派"的桂冠，也可以在所谓"新写实"的阵营里排上座次，常常难以归类，面目模糊。这也给我们的解读带来了难题。

第一，叶兆言的小说很多运用了反常规、反高潮的叙事方式和节奏。通常的叙事原则应该是有话则长，无话则短，但他则是有话则短，无话则长。作者自己就说，"我的叙述可能经常是在别人用心处不用心，在别人不用心处用心，因此会出现突然的断裂和省略，也会出现大幅度的纵笔细描，我永远反高潮"。他独自操控着故事的进程，自由地延展和组合，常常在读者期待的地方突然中断、断裂或者省略，有时又重复冗长地展开，形成了表达的某种不确定性和事件的神秘感。他还时常通过一些刻意表现的人物的心理空白，来造成对叙事的阻断，以揭示生活真实的无定状态，让读者难以把握，产生某种悬念。因而，他的小说兼具了强烈的故事性和叙事的探索性的特征。像《艳歌》这篇小说讲述迟钦亭与沐岚的爱情、婚姻故事，介绍对象时，我们会认为被婚姻矛盾困扰的迟钦亭可能会旧情复燃，开始又一次情爱故事，但小说写到这里就突然中断了，阻断了读者的阅读期待，以后事情的发展读者无从得知。类似的情形在叶兆言的小说中非常常见，他的小说依然富有故事性，具有写实的特征，但又充分表现了生活的不可把握，富有暗示性和隐秘性，也显示了生活的不确定性因素。这是他的作品与通常的"新写实"小说明显的区别所在。当然，还有的情况它不是部分的中断和改变，而是在整体上体现出反常规的叙事面目，像《纪念少女楼兰》，事实上楼兰的故事占的篇幅非常少，她变成了一个从属的不重要的角色，反而讲了许多其他人的故事，使读者难以明白作者的叙述意图。

第二，叶兆言的小说虽然表现了很多生活的不确定性和神秘性的因素，但它们仍然都带有突出的明确的主题性，那就是他的精神思考主要还是集中在生与死、爱情与婚姻的范畴里。但是，故事的客观化呈现，事件的因果链和逻辑的中断都在无形中造成了其本身意义的费解，这就给读者带来了更大的读解的自由，不同的读者可以在小说中读出不同的意味。这也是他的小说不同于传统写实小说的地方，读者不能绝对依靠作家来观照生活，理解生活，而要增加其认知的难度，赋予更多的理解的可能性，在阅读轻松与理解困难之间，在强烈的故事性和叙事的探索性之间构成反差和张力，激发人们的解读的欲望和探究的动力。这无疑是叶兆言小说的叙事特色和与众不同的阅读效应。

他的小说讲述的主题并不轻松，故事甚至是沉重而艰涩的，带有宿命感和神秘色彩，但平实的叙述使得故事好读，理解却不容易，这又构成了一种反差。艰涩古怪的小说读起来不轻松，读者就可能拒绝阅读，失去了阅读效应，而光好看好读，轻松有趣，就走向了通俗乃至媚俗的另一极。叶兆言的小说内在顺应了这些年文学潮流的变化，传承了传统小说的有益养分，又增添了自己的创新和努力，因而有评论家指出：他的作品，倘以文字形式论并不难读，难以把握的是他的创作在貌似平淡的叙事形式下蕴含了认知生活、整合历史的独特视角，以及由此带来的新的深度。"新的深度"应该指的就是"把一种称之为社会舆论的认知定势与人性的自由发展加以对照，强调人在选择生活道路时应依靠本能的力量去抗衡社会理性，进而关注到在日常生活中的理性作用以外，还存在着某种非理性与神秘主义对人的支配"。我觉得这样的说法是有道理的。

第三，叶兆言小说对言情、侦探等传统通俗小说叙事手法的借鉴和改造。他的小说好读好看，在于其吸取了这些传统通俗作品的趣味性和世俗性，保持了强烈的故事性，又通过主题和形式的改造赋予了作品新的面貌。畅销言情小说中的爱情故事不但是现实生活中所缺失的，而且它是一种精致化和模式化的东西，带给读者的是精神的、生活的完美的幻觉，而叶兆言的这路作品则是通过对世俗的爱情规则、模式的背离和颠覆使现实生活中的爱情故事变形，以实现对这一古老母题的新书写。两者都是虚构，前者是虚幻的"美化"，而后者是真实的"变形"，在叶兆言看来，"变形"更能达到对"爱"的本义的探究。他只是取之外形，设置一些类似于通俗言情小说的情势，当读者期待着缠绵悱恻、充满戏剧性的浪漫故事时，他却一举打碎了读者期待中的言情小说的情节模式，故事在没有任何高潮的状态下，平平淡淡地发展和结束了。这类例子很多，常常出乎读者的意料。在谈《艳歌》时，叶兆言就说过："我是用言情小说的笔法来写《艳歌》的，言情小说有两个特点：一是细腻，一是公式化，我的小说也是这样。但在写的时候，又常常在关键时候破坏了言情小说的规范，写言情小说同时反言情小说，如一见钟情是常见的言情小说手法，《艳歌》中也写了一见钟情，但迟钦亭一见钟情的是庞鉴清而非沐岚，这只是一个误会，但迟沐两人的关系是建立在这误会上的，他们还是发展了关系。所以这就把传统的一见钟情破坏掉了。"

另外，他对话本小说形式也进行了相应的借用和改造，努力在故事性和探索性的交融中探寻小说写法的可能性。他重视读者的阅读感受，希望先声夺人，抓住读者读下去，开篇和悬念就非常重要。像《悬挂的绿苹果》《去影》等开篇的小故事都具有奇异性。借用言情、侦探、话本、笔记等小说形式，就能使作品保持较强的故事性和可读性，加之作家的创造性改造，又使它们带上了探索性和叶兆言的个人色彩。只有在保持故事性的前提下，"坚守住属于小说自身的最后防线"的同时，才能讲寻求小说叙事艺术的创新和探索，他说："先锋的姿态说白了，就是没完没了地和自己过不去，和文学过不去。"他从来反对和读者过不去，他反对和读者过不去的小说实验。无疑，在这里，叶兆言的写作与"精英文学家"在观念上有着微妙的分野，他所做的是温和的、有亲和力的文学探索，他希望的小说实验不会拒绝读者，相反，它应该是一种对读者很有吸引力的实验，在故事性和探索性之间，在读者的接受和个人的叙事探索之间，应该可以寻求到某种平衡和融会。我以为这对当下的文学写作是具有启示性的。

叶兆言小说的这些特点以及他的创作发生的变化，与九十年代以来文学所面临的市场化环境、读者群体的变化和压力是相关联的。随着市场经济的发展和消费文化的勃兴，小说家和他们的作品一同被推向了市场，读者的主体位置得到了进一步的强化，叶兆言本来就是具有读者意识的作家，那样，他就不断调整自己的叙事策略，努力寻求在坚持叙事实验的同时，增强小说的可读性、趣味性的融会。就叶兆言自身的创作特点来说，这不能被认为是一种妥协和放弃，反而显示出他那种对文学生存环境发生变化的情况下，所作出的积极应对。这也是他作为一个职业小说家的自我需求。所以，我们才会在叶兆言的各种题材风格类型的小说中，那么清晰地看到这些年来各种文学潮流变化的痕迹，看到它们之间的相互关联性。从这个意义上说，他是一个一如既往的真正的先锋作家。只是我们对这一问题的阐释和分析显得不足。我赞同这样的说法，是九十年代以来现实的变化和文学的迁徙为叶兆言寻求小说的叙事性与探索性的交融提供了可能的空间，也为他小说叙事策略的调整创造了时代的契机。

至于寻求这种交融和平衡中尺度分寸的把握，则是另外的问题。我们不能对一个作家的叙事追求和努力过于苛求，对他的每部作品都作出简单化的艺术判断，所以，我不赞同说叶兆言的作品把艺术的精神都让位给了读者的趣味，或者说他的有些作品又一定是放弃了对价值尺度和批判立场的坚持。正像吴义勤说的，他的创作是一种穿行于大雅与大俗之间的努力，那就当然会面临许多挑战和难题，需要他去不断调整叙事策略，进行综合和兼容，结果也未必就是"中庸之道"。相信叶兆言能够寻求到故事性与探索性的最佳契合和交融点，能够既坚持自己对故事性的追求，又不断执着于对叙事艺术的探索，开拓出小说创作的新的空间和可能性。

第二辑

精神家园：艰难的守望
——九十年代的《上海文学》

　　渐已远逝的九十年代的文学时光，为我们凝聚起了一个斑斓驳杂的精神空间。当我们从中搜寻曾有的那些并不遥远的阅读记忆时，定然会平添诸多的感慨，仿佛它们伸手可握却难以名状。的确，我们无法断言这是一个文学收获的辉煌年代，但它又实在是一个极富包容性且姿态各异的文学十年。文学创作在社会文化转型而变化急剧的严峻世态中艰难奋争，尽管它的感召力和亲和力日趋式微，但其守护神圣的心性与渴求却深切可昭。

　　同样，身处文学视界前沿地带的文学杂志，虽然一直面临市场的重重压力，却也在经济窘迫的生存困境中苦苦寻求着自我的创新与突破。因而，从这十年文学杂志备受磨砺的生存历程中，我们不难探寻并见证出思潮涌动、精神多元的当今中国所发生的纷繁变化。更可贵的是，他们没有失却为文学读者苦心营造寄寓人生梦想与诉求的精神家园这样一份热忱的人文理想。同时，这样一份峻急的关怀无疑也是一种生存的拯救与自赎。

九十年代的《上海文学》正是在这样一幅交织着希冀与困难的文学背景下，图新求变，独标个性，以艰辛的劳作呈现着自身的执着和激情。

从"当代性、文学性、探索性"
到"叙述一个真实的中国"

九十年代初期，《上海文学》秉承自己八十年代以来所坚持的"当代性、文学性、探索性"的一贯主张，发表了许多关注社会改革现实，富有历史凝重感，且注重艺术表达个性的中短篇小说作品，显示了它始终不倦的文学追求。这一阶段的作品题材丰富，风格多样，用其"编者的话"来说："社会改革的艰难，家庭婚姻的微澜，文化心理的剖析，人情世故的感叹均在小说中作了不同深度的表现。"（见《上海文学》1990年12月号）不难发现，这些作品大多具有强烈的现实性和质朴平实的艺术特点。同样，这也标示出《上海文学》在一个较长时期恪守的厚实稳健的编辑风格。

正如当时文坛的整体格局，这一阶段《上海文学》的主要收获在于其发表的部分颇具影响的中篇小说，它们从一个侧面体现了九十年代前期文学创作的实绩。其中，有方方的《祖父在父亲心中》、刘玉堂的《最后一个生产队》、池莉的《白云苍狗谣》、朱苏进的《金色叶片》、王安忆的《香港的情与爱》以及李锐、刘醒龙、张欣等人的作品。这些作品以其浓厚真挚的人文情怀和历史厚度所孕育的艺术魅力，获得了广泛称誉，而这些实力作家大多至今仍被视为九十年代文坛的中坚力量。除此以外，同一时期《上海文学》发表的史铁生的《我与地坛》、张炜的《融入野地》也是被公认为代表这一代作家的独赋思想魅力的重要作品。

这一阶段的《上海文学》仍然得以延续自己的文学影响力，主要在于它能够以敏锐的感受力和推陈出新的勇气，把握住时代心灵的脉动，探寻出文学潮流的变化。早在九十年代初，面对沸腾的经济大潮，《上海文学》的编者就明确指出："五光十色的商品世界，无法代替精神的绿地。我们坚信，人们最终希望文学所给予他们的，是人生旅程上的光和热。"（见《上海文学》1992 年 12 月号）从《上海文学》多年来力推的作家作品来看，他们显然更注重开掘小说在如何把握转型期中的社会利益格局与人际关系方面呈现的新鲜因素。继而，在 1993 年，《上海文学》率先以积极介入的理性态度发起讨论当代文学所负担的人文责任与当代知识分子的精神关怀及其命运问题。1994年末，《上海文学》以"面向新世纪的文学"为题，组织开展了热烈的学术讨论。其中话题之一，就是面对九十年代世俗型经济社会的崛起，当代作家如何主动调整自己的生活积累与艺术思维习惯，以应对新生活的挑战。这就为知青一代作家之后又一批实力作家在文坛的全面亮相筑就了表现的舞台，开启了成功的帷幕。应该说，九十年代中后期刘醒龙、池莉、邓一光、张欣等一批作家的创作之所以能够在文坛厚积薄发，引人注目，正是有赖于这一阶段精心的思想孕育。

1996 年 1 月号的《上海文学》上，发表了刘醒龙的中篇小说《分享艰难》。它以较为深刻的现实观察力与人性剖析深度，把握了新的社会格局中复杂的利益纠葛和人际矛盾，凸显出当代中国社会改革的艰难与希冀，因而名重一时。刘醒龙的《分享艰难》等小说连同其他一些新进作家直面改革现实的作品一起，表现了他们在当下时代中的良知与激情、痛苦与困惑，被评论界命名为九十年代文坛的"现实主义冲击波"，一度引发了在文学观念层面上褒贬不一的争论。同一时候，《上海文学》还提出过"文化关怀小说"的概念，发表了与此相关的刘继明等部分作家的一些作品，如《前往黄村》《蓝庙》等，但在文学界的影响显然不及前者。至此，《上海文学》的编者通过各种媒体和不同方式郑重提出了努力营造当代读者的精神家园的文学课题，也为自己杂志固有的稳健凝重的文学追求确立了新的标志性话语。

尽管面临市场经济大潮的冲击，九十年代的文坛却依然有一股沉潜坚韧的力量，支持着文学的发展。当然，多元兼容的良性文化格局的生成，也同时使之成为一个众声喧哗、旗帜飞扬的年代。由于文学杂志自身的生存危机及市场压力，各地刊物竞相策划和张扬自己的文学主张，以独树一帜，引人关注。1995 年，《上海文学》就曾与《佛山文艺》联手筹划举办了"新市民小说联展"及其评奖活动。倡导"新市民小说"，其初衷在于积极回应市场经济全面启动后的社会变化，让文学吸引更多的读者，并且与《上海文学》同时开展的关于市民社会与市民文化的理论探讨相衔接。但实践表明，这是一次不算成功的尝试。由于缺乏充分的生活积累和艺术准备，所发表的大部分作品过多观念演绎，内容流于肤浅，艺术表现较为粗糙，未能产生预期的影响。

九十年代后期，《上海文学》面临急剧变化着的改革现实，在对现实与历史的严肃反思中勉力前行，继续着自己的苦心探寻。《上海文学》的编者一直思考着的问题是，文学如何克服自身存在的各种思想分歧与叙事危机？如何解决在市场经济条件下文学与读者、与民间的交互关系？如何从审美上把握改革开放以后的"乡土中国"与"城市化的中国"？（见《上海文学》1996 年 12 月号）可以说，在整个九十年代中，《上海文学》从文学主张到理论探讨诸多层面上都为此作出了不懈的努力，在一定程度上丰富和发展了当代文学的表现能力与创作经验。如何深刻体认和表现现实中国的真实状况，如何倡导凸现着作家艺术良心和人文责任的文学，成为《上海文学》多年来默默执守的一种文学信念和抱负。直到九十年代末，在《上海文学》

从栏目到版式进行调整重构的同时，其编者明确宣示：将叙述一个真实的中国，拓展严肃的文化空间，作为杂志自身不变的追求与承诺。由此，我们不难发现，《上海文学》在九十年代的十年间一脉相承的现实关切与人文关怀相融合的文化意图。

从"人文精神"到"市场意识形态"

《上海文学》理论评论版面的开拓性与海派特色素为文学界内外所称道。改革开放以来，《上海文学》高擎思想解放的旗帜，廓清理论迷雾，拓展批评空间，重塑海派批评群体，为推动新时期文学的发展做出过重要贡献。九十年代以来，《上海文学》在积极回应和探讨富有创造活力的文学现象的同时，更注重追寻和把握由于当代社会转型所带来的文化嬗变，大大开阔了自己文学思考的理论视野，并且引发了广泛的社会共鸣。

1993 年 6 月，《上海文学》"批评家俱乐部"栏目发表了由王晓明主持的一批青年学人的专题讨论实录《旷野上的废墟》，文章首度提出了"当代人文精神的失落与找寻"的话题。此后开展的相关讨论，由于涉及文学与当下文化的批判及重建的关系，进而深化为当代知识分子在当今社会中的角色命运、价值规范与人文责任等一系列带有紧迫性的文化问题，因而成为文学界、知识界及社会持久关注的热点。事实上，正是由于这场超越文学视野的激烈讨论，才促使人们深入地反思当代文学与社会文化潜在的困惑、危机与冲突，重新意识到当代文化完善自我的价值规范与精神尺度的迫切性、重要性。此后，《上海文学》的编者能够率先启悟并提出关怀现实生存、营造精神家园的文学理念，恐怕与之不无内在联系。

与此同时，《上海文学》接连发表了陈思和的《民间的温馨》（1993年10月号）、《民间的浮沉》（1994年1月号）、《民间和现代都市文化》（1995年10月号）三篇重要文章，以及其他学者、评论家的相关论述。正是《上海文学》再度领风气之先，从一个侧面启动了九十年代文学界乃至理论界又一轮重要的学术讨论和学术争鸣。民间社会、民间文化、民间话语概念框架的导入与确认，的确为理论界重新梳理和阐释文学与文化传统及其内在的价值，开拓具有相对独立性和批判性的现实话语空间，开辟了一条新的思想路径。从九十年代中期这场激烈交锋的文化讨论中，我们充分感受到了来自现实生活的意味深长的变化与差异，以及某种面临多元化所产生的思想分歧与困惑。它们如此真实而复杂地构成了一幅当下中国风雨洗练、气象繁复的思想版图。

1995—1996年，《上海文学》特辟版面陆续刊载了一组关于市民社会与市民文化的研究文章。作为有关民间社会及其文化问题探讨的延续和拓展，这场专题讨论更注重从研究者各自不同的学术思考角度入手，在学理层面上作出扎实细致的论述。它在一定程度上改变了许多争鸣性讨论常有的浮躁风气，并且为当时文坛与之相关的创作实践提供了历史参照和理论背景。尽管理论与创作两者的隔膜和偏差难以消弭，但这场讨论仍是富有学术成果的。其间发表的文章后由上海三联书店列入"新市民文丛"，以《几度风雨海上花》为名结集出版。

九十年代后期，《上海文学》因应时势，开始明显地关注起都市社会生活的变化，其中包括推出了一部分"新市民小说""都市女性小说"及"都市歌谣"，尽管褒贬不一，却也可认为是文坛较早的尝试性实践；而理论版面有意识地介入大众文化现象的批判与研究，也多少转换了自己惯有的严肃文学姿态。

1999 年 4 月号、5 月号的《上海文学》推出了一组由上海一批青年学人参与讨论的，以"当下中国的'市场意识形态'"为总题的批评文章。这次讨论连同此后发表的其他文章，将关于市民社会与大众文化的研究落实为当下现实的具体的形态分析，进一步显现了知识分子文化批评的介入性和批判性立场，受到媒体和公众的关注。2000 年 10 月由江苏人民出版社以《在新意识形态的笼罩下》为名结集出版。在 2000 年 4 月号的《上海文学》上，又刊登了一组由北大学者戴锦华主持的关于九十年代中国文化市场的调查报告，资料翔实，分析精当，反响不俗。此外，2000 年《上海文学》还新辟"在地叙事"栏目，专门发表一些社会学家的个案研究文章（如谭深的《打工妹的内部话题》，陈昕、黄平的《华北农村地区消费情况调查》

等），以从中提示当代文化的流变过程。这表明，当今人文知识分子对于如何不懈地揭示文化意识形态的潜在影响与焦虑，如何忠实地执守介入现实生活的独立性与批判性，已经形成相应的精神共识，并正在付诸实践。

从 1999 年开始，《上海文学》杂志从栏目到版式进行了逐步的调整，明确提出了杂志栏目和"大文学化"的办刊思路，力求以推陈出新的特色栏目、风格精致的高雅版式和独具个性的文化格调，来赢得读者的青睐。两年间，新辟了"思想笔记""日常生活中的历史""非虚构写作""城市地图"等众多栏目。其中，"思想笔记"栏目张扬刊物人文个性，拓展理论写作文体，刊发了大量思想犀利、颇富启示性的随笔性文章，为文学界提供了一定的文化思想资源。而开辟"日常生活中的历史"栏目的意图是希望从民间历史与日常生活的角度，专题化、多侧面地深入检视和剖示中国现当代所走过的文化道路。当下的文化批评不但需要拓展自己的理论视野，更应当积极清理、累计和评价富有启示性的历史经验与生活资源。在对民间化历史现象的回瞻、描述和评说中，确有可能呈现出一种潜行而清晰的当代文化发展的变化轨迹。这些栏目的开设，无疑拓展了文学杂志乃至文学批评与研究的可能空间，使其更具兼容性和亲和力。从文体实践的角度而言，至少它也可能是一种有意思的探索，尽管目前的文体形态仍然相当粗糙而不完善。

毫无疑问，《上海文学》杂志近年所做的努力，正如其编者的话所说，乃是贯穿了这样一个主题：这就是对历史的深沉追问和对现实的严肃回答。

九十年代的十年间，有一些耀眼的名字，曾经闪现在《上海文学》的璀璨星空中；有一些精辟的语词，早已融入了《上海文学》的经典篇什里。她与广大读者风雨相伴，共享了人生路上的艰辛与欢乐，成为他们寄寓梦想与诉求的精神家园。

解读《上海文学》这十年的历程，正如同直面当代文学在九十年代艰苦跋涉的命定境遇。人们将从中体会诗意，理解深邃，也感受悲情，分享艰难。

人们也终将明白，对一种人文信念的守护与恪守，乃是文学根本的力量所在。

尽付芳心与蜜房

——怀念周介人老师

五年时光，何况还是跨越世界更替的五年，真的可以说是恍若隔世。当年的印象逐渐变得模糊，一如周老师那瘦弱而坚定的身影渐行渐远，不再清晰可辨，人们记忆中曾经的悲痛和感喟似乎也早已日愈淡然。这是一个容易遗忘的年代，唯一能够激活我们心灵神游的是静默积淀于《上海文学》厚重册页中的诸多经典篇什及其智慧的印痕，其间自然也包含了周老师所经久奉献的一腔心血与挚爱。

平常日子里，我们肯定还会时常念及他的名字，那是因为他和太多的文学事件、历史场景紧密相关，无法剥离。我们的脑海中会时常闪过他步履日渐沉重的背影，还有更多他的亲和力和睿智的目光，那是因为他的身上牵系着文学太多的荣辱悲欢，以及说不清理还乱的世道沉浮和人心变幻，而他始终以一己的宽宏情怀予以化解，唯有文学、文学杂志的艰难时运及自我困境才真正令他忧心不安，殚精竭虑，直至生命飘逝的最后一刻。

他真就像曾经绚烂绽放、凌空飞舞又终将枯萎的花朵，"将飞更作回风舞，已落犹成半面妆"（宋祁《落花》）。如今，章台人去，因骨遗香，面对当下纷杂的文学情境，我们在内心深处倍加怀念周老师，怀念他在艰难困苦中尽情凸现的不屈不挠守护文学理想的品格风范。

往事已成云烟。但当安静下来的时候，走在《上海文学》所在作协大楼形貌古旧的廊道里，却常常会觉得时间似乎是凝固而苍老的，仿佛迎面就能触碰到穿越而过的真实历史。

我是在文学即将从辉煌峰巅滑落的 1986 年中正式进入《上海文学》工作的，更是在周老师等许多前辈师长的关心和呵护下，才慢慢体味出作为现今年代一名文学杂志编辑的甘苦与酸楚。那时候，我们曾经在愉悦与惊异中竞相传阅了已经进入复审、引人瞩目的《访问梦境》的原稿，印象深刻的是，李陀老师当时来访编辑部时就已经较早肯定了这部作品，他更是旋风般地带来很多新鲜的话语和文坛的讯息，感染着大家的情绪，其高声谈笑状至今仍历历在目。现在回想起来，这是我在编辑部所经历的思想氛围最为活跃而热烈的时期，细细回味就如同对八十年代文学兴盛时期那种梦境般景象的又一次造访。当时的周老师正值盛年，精神焕发，常见他一旦读到好小说就喜形于色，匆匆在发稿单上写上几句，然后快步穿过走廊到另一房间与责任编辑交换意见。他性情温和但作风干练，且富有敏锐的艺术眼光，其时他个性化的领导魅力已经深获众心。

在激流涌动的改革大潮中，文学时时见证着一个时代的种种纷繁变化。周老师主政杂志社工作后不久，作为差额拨款事业单位性质的《上海文学》即由于各种原因，不再享有财政及主管部门的任何补贴。虽然束缚少了，但实际上的自负盈亏，本身暗含着很大的市场风险。与此同时，文学、文学杂志首先遭遇改革开放乃至市场调节下的文化环境和阅读时尚的冲击，开始逐步出现颓势。一时间人心浮动，心理失衡，现实环境的限囿和利益诱惑的驱动，使许多人纷纷寻求起体制外的发展机会。文学杂志在面临更大经济压力难免日显窘困的时候，早已无奈地将一道道深深的时代勒痕印在了自己原本赢弱的肩上，而此时带领《上海文学》负重前行的，正是一介书生、并不善舞长袖的周老师。

起初，杂志社的经营状况还是不错的。在当时"经济搭台，文化唱戏"和"以文养文"的观念背景下，《上海文学》是国内较早创办作家与企业家联谊会的文学杂志，还较早开展了如今各刊竞相效仿的长篇增刊、通俗文学丛书和写作参考丛书的出版业务，形成了多元的经营手段和发行渠道。在周老师的全新操持下，《上海文学》下设编辑部、书刊经营部、"作家与企业家"编辑部（具体运作作家与企业家联谊会）三批人马，同心协力，各项工作有声有色。这一阶段相对而言，称得上是《上海文学》的经济兴盛期。私下里周老师甚至设想，将来有条件的话，《上海文学》要建立一个思想研究室，专门为刊物的开拓发展提供智力支持和决策判断。

着眼于文学杂志自谋生存之道的长期行为，周老师那几年曾在大小会议上，适时地提出了"小编辑，大管理"的六字方针，明确强化了经营管理、经济运作对文学杂志生存发展的重要性与迫切性。虽然当时它对自恃清高的编辑人员产生了不小的冲击，在编辑部内部引起过持续而强烈的心理震动，但从今天看来，仍不失为一种深谋远虑。假如一家杂志社不能建立一套完善有序的管理模式乃至经济运作方式，刊物本身不能真正融入市场观念，形成自主创新能力，那么，它就难以实现可持续发展的积极生存。后来的事实也证明了，我们在九十年代中期失去了企业家的慷慨赞助以后，尤其是从 1996 年开始的与《劳动报》合作联办的八年间，由于各种原因，未能主动拓展自身的生存发展，结果逐渐丧失刊物的生机，处于尴尬窘迫的境地。这是我们至今难以告慰周老师的切肤之痛。

对《上海文学》来说，历史的记忆首先是由经典之作的耀眼名字以及感动人心的独特细节凝聚而成的，那十余年也不例外。它们的字里行间，虽然看似没有周老师留下的个体痕迹，事实上，却蕴涵了他全部的创造性智慧与心血。

1987 年以后，作为评论家的周老师更多地把精力投入到了小说稿的编发中。他将自己的文学判断和理论创造完全融入进《上海文学》这本杂志品格建构的过程。他每期精心撰写的"编者的话"浸润着自己的文学理解，敏锐深广，独具慧识，至今无人可比，成为杂志的一大看点。许多作家拿到《上海文学》务必先看的就是"编者的话"，山东作家刘玉堂就认为"它对文学思潮的归纳，对创作实践的指导，极具权威性。还有它亲切的语气，用散文化的语言表述理论问题等，都十分具有亲和力"。

其实，最初池莉的小说《烦恼人生》原名并非叫《一个产业工人的一天》，而用的是另一个比较匠气的名字，是周老师亲自为之改题，并写文章大力推介，才直接促成了此后"新写实"小说在文坛的兴起。1996年初刘醒龙《分享艰难》的命名则更为文学圈内人知晓，它甚至一度引起了争议，但直到现在仍是一个使用率颇高、指涉复杂的语词。当时，常常有一些毫不起眼的作品，作者更是名不见经传，然而周老师却能慧眼识珠，稍加修饰，便点石成金，使之顿然生辉。虽然其中大部分作品并未能流芳至今，但周老师的文学识见自成一家，卓具影响，这也使不少当初受其提携的作家如今依然对他心存感激，怀有深深的敬重之情。

在1993年1月号的《上海文学》上，周老师甚至将一位苏州青年作家的小说定名为《走出困局》，尽管似乎失之直白和概念化，却无疑满含着他的一种热切的期待，既直接指向新的社会格局下复杂矛盾的化解，更是以隐曲的方式由衷地希望文学同样能够从容解决好市场化条件下的生存难题。在当时文学杂志经营状况大都日显艰难的背景下，周老师独撑危局的苦心和诉求由此可见一斑。

显然，这一时期的《上海文学》仍然得以延续自己的影响力，关键在于我们拥有了周老师这样的灵魂人物。多年来他一直保持着敏锐的现实感受力和推陈出新的勇气，引导杂志牢牢把握时代心灵的脉动，细致探寻文学潮流的变化。而从他偏爱和力推的作家作品的整体倾向来看，也无疑更注重开掘文学在如何把握转型期中的社会利益格局与人际关系方面出现的新鲜因素。他从来就是与时俱进的，更是一个清醒务实、具有创新思维的文学领军者。

早在九十年代初，面对沸腾的经济大潮，周老师就在"编者的话"中明确指出："五光十色的商品世界，无法代替精神的绿地。我们坚信，人们最终希望文学所能给予他们的，是人生旅程上的光和热。"1994年2月，他在推出刘继明等一些作家作品的同时，更是直接提出了"文化关怀小说"的概念，将它们放在现代化加速进程历史阶段中所必需的文化反思的背景下来加以考察。年中，他又通过媒体和各种方式，首创性地提出了"关怀现实生存，营造精神家园"的文学课题，为自己杂志的品格追求确立了独有的标志性话语。"对弱者，关怀他的生存；对强者，关怀他的灵魂。"这在当时是一句颇为引人瞩目的文学告白。他试图要"使历史进程中的强者与弱者都在为文学家园中感受到被理解、被抚慰、被宣泄、被呼喊的关爱"。虽然,"精神家园"的提法如今早已变得烂俗不堪,谁都可以借此商业化地神圣一把,以期自我加冕。但在当初,它却真是一种振聋发聩之声,大大冲击了沉寂已久的文坛氛围,重新唤起了知识分子岗位价值的尊严和自信,更在无形中吸引和凝聚了在市场竞争的严峻生态下渐显失落无助的寂寞人心。之所以说这是《上海文学》一种难以模仿、不可复制的精神标识,乃是因为它不但是周老师率先启悟并郑重提出的一种文学理念,更由于通过孜孜不倦的努力,它早已将众多经典篇什和精辟言说融入了杂志本身的历史血脉,形成了一种特色性的品质和风范。而所有这一切,几乎都离不开周老师充满诗情的理论概括力和文学想象力。

1994年末,借第六届《上海文学》奖颁奖活动在上海中山宾馆举办之机,周老师亲自主持了以"面向新世纪的文学"为题的学术讨论。我还清楚地记得那次讨论会的情景,不大的宾馆会议室里聚满了来自各地的作家、评论家,王蒙老师有关文化专制主义的宏论,作家李锐极富个人特色的慷慨陈词,许多的场景仿佛仍在眼前闪现。然后,次年1月号的《上海文学》上发表了王蒙老师的《沪上思絮录》,而李锐则在随后寄来了随笔《虚无之海,精神之塔》。事实上,当时周老师最为关注的,就是面对一个世俗型经济社会的崛起,作家们如何主动调整自己的生活积累与艺术思维习惯，以应对新生活的挑战。他既希望到了九十年代，知青一代作家能以凝重的理性智思舞动感性的艺术精灵，继续创造"未了"的辉煌，更愿意亲手为知青一代作家之后又一批实力作家在文坛的全面亮相筑就表现的舞台，开启成功的帷幕。可以说，九十年代中后期刘醒龙、池莉、邓一光、张欣等一批作家的创作之所以能够在文坛厚积薄发，引人关注，正是有赖于这一阶段像周老师这样具有精心谋虑的杂志主持人所全力推动的思想孕育，乃至依靠理论造势所进行的实际运作。不论对他们的文学价值存在多少争议，但如果缺少了这样的前瞻性思考和开拓性实践，一家文学杂志显然很难凸现自己的个性面目，更遑论建立一种特色性的影响与追求。

1994 年 12 月号的《上海文学》，周老师在扉页上留下了刻画知青一代作家如何思量九十年代的"经济遮蔽"现实，力图实现自我提升的某种"了犹未了"之情的精彩感言。其实，作为文学评论家和杂志领军者的他，其内心的思考与激情、矛盾与探索又何尝不是涌动在"了犹未了"之间？那时，杂志的经济压力日愈沉重，依靠企业的赞助也越来越勉为其难，周老师肯定已身心疲惫，难堪重负，而唯一能支撑他的，正是对此生自己所挚爱的文学的一番未了之情和不悔之心。

1994 年下半年开始，《上海文学》连续推出了两个打破传统文体分类的栏目"世事浮沉"和"都市歌谣"。次年，周老师又亲自组织与《佛山文艺》联手筹划举办了"新市民小说联展"

及其评奖活动，一时引起众说纷纭。那时候，他不但积极提出了"新市民"小说的文学主张，力推一批反映城市世俗生活的小说以及文学新人，甚至还经常在卷首语及其他文章中引用一两句诸如《涛声依旧》之类的流行歌曲的歌词，煞是有趣，亦含诗意。我们都对他说，周老师你的心态比我们还年轻啊。现在想来，这一切会否是日显疲累的周老师在精神心灵上的一次回光返照？

实际上，他倡导"新市民小说"，绝不是单纯为独树一帜，炒作一番，其初衷明显是在于积极回应市场经济全面启动后的社会变化，让文学能够吸引更多的读者，并且与《上海文学》同时开展的关于市民社会与市民文化的理论探讨相衔接，寻找出一种新的创作路向。尽管由于生活积累、思想储备和叙事方式的局限与不足，这一类写作过多观念演绎，终究流于浮浅，未能产生预期的影响。但是，由周老师领军的《上海文学》在八九十年代能够数度开启风气之先，引导文学潮流，激励艺术创新，却是一个不争的事实，更赢得了历史的荣耀。

去世前的两年，周老师一直苦苦思考着的问题是：当代文学如何克服自身存在的各种思想分歧与叙事危机？如何解决在市场经济条件下文学与读者、与民间的交互关系？如何从审美上把握改革开放以后的"乡土中国"，尤其是"城市化的中国"？如何开始站在现代都市文明的立场，来看待现实生活及其文化嬗变？当然，这些对他来说本来就不可能是完成时态的精神提问，急剧变化的现实情境本身也在悄悄改变着他的思量和期待，改变着他的激情和梦想。如今，他的生命已然停息，但由他提出的一系列文学思考却值得继续，并且足以延展到当下的中国现实，因而极富前瞻性。

一个人如果停止了思考和探索，那他的生命价值会变得可疑。同样，一份文学杂志如果延宕了理想和创新，那她的精神蕴涵也将显现僵滞。历史已经证明，唯独因为凭借了开阔的思想视野以及考量现实的话语能力，二十年来《上海文学》才会始终独立文学潮头并且充满活力。不然，她将可能逐渐丧失自己的历史定位与个性品质，钝化自己介入现实的提问能力与思想锐气。这些年，周老师他思考问题时那头微微后仰的神情仿佛总在我们脑海间浮现，似乎催促着我们以及今天的《上海文学》务必紧密接续曾经由他传承而来的思想传统，这就是对历史的探询与追问，对于现实的介入与回答。

周老师的遽然去世，曾经给我们带来了极大的哀痛和伤恸。而让我一直记得的是，在我最后一次到医院探望周老师时，他对我们年轻人因文学的不景气而产生的思想游移所轻轻流露出的责备与无奈。虽然，他一生坚持的文学理想备受时世的冲击，但他绝无沮丧，更不逃离，他把所有的委屈和酸楚留给了自己。而对我们来说，失去周老师的心痛感觉，还有他的文学沉思给予我们的启示，则是要随着时间的推移才会愈益强烈地感悟得到。是的，也许直到今天，我们终于有所明白。

于是，我们不由得深深怀念他——像这样为文学理想鞠躬尽瘁、尽付芳心的一个人。

编辑手记：从"长风万里送秋雁"到
"琵琶起舞换新声"

长风万里送秋雁

亲爱的读者，时值秋天收获季节，又恰逢《上海文学》新时期复刊第 300 期，为此我们应该有理由感到喜悦和欣奋。多年来，文学杂志虽然一直面临着市场的重重压力，却也在经济窘迫的生存困境中苦苦寻求自我的创新与突破。同样，《上海文学》在交织着希冀与困难的文学大背景下，图新求变，独标个性，以艰辛的劳作呈现出自身的执着和激情。尽管文坛似乎早已成为众声喧哗、斑斓驳杂的文学市场，但我们仍然愿意将一份由衷的祝福与信念默默地留给以后的风雨岁月。

本期发表的陈应松的中篇小说《狂犬事件》叙述了一个祸起疯狗的乡村故事，虽然事因突兀，语象奇诡，却分明是在以文学的非常方式考验人们的历史记忆力。历史的伤痛不可忘却，而由历经了时代沧桑人的内心记忆积聚起的精神忧患就更难以磨灭。它势必借助于事件的文本叙述，明确地唤起人们的历史记忆力和承受力，在某种程度上成为对当下生存境况的隐曲的启示，以利于清醒地发现并清除现实生活中的缺陷和病灶。这样，一桩贻害甚烈的"狂犬事件"就不再"古怪无情"，相反显得意味深长。

纵横捭阖的人生故事自然拥有着"壮丽的声色"，但事实上，平淡琐碎的世俗生活里也同样可能藏有一份细微的"隐痛"。著名作家王安忆就颇为看重薛舒的两个短篇《花样年华》《忘却》所透露出的"凡俗的趣味"，特加点评，认为其"具备了正直的品格，虽然微小，却绝不卑琐"。

与此巧合的是，在本期的"上海词典"中，作家程乃珊也主题暗转，描述起处于社会底层的、本埠最早的职业妇女——"上海保姆"生活命运的百年沉浮。而"城市地图"所发的郁土的《在路上》，记叙的则更是上下班途中平淡无奇的都市见闻与感受。"城市地图"栏目的作者似乎越来越多非写作圈中人，叙述笔调也日显质朴本色。这一有意思的写作现象是否在确认一个事实，那就是其实生活的自然书写者本身更应该也能够承担对生活的文学书写，并且并不"略输文采"、"稍逊风骚"？

在"思想笔记"栏目中，学者傅谨的《新社会中的"公家人"》则逼近历史，探究五十年代的戏曲改革所造成的观念冲突及其对传统艺人的心灵冲击。而朱鸿召的《秧歌是这样开发的》一文更将眼光投向烽烟四起的延安岁月，梳理了民间传统秧歌舞如何经受全盘改造，使之成为革命红色文化流行时尚的过程。这两篇文章俱是史料翔实、剖析独到的精心制作。

《上海文学》素来极少刊发理论译作，这期全文发表美国著名文学批评理论家弗雷德里克·杰姆逊2002年7月在上海的讲演《现代性的神话》，也是意在为文学界、知识界朋友拓展理论视野、解读文化语境提供思想资源和智力支持而做的一次尝试。

谁爱风流高格调

时光流转，秋意弥漫，展现在我们现实视野中的或许就是这样一派色彩繁富、气象诡谲的文化图景。九十年代以来，全球化的市场浪潮席卷世界，全面冲击着世人的生活及心态，乃至更为紧要的精神与价值层面，更引发了一系列错综复杂的现实问题，如贫富鸿沟的扩大、两极分化、对资源平衡和环境的危害等。它促使我们必须严肃地思考：现实的剧变究竟带来的是希望还是阴影？对广大后发达国家普通民众而言，它是否意味着不是机会的获得，而是命运的决绝？同时，作为社会精英角色的当代知识分子是否更应该重新反思自身的价值定位和人文职责，并且为批判和消除矛盾不公的社会状况，勇于承担起艰难而高尚的文化使命，脚踏实地地积极探寻某种变革途径和行动方式。

发生在印度喀拉拉邦的民众科学运动正是这样一项富有启示性的社会实践与探索，它为各国应对现代化、全球化、工业化的严峻挑战甚或负面影响提供了独特的经验。尽管学界论者对其民主实践的价值意义各执一见，然而，当我们面对本期发表的评论家李少君《由印度知识分子想到的》一文所浓情描绘的印度知识分子光彩照人的精神风貌，以及他们为抵抗全球化洪流带来的窘迫困境所流露的痛苦焦虑、所作出的悲壮努力、所显现的高尚情操，谁又能不为之动容，为之感佩，为之深思？毋庸置疑，那些为底层民众、为理想目标而辛劳奔波的印度知识分子的顽强身影，以及他们的执着坚定的眼神，已然深深印刻在我们的心里，并将会在时世的推移中凝聚成一种力量、希望和勇气。

"哲学家们只是用不同的方式解释世界，而问题在于改造世界。"读着这句镌刻在马克思墓碑上的警世名言，我们和本期"人文随笔"《马克思之墓》的作者一样，心中涌起无限感慨。它无疑是革命导师给予后人的有力的精神引导。而耐人寻味的是，南帆先生在文章中也不无忧虑地指出，如今的"这个世界肯定有什么地方出了差错"。

有意思的是，年轻作者指北的中篇小说《上海遭遇》虽然仅就当下生活中的婚姻以及两性关系作了冷静细致的观照和剖析，却在一定程度上从人性层面凸显了现代人的精神迷离与困惑。因而，"上海遭遇"的命名就可能不无意味地成为所谓新上海人群的一种困惑与找寻、冲突与媾和的主体性象征。此外，本期刊出的程乃珊的《上海名媛》、沈星妤的《盲》等作品，也正是在表现某种奔突于历史与现实情境之间的怅惘和无所适从中，留给了读者一份精妙可读的文学书写。

多年以来，我们始终将深刻体认和表现现实中国的真实状况，积极倡导凸显作家艺术良心和人文情怀的文学，作为自己默默执守的信念和抱负。《上海文学》率先启悟并郑重提出关怀现实生存、营造精神家园的文学理念，不但为杂志的品格追求确立了独有的标志性话语，而且通过孜孜不倦的努力，早已将众多经典篇什和精辟词语融入了自己的血脉。这是谁都难以模仿、复制的精神标识。

"谁爱风流高格调，共怜时世俭梳妆。"唐代诗人尚且有如此不同流俗的孤高情调，它多少缓释了我们内心涌动着的直面现实境遇的悲情与焦灼，更将重新激活我们怀疑、思索，不断苦心探求的渴望。

流尽年光是此声

时光飞驰，转眼又至岁末，现实情境的渐次变迁已然促使文学的内蕴悄然发生着传承与转换。与此同时，具有特殊意义的是，创刊历史久远、饱经风雨洗礼的《上海文学》正即将度过她的第五十个春秋，期待跨入新一轮岁月。五十年奔流不息的文学时光和备受磨砺的生存历程，使其不但为数代读者建构起了一个斑斓多彩、富有感召力的精神空间，并且更深刻印证了思潮涌动、价值多元的当今中国所呈现的纷繁变化。

综观《上海文学》五十年的文学道路和编辑业绩，她不仅为当代文学史精心留存了众多名篇佳作，热忱培育了历代文坛精锐，而且凭借其坚实的劳作和不懈的探求，为我们积聚了一份不可替代的文学资源和品牌价值。尤其是新时期以来，《上海文学》高擎思想解放的旗帜，廓清理论迷雾，探索文学创新，拓展批评空间，为八十年代文学的辉煌发展曾经作出过重要贡献。九十年代以后，《上海文学》在积极回应和推动各种富有创造活力的文学现象的同时，更为注重追寻和把握由于社会转型所带来的文化嬗变，开阔文学思考的理论视野，启动了文学界、知识界多轮影响广泛的学术讨论，获得了显著的社会效应。近年来，《上海文学》又因应时势，逐步推行调整重构的努力，明确提出杂志栏目化和"大文学化"的办刊思路，努力拓展文学杂志的潜能空间，使之更具包容性、亲和力及人文品格，在诸多文学期刊中依然得以独树一帜。所有这一切，无不包含肩负文学道义的《上海文学》的开拓者和继承者所付出的极大的辛劳和心血。

"行人莫听宫前水，流尽年光是此声。"尽管古今语境不可同比，面对不舍四季、逝者如斯的岁月长河，面对枯荣盛衰、世事沧桑的文学历程，我们仍旧有茫茫百感慨然兴起，交集心间。而深情回瞻以往走过的风雨路程，正是为了能够鉴往知来，更用心打造明日的瑰丽风景。

值得关注的是，近期《上海文学》上李游的中篇《川流不息》（见《上海文学》2002 年 12 月号）所展现的特定人群的当下生活尽管迥异于过去曾重复演绎的"白领心事"，却仍然难以逃脱文化之境的敏锐观照。青春年光可以视作韶华易逝的一段过程、一种状态，但虚浮轻掷、飘忽无根的消费主义哲学岂可奉为人生圭臬？而除了感时伤世，我们欲加追问的又何止是这一人群应接未来的精神走势？虽然在他们的眼中，精神意义上的"明天永远不会到来"。

而同期"城市地图"栏目中徐子亮的《那里曾是我家》以及作家程乃珊的《瑞芝村》作为两则不同年代背景的上海街区故事，所激活的却显然都是人们清晰而温馨的情感记忆和日常生活细节。正如程乃珊所说："我们需要这样一个小小的纪念碑，让我们在人生之路上偶然一个回头，仍能瞥见自己的足迹。"人们恋恋难舍的，正是这样一种自我认同所从何来的心灵追索。

同样，《上海文学》近期刊发金理细致解析上海一家颇具代表性的新锐媒体文化成长路径的《繁复的表意空间》一文，显然也是借此唤起人们对当下社会流行文化话语孕育的"柔性权力"的关切与重视。《上海文学》多年来的竭诚努力，又何尝不是为了构筑一个流转在读者内心深处的独具魅力的"表意空间"？

白雪却嫌春色晚

在我们即将辞旧迎新迈进又一轮岁月的时候，文学界也正努力孕育着一种创新的活力和生气。面对世纪交替文化转型中的当代语境，一批成熟作家坚守自己的人文立场，竭力克服表达的困难，以敏锐体验和精妙智慧在文坛继续保持着统领全局的"必要的张力"，而更多的文学新锐则从边缘化的自我境遇出发，鲜明地张扬着个性迥异的叙事意图，在蜕变和分化中不断磨炼自身的话语能力，以期获得精神的成长和顿悟。这样一种尊重传统、激励创新的文学格局，不正昭示着一个未来的"悬念"，一个令人欣喜的发展空间？或许，它还蕴含了一种新的"讲述历史变化和现实矛盾的叙事"（弗雷德里克·杰姆逊语）的生长可能，而这也正是我们殷切期待的文学"春色"。

早在1953年1月，《上海文学》创刊号"编者的话"就明确提出，其方针"以第一发表作品，第二登载理论批评为方案"。五十年来，《上海文学》能够持久延续自己的文学影响力，就在于她全力坚持了这一办刊理念，以敏锐的感受力和推陈出新的勇气，把握时代心灵的脉动，探寻文学潮流的变化，并且从文学主张到理论探讨诸多层面上都进行了自觉的探索，丰富和发展了当代文学的表现能力与创作经验。而今，因应急剧变化着的社会现实以及人们多元繁复的精神需求，文学创作无疑应该有效地建构与完善自身对历史与现实的把握能力和表达方式，身处文学视界前沿的文学杂志更需要充分领悟、体察与时俱进的题中之意，既要汲取传统精髓，又应鼓励革新突破，以"变"应变，以"变"求"不变"，以"变"谋发展，努力寻找到一条使文学得以"诗意地栖居"并葆有永恒魅力的生存之道。

"白雪却嫌春色晚，故穿庭树作飞花。"（韩愈《春雪》）固然，我们无意在慢慢寒冬中兀自幻化出一片春色来，更不能无视如今感召力、亲和力已趋式微的文学境遇，但我们仍然相信，正如春天的身影乃是从严冬中走来一样，文学也将会在对传统接续与扬弃的裂隙中顽强地展露自己的身姿，重新选择自己的生长空间和表现形态。

"历史的经验值得注意"，这是一句在特殊年代人们耳熟能详的名言。《上海文学》近期发表了作家梁晓声的中篇小说《发言》，其所刻画的柳先生这一知识分子形象及其人生命运的起落沉浮确实令人省思，亦颇具反讽意味。事实上，"发言"这一极具中国特色的言说方式，所累及的不仅是个体人生，遭受伤损的更是集体心灵的良知与禀性。然而在自由思想的当下年代，我们却时常因多元话语所带来的困惑和矛盾的相互纠结，而深感文化表达的枯涩、艰难和复杂，简明晓畅反倒令人怀疑。

由此而言，青年批评家雷启立的《在"小报"的字里行间背后》（见《上海文学》2003年1月号）一文就深刻影响当今中国社会的大众传媒与消费意识形态的合流与共谋关系所发出的警惕和追问，不仅具有较为清醒的批判意识，而且颇富解读价值。它更表明，尽管摸索思想路径需要明确的理论指针，形形色色的话语路标又令人疑窦丛生，但我们从不曾放弃关注现实，并且试图把握和表达现实的努力。

同样，我们也可以将《上海文学》近期"批评家俱乐部"栏目中关于网络普及时代文学批评与人文学术现状和前景的探讨，视作又一种现实表达和理论言说。只是对当下网络批评在冲击和挑战知识世界交流秩序的同时，能否摒除其与现实生活两相隔离的封闭性和虚幻性，以及业已显露的无序与失范的消极症候，我们依然抱有不小的忧虑。

昨夜西风凋碧树

唐代诗人韩愈诗云："新年都未有芳华，二月初惊见草芽。"在行将春回大地、万物复苏的时节，我们内心始终关切的是如何以文学的方式叙述和揭示当下中国现实情境的主题。随着中国城市化进程的迅猛发展，原有的社会结构以及人们的生活方式自内而外都发生了根本性的变化，形成了不同于以往的斑斓驳杂的精神景观。更重要的是，我们明晰地感受到了在当代都市生活空间的营造过程中，本土文化积淀与现代文明标准二者所呈展的两重向度相互作用所产生的矛盾和合力，以及由此交织而成的一种新型的现实关系和发展逻辑。从这个意义上来说，我们以文学视角切入都市生活及其人群的生存状态，历时性地梳理和思索都市文化的个性品质、价值资源和历史脉络，就显然拥有了宽厚有力的背景支持。

面对九十年代以来产生了明显转折的中国现实情境，文学如何克服自身存在的各种思想分歧与叙事危机，从审美上把握和表达处于现代化进程中的社会现实，深入地理解和观照都市生活的人文流变和生长轨迹？这是《上海文学》多年一以贯之、着力探索的重要课题之一，事实上，它也业已成为当今社会人们逐渐趋同的文化关怀。而近期《上海文学》"批评家俱乐部"栏目发表的三人谈《张爱玲的启示：我们如何面对都市》正是通过个案剖析，展示了一种有益的思考路径。对于都市生活的文学书写，只有完全摒弃矫揉造作的刻意模仿和遮蔽真实的浅薄怀旧之风，通过日常感觉的生活积累来准确体验和把握其紧张不宁的内在节奏及不断生长的文化特性，恰当处置和调控在生活姿态和表现能力诸层面上疏离与介入、幻象与本真、妥协与认同、失真与还原、朴素与华丽之间的二元关系，这样才有可能真正触及并表达出一种当代都市生活真实的核心语境，进而由此呈示都市人群主题昭示未来的精神认同和价值取向。

"诗家清景在新春，绿柳才黄半未匀。"（唐·杨巨源《城东早春》）一如柳枝新叶冲寒而出，给人们带来早春的清新之景，当下的文学也应当敏锐地发现和开掘现实生活中最初显露的新鲜因素，激活思想灵性，摒除陈规旧套，为读者展现一种具有启悟力的宽阔的精神视野和想象图景。

《上海文学》2003 年 2 月号发表的钱二小楼的中篇《为寂寞讲一个故事来》正是通过勾勒叙事人在二十世纪六七十年代的故事中"由一个小姑娘攀着时间的常春藤成长为一个地地道道的女人的历程",显示了作者驾驭语言与结构的不俗功力。在变幻无定的世事浮沉中,它隐约透示出的乃是当下繁华喧闹的生活表象下人们内心的一种精神缺失。

作为解读和重构都市生活历史和现实的努力,《上海文学》的"上海词典"和"城市地图"栏目或可视作回瞻和凸显上海特色都市文化生长形态的两扇时空视窗。最近各自刊出的程乃珊的《太太万岁》、摩兰的《贵儿民泊》(见《上海文学》2003年 2 月号)依然颇可一读。而评论家谢泳的《与上海有关》一文则使我们更为明确了日常生活和文化制度之间的内在联系,无论创作与批评,新颖独特的观照视角无疑都将会令人有意想不到的发现和收获。

然而,恰如学者费勇的人文随笔《歧异的道路》所精彩描述的图景一样,面对现实情境中话语纷纭、路标林立同样"歧异的道路",人们在意义的找寻中难免会感到迷茫,在目标的坚持中或许将产生犹疑。是执守还是盲从?是探索还是追逐?它迫使我们必须真切体认和追问当下的生存状况,重新作出自己的选择,因为眼前"方向俨然是一个迫切的问题"。

为伊消得人憔悴

在柳叶新萌的初春时节，所有冬日的冥想早已消融，所有热切的企盼不再延宕，扑面而来的已然是一股明媚和煦的清新气息。事实上，不仅是当下的文学在经历了漫长的沉寂之后，需要展现给人以更具创新活力的风采，更因为随着社会文化环境的变迁，如今它所面对的读者群体及其需求已经发生了根本性的改变。以往年代的每一次文学实验虽然不乏艺术创新意识，加之由于其暗含了某种时代性的精神话语和集体性的文化想象，曾经在不同程度上获得了众多读者的情感认同。但是，面对九十年代以来出现了重大转折的社会情景及其形成的新型的现实关系，文学写作既相应匮乏对现实游刃有余的把握和构建能力，又明显感受到信息时代市场压力的挤迫和冲击，甚而显露出某种迷茫浮躁的面目。与此同时，文学杂志也大多陷入了空前的生存困境，无奈于艰难窘迫中苦寻突围之路，却常常走进媚俗或者冒进的误区。文学自我生存所遭遇的这一双重挑战，不仅势必加剧其边缘化的态势，更有可能进一步加大它与文学读者，尤其是新型读者群体之间的心灵鸿沟。

文学、文学杂志如何调整和处理好在市场经济条件下自身与读者，特别是新型文学读者的交互关系？如何悉心研究市场化的复杂因素和人们生活方式的深度变化，全方位关注读者的审美需求和阅读趣味，日益巩固传统读者队伍，积极吸纳新型读者人群，逐步增强文学对新一代青年读者的亲和力、吸引力和影响力？这无疑是文学杂志需要用长时间、以全身心勉力探索的又一重要课题。由此而言，《上海文学》近期发表的吴小龙《重读玻恩：人类的希望何在》一文或许可以从一个侧面，就文学发展的希望所在提供一种思想启示。的确，在人们对文学、文学杂志现状与前景充满忧思的现实思考中，不也正同样寄寓着两个希望：一是坚持和确信文学所固有的关怀现实生存、守护人文信念这样一种精神原则和价值尊严；二是运用和融合"新的思想方法"，充分整合和拓展历史及现实的丰富文学资源，着力于探索各种有利于提升文学影响力的观念创新和形式创新。

"衣带渐宽终不悔，为伊消得人憔悴。"曾几何时，我们为文学写作逐渐失却了源自现实生活的深沉热力，失却了与读者人群的精神维系而感到困惑不安。其实，唯有我们默默执守一种热忱的文学理想和人文关怀，把握好内心的审美尺度，既需要顺应生活的变化，更应激励艺术的创新，这样才会葆有生气和活力，才是真正把心交给了读者。

文学作为一种"新现实的记录仪"，它无法轻视和脱离现实真实中的日常生活。《上海文学》2003年第三期发表的两部小中篇——王方晨的《死魂灵》、徐蕙照的《过了》虽然叙事风格各异，却都以对日常生活的诗情消解而明晰地透示出人性中潜在的冷漠幽闭以及迷惘阴郁的复杂内涵，自会引起读者的关注和思想。

而楚良的"家庭照相簿"《生产队丢散的羊群》则以一组"在惶惶惑惑中，还蹒跚在那块贫瘠的草地上"的小人物写真，俨然构成了一种对民间历史及其话语的还原与重塑。从广义上而言，它们也应该被视为某种值得加以清理、累积和整合的文学资源。

同样，《上海文学》近期"日常生活中的历史"栏目中李伯勇的《底层的热力》一文所呈现出的浓烈的乡土情感和民间记忆，就更可以当作赖以支持文学与现实生活之间精神维系的不竭动力。我们殚精竭虑所要寻求的，不就是这样一种源于现实生活、发自读者肺腑的精神认同和价值实现？

众里寻他千百度

亲爱的读者，当春天的足音轻扣心扉的时候，也许人们已颇难体味并默念她冒雪经霜、栉风沐雨的追寻之路曾走得何其艰辛而蹒跚。如果仔细解读文学、文学杂志近若干年的生存历程，人们自然也同样可以从中体会诗意，理解深邃，感受悲情，分享艰难。曾几何时，有相当数量的文学杂志迫于生存竞争的市场压力，为争取读者竞相改版变脸，或急于迎合时尚，或过于标新立异，以致面目全非，反而失却了文学的基本品质和核心魅力，结果更是大都以失败落幕，纷纷改回原有的刊物模式和风格。究其原因，无一不是因为陷入了或媚俗趋时或急躁冒进的误区。这似乎已成为文学杂志改革中所难以避免的通病与代价。

但是，碰壁市场绝不可能作为因改革失败从而选择恢复传统老路的理由，抱残守缺、不思变革则更将继续遭受市场与读者的冷遇。在文学理想与市场取向之间，究竟有没有兼容两者的生存空间？当下恪守个性稳定发展的文学杂志是否就全然具有可资借鉴的市场运作经验？文学写作及文学杂志遭遇的现实危机到底根源于其外在的表现形态，还是深层的精神困境？种种问题困扰着我们。由此，那些所谓改革未果的文学杂志如今"重返"和"回归""纯文学行列"的讯息，不但不令人庆幸，相反使人平添忧虑。因为，错误的改革固然可怕，但缺乏创新意的简单回归可能更为危险，亦难以持久。

毫无疑问，在尊重历史传统、坚持文学品质的前提下，创新求变同样也是文学、文学杂志进步的灵魂。而如何更新和完善传统的文学观念，扩大对文学内涵的理解和认识，摒除陈规旧套，调整手法，推陈出新，努力整合和开拓历史与现实多层面的文学资源，积极挖掘和吸纳各种独特创新的文学样式和富有潜质的文学作者，促进文学杂志的理念创新和形式创新，乃是当下所面临的最为紧迫的一项重要课题。当然，文学杂志的创新和转型肯定需要一个不断磨合、调适、培育和建构的过程，也要允许改革的失误和摸索的困惑。这样，我们才有可能逐步构建自己的个性范式，真正完成文学意义上的"意识形态储备"。本期"思想笔记"栏目评论家李洁非探察早期延安知识分子状况的《磨合》一文，或可以给予我们别一种启示。

"众里寻他千百度，蓦然回首，那人却在，灯火阑珊处。"文学、文学杂志要改变自身的现实境遇，必须付出脱胎换骨的勇气，悉心研究市场规律，全力拓展创新思维。纵然路途迢遥，迷障重重，我们仍将会在山重水复之外，重新寻找到空阔自由的发展空间。

本期推出的青年作家指北的中篇新作《上海之环》，标志着她的上海主题系列写作通过自我提升达到了一个新的高度。透过作品以即时时态不断呈现的当下城市生活的关键事件和重要场景，我们得以清晰而不无诧异地读到一群新上海人浮现于城市文化符码间的生动面孔、"温暖然而空虚"的内心表情以及他们"流泪的灵魂"。而作者源自心灵驱动的叙事欲望之所以如此强烈，正是因为她所代言的独特人群在这个城市中奋争浮沉的人生故事及其经受的精神历练，本身就足以具有打动人心的真实力量。更重要的是，面对当代城市生活的现实情境及其文化特性，唯有导入一种新的叙述观点和审美介质，才可能令人由此产生前所未有的发现、想象和启悟。

相比之下，这期刊出的《乖女孩舒畅的童年故事》（薛舒）、《1970年代城镇生活》（龚静）二者文字风格则无疑显得平和朴实。作为对相仿年代民间生活的文学书写或者个人记忆，它们将会使人在温情细节的言传意会中触动起内心久已淡漠的情感积淀和成长印痕。而值得探询的是，这样一种对以往特定年代生活图景单向度的心理缅怀与文学重构，是否也可能同时遮蔽另一层面的历史真实，包括对其丰富多样的言说方式？

满川风雨看潮生

古诗云："传语风光共流转，暂且相赏莫相违。"面对眼前美好难得的融和春光，我们倍感应该同样珍视当下文学自由祥和的现实情境。尽管我们深知，所谓文学从来就不是一个内部自足的实体，更从来脱逃不开具体的历史文化语境的笼罩和规约，它在每个时代的存在方式及价值功能都是各各不同的；所谓文学的边界也绝无固定可守、一成不变的标准，它应该是一个具有开放性、包容性的自主创新的概念。在某种意义上，对文学边界的固守与跨越既是两种不同的文学想象和具体实践的写照，又从本质上体现了它们对文学本性理解和认识的深刻差异。九十年代以来文学在社会生活中的全面退守和日益边缘化，或许很大程度上正是源自于它对复杂的生活现实与历史境遇的疏离和忽视，源自于它封闭退缩、日渐逼仄的精神视野和消极无力、自我纠结的叙事困境，从而几乎失却了文学本身应有的创新活力和超越情怀。

如何清理和界定文学与外部世界的关系？如何疏离和把握"作为方法的中国"现代文学传统的精神线索？如何重新寻找一

种更具主体性的有活力的文学尺度？如何完善和更新对文学本性、文学标准以及当下文学格局的理解和阐释？如何培育和建构一种开放性的新的文学方式和叙事可能？这些都是我们的文学视野亟待关注和解析的紧要问题。这次读到的评论家吴晓东、薛毅的文学对话录《文学性的命运》（载《上海文学》2003年第5期）就此给出了他们的有益思考，虽然仍嫌粗疏不详，却以自己的言说方式指示了一种对文学写作与文学研究富有启示性的思想路向。如果能够结合多样性的、更具创新意味的思考维度，这样一种主题性的理论探讨和历史阐发无疑会显得更为完整深入，对当代文学存在的方式和写作可能的影响和引领也将更为明晰有力，我们有理由抱以期待。

"道通天地有形外，思入风云变态中。"面对文学、文学杂志自我生存遭遇的严峻市场挑战，面对处于现代化转折进程中的社会现实变化，我们同样应该在坚持文学性尺度与方法的前提下，调整和拓展固有的文学观念，激励和推进多元的形式创新，因应和感召读者的阅读期待，以重新赢得文学应有的价值尊严。

文学应当勇于呈现和揭示复杂的现实与历史情境中最严酷的人性本相，但又需要有效地克服既成的"善伪恶真"的观念和逻辑的单向制约。人性善恶既不能作简单图解和乖张表达，以致显得直白浮浅，更须防止在表现历史真实的惨烈情态时流于妖魔化、粗鄙化的叙事倾向。这似可看作当下一些小说家加以注意的创作局限。

同时，正如有论者所言，文学表现日常生活也应当使之与现实情境相勾连，而不能仅仅流连于单纯的细部真实。如果放逐了精神性追求的支持，即使看似再如何日常化叙事的"自由自在的日子"，其背面也可能只是一种苍白失真的文学想象和消极狭隘的观念逻辑，一种值得质疑的虚假"写实"的价值尺度。

从这个意义上说，类似朱鸿召的《东北森林状态报告》（载《上海文学》2003 年第 5 期）这一类文章倒是以"在地叙事"的纪实与调查的方式，揭示了日常生活中另一种令人警醒的历史真实与现实境况。显然，教人无法回避的问题是，一种开放性的文学视野究竟应该怎样容纳和考量人在现实境遇中的艰难生存？

琵琶起舞换新声

亲爱的读者，初夏渐至，尽管暖风拂面，生意盎然，但我们所处的生活世界却正现实地面临着一个复杂而困难的非常时节。而自二十世纪九十年代以来，由于全球化、市场化语境的全面延展，中国社会及其价值世界层面更是产生了急剧的崩解和痛苦的重构，人们既无所适从又渴求归依，需要重新建立一种对自身历史与现实境遇的认知和理解，重新凝聚一种集体性的文化想象和标志性的精神话语，用以构成一种深度有力的理论支持。最重要的是，我们在廓清和揭示具体生动的历史经验与生活想象的同时，必须给出自己富有现实介入性的清晰表达和敏锐思索；我们在找寻和确立勇于恪守的价值理念与文化定位的同时，必须显示自己充满现实承受力的自觉担当和深刻体认。唯其如此，一个深具卓识和抱负的作家才能够直面意义沉沦、价值分化的生活世界的无情冲击，依然秉持自身的精神性追求，而文学也正是因为她可能以自己的异彩纷呈的方式，叙述并展示当代中国情境下的日常经验与历史关联，其时代性的叙事意义才得以有效彰显。

在这样的意义上，本期发表的湖北作家陈应松的中篇新作《望粮山》不妨可以看作是对一种峻急的现实期待的文学回应，更是对当下中国情境内在矛盾与紧张状况的一种精神关切。在作家的笔下，"地狱般被摧残的望粮峡谷"与"百无禁忌，欢乐祥和"的城市意象之间形成了如此尖锐的分化和巨大的差异，乡村家园承受着城市文化压抑下的残酷命运和艰难现实。作为乡村弱势个体的金贵他们，早已"被这个不明不白的村庄抛弃了"，于是，"与其穷死，不如拼死"成为其欲望的抒写和意念的反抗。而事实上，无论其怎样奔突挣扎，屡试屡败、走投无路使之始终无从挣脱受双重压抑的惶惑和痛苦，他们注定还是另一重生活世界的他者和过客。在这里，"望粮山"的乡村意象使我们得以洞见一种日益严峻的现实生存境况，而"天边的麦子"则竟然变成了乡村世界中一种压抑的念想和困苦的梦魇，教人难以释怀。

应该指出的是，诗化的想象和叙事方式既有利于作家将日常生活经验把握和提升为某种具态的抽象，但同时也可能妨碍了他以敏感的触角突入生活世界的本原状态，用真切晓畅的叙述形态来独特地揭示当下社会境况下悄然显露的新型的生活经验和复杂的现实矛盾。无论《望粮山》还是《狂犬事件》（发表于《上海文学》2003 年 10 月号），似乎都存在着某种思想储备的不足和叙事方式的局限。

"琵琶起舞换新声，总是关山旧别情。"随着办刊思路的调整和转换，今年下半年起《上海文学》从杂志形态到编辑方针无疑会出现重大的变化，但是，坚持文学理想，守护民间立场，激励艺术创新，弘扬人文关怀，将是我们始终如一、毫不动摇的精神追求。而如何以文学的方式叙述和揭示当下中国的现实情境，仍然将成为值得我们深度关切的重要主题。

这期《上海文学》上有许多颇可一读的出色作品。《陪审团》等四篇短篇小说姿态各异，别具意蕴。"上海词典"续登程乃珊的《太平花园》，纯粹道地的上海味道余韵犹存。"人文随笔"一栏完整发表著名美学家蒋孔阳先生的遗作《访英日记》，沉潜其间，斯人虽去，音容宛在。而"批评家俱乐部"发表的京沪部分青年评论家的座谈摘要《文化研究的公共空间：理论与实践的可能性》，则使我们可以从中窥辨两地年轻学人各具神采的思想形象。

从 7 月号起,《上海文学》将不再沿用"编者的话"这种以文学情怀的经纬之线踏月编梦的传统方式。我们会提供新的空间平台,用来与读者朋友保持沟通,延续交流,以求达到心灵聚合。亲爱的读者,再见!

第三辑

思想的恣肆与文学的退守
——《守护民间》序

　　当二十世纪九十年代的文学潮流激情涌动、竞相喧哗过后，遗留在历史沙滩上的并不仅是一层深厚的话语积淀，更为惹人关注的却是那众多名曰思想的奇异贝壳。尤其是回顾九十年代中期以来的情形，我们会再次惊讶地发现，其间居然出现了如此繁多的注重思想特色与文化关切的报章杂志，以及由此衍生的大量带有强烈人文思考印记的主题专栏、随笔文字。它不但令我们感同身受到某种源自当下现实情境的深刻变化和言说方式的转换，更清晰地留存了当今年代各种尖锐复杂的思想分歧与困惑。而这又的确构成了我们聚焦现实中国思想版图的一个关照角度。

　　与时俱变的文学期刊无疑也概莫能外，甚至可以说，这样一种变化还俨然促成了所谓纯文学杂志面对复杂的现实语境及市场压力施行的一次转型性努力。虽然个中缘由极为繁杂，但值得着重指出的是，正是由于九十年代以来文学的发展现状越来越显现出一种对复杂的生活现实与历史境遇的疏离和忽视，逐渐拘囿于封闭退缩、日渐逼仄的精神视野和消极无力、自我纠结的叙事困境，明显匮乏本应具有的自我创新的机制与活力，才在某种程度上导致了文学自身社会生活中的全面退守和自我边缘化。因而，各种社会批评和文化思想在文学领地乃至公共生活中的侵入和恣肆，既是一种现实情势的必然，更可以说在客观上为拯救文学困局注入了一种资源性支持。

回首过去的近二十年，文学曾经因为挣脱了陈旧僵死的观念镣铐，身心自由，锐气毕现，从而开拓出了异彩纷呈的想象空间，极大地丰富了当代文学的书写方式，"寻根文学""先锋文学"等蔚为大观，成为八十年代以来文学变化的重要界标。然而，旋即接踵而至的现实创伤又使之顿失激越，再显委顿，以致中断了自我批判的思想链接。选择即意味着某种片面，而片面未必深刻，更可能导致某种理念上的偏执、保守的倾向。尤其是当九十年代的社会语境产生转折性变化的时候，文学却固然守着以往的观念边界，无力进行深入的反思和扬弃，未能作出及时的调整与回应，乃至越来越逃逸现实、迷恋自我，深陷内心泥淖与叙事迷宫，越来越消极虚无、放纵欲望，忘弃意义追问与批判意识。在这样的情形下，它思想姿态的后撤与退缩就已然显现，它考量现实与历史境遇的精神锐气和话语能力更几近丧失，以至"人文精神的失落与寻找"一俟提出，就成了最具共鸣效应的文化关键词。问题还在于，如果继续坚持执着于一种已经被证明遮蔽了真实现实并形成了新的话语模式的叙事行为，当下的文学写作就很难再生出追问历史现实生存、粉碎既成艺术规范的反思能力和创新能力，重新组织一种足以与现实情境深刻勾连并跨越传统文体边际的叙述形式。

事实上，虽然此后文学批评界逐步注重追寻和把握由于社会转型所带来的文化嬗变，重新意识到文学与现实生活构建精神联系的迫切性、重要性，开始反思文学与当下文化现实潜在着的各种思想分歧、观念困惑和叙事危机，从而显现了自身介入现实的批判性立场，并将它付诸具体的实践，但是，意识的薄弱和批评的乏力仍然使之显得反应滞缓，甚至踌躇不前。而与此同时，文学正是由于它因应现实的自我退守导致边缘化的加剧，日益缺乏对当下读者的亲和力和影响力，缺乏对世道人心的凝聚、激励和提升的作用。一个明显的状况是，很久以来，对于文学的神圣梦想和期待似乎早已远离了我们的生活，对于九十年代后发生的许多重大的现实变化，文学的回应较之其他学科领域无疑显得苍白无力，或暗哑无语，或语无伦次，甚而继续沉浸于以往陈旧虚假的观念想象和话语圈套。现实生活中，也许总有一种力量能使我们泪流满面，令我们辗转难寐，让我们心事浩渺，教我们痛并快乐着，但它似乎已不再是今天的文学和文学本身。

文学在精神立场上的某种后撤与退守既能在很大程度上削弱和钝化它自身质询、应答现实与历史境遇的言说能力，遮蔽当代生活及人的精神发展的丰富性、开放性，更为思想文化批评在文学领地的高蹈与恣肆腾展出了开阔的空间。九十年代以来的文化现实表明，尽管我们的知识状况依旧纷繁芜杂，犹疑不定，然而，思想的交错和批判的锐气使之远比其他各种各样的言说方式更少表达的障碍，更多探询的路径，更具粗粝浑朴的形式魅力，仿佛由现实荒漠中一路走来所渴求的精神甘泉。不期然间，它破土而出，被这个令人困惑无穷的激荡年代打造成了一种令人瞩目的强势文体，并以自己的阐示方式竭力保持了面向现实情境的别一种敞开性。

收录于本书的五十余篇文章均为 1999—2003 年间发表在《上海文学》杂志的思想随笔文字的精选之作，明显具有迥异于他者的言说风格。它们承继了《上海文学》敏锐地感受现实、不倦地探索历史的一以贯之的思想传统，对于现实生存的介入与观照痛切而令人警醒，对于历史境遇的反思与抒写犀利而饶有意味，充溢着写作者理性与激情相交织的人格力量。综观所收篇什，它们显然更为注重对于民间历史经验和日常生活资源的清理、累积及描述，融个人叙述与历史语境于一体，潜在地构成了对当代中国文化道路另一向度的检视与剖示。毫无疑问，这成为其最为鲜明的话语特色。而思想与美文并重的文体风格，则为我们如何将各类思想资源转换为一种不懈揭示当代生活以及人的精神世界的丰富可能的文学形态提供了借鉴和启示。本书将所有文章编为三辑，分别以"后革命的中国"、"'废墟'

上的思想"、"人生在路"开题明义，无疑就是希望能体现上述思想宗旨。

《上海文学》历来注重思想理论问题的探讨，带领风气之先，开文学新声，自 1990 年以来在杂志上发表的各类思想性随笔，曾经精选结集成《守望灵魂》（中华工商联合出版社 2000 年 1 月版）一书，颇受读者看重。本书自然可以看作是它的姊妹集，尽力延续了以往的编辑思路和风格，而每辑中的文章则按发表年月先后编排。在此，需要特别鸣谢蔡翔先生、梁晓燕女士等为书中若干文章的组稿、策划所付出的辛苦努力。

正如有论者所言，九十年代并不是一个含金量很高的思想收获季节，而文学也不会仅凭思想的充塞就足以变得饱满有力，何况它在当下更亟待安置一副重新进行自我反省与重构的灵魂。从这个意义上来说，我们无非是将这些林林总总的随笔文字剪辑成一份用以激活历史记忆的世纪文档，供未来的人们体会它所包含着的一个逝去年代的复杂况味。

专业主义的桎梏

当下，许多文学杂志的生存发展越来越陷落困境，至少其边缘化的颓势已难以逆转，与此同时，有关于何谓文学本身的传统观念早已令人疑窦丛生，亟需要重新考量。一些紧要的问题无法不浮现在人们面前：我们的文学创作为何在当代语境中失却担当、失措乃至失语？二十世纪九十年代以来出现的"杂志退隐"是否能够简单归咎于市场的冷酷和读者的冷漠？文学杂志是如何逐步沦落为所谓文学圈自我循环自我消费的生产平台？究竟应该探索和建构一种怎样的文学杂志创新形态，以求突围转型的明显绩效？

当文学杂志迫于生存竞争的市场压力，企图创新求变，竞相改版变脸，却大多数陷入或媚俗趋时或急躁冒进的两重误区而均告失败碰壁的时候，人们无不深感困惑：文学何以在喧哗的时代失却了宣示的声音，遭人冷落，远离了读者的视界？究竟什么才应该是文学以及文学杂志的基本品质和核心魅力？

值得深入探究的问题在于：当二十世纪八十年代以来的精英文学叙事渐次形成其一整套文学观念和写作语码，并获得普遍认同，俨然构成某种"专业主义"倾向和"文化资本"意味的时候，它自我革新的欲望明显减退，其文化保守性逐步显露无疑，乃至无法接受急剧变化的文化现实对它的无情修正。这突出地表现为文学叙事与现实情景的精神疏离，与"大众"立场的刻意对立，与形式技艺的纯粹关联，表现为对自身叙事"合法性"及其文化利益的竭力维护，以致在精神姿态上陷入自我退守和自我萎缩，在叙事形态上陷入了自我述说和自我缠绕。并且，由于所谓"专业化"带来的对现有叙事规范的认可和对文学本质的狭隘理解，使得当下文学的言说方式疲惫无力，神容呆板，滞碍了文学本应具有的丰富性、包容性和可能性在现实语境中的强力伸展。

文学杂志作为文学生产的中介环节，就这样身不由己地沦为了这一文学叙事及其观念逻辑的释放装置。它在从辉煌巅峰一路溃败之后继续顽强狙击，扮以"专业化"的面目播撒话语迷雾，把精神触角收拢在僵硬封闭的文学甲胄中，却把自身衰落的责任怪罪于"大众"媚俗，把杂志退隐的缘由归咎于市场失调。

殊不知，恰恰是文学叙事的专业化、制度化以及人文立场的退守、自我言说的恣肆，才在很大程度上导致了文学生产的自我循环和读者人群的决绝消遣。这已是一个不容回避的问题。

而文学杂志尽管不断边缘化并沦落为时代生活的"他者"，却由于聚集着某种话语权利和象征资本，可供自我想象、自我炫示、自我抚摸，以致它时至今日仍无力从"专业主义"的观念桎梏中自拔，闯出改革转型的重生之路，但同样也是值得省思的现象。

文学从来就不是一个内部自足的实体，更脱不开具体的历史文化语境的笼罩和规约。作为一种"讲述历史变化和现实矛盾的叙事"，它应该成为包容着历史现实境遇中诸种复杂关系及丰富可能的一种表述和再现，而不能自我锁闭于子虚乌有的文学躯壳内，拒绝对所有非专业的"身外之物"的关注和融合。

文学杂志无疑应当成为激励和容纳一种开放性叙事实践的媒体，而不是文学保守主义和教条主义的精神蜂房，沉迷于自我复制、自我聒噪、自我消费的技术加工型的专业场所。从这一意义上来说，文学杂志的形式创新就不能是单纯地为技巧而创新，为求异而创新，而应该成为由观念的阻碍和表达的困难所激发起的某种根本性转型。

文学读者何以流失

伴随着文学杂志深度边缘化的态势，其读者人群逐渐萎缩，数量锐减。严峻的生存危机令人惊怵，重新召回读者、凝聚文学注意力早已刻不容缓。因而，"文学读者今何在"的疑问事实上不仅是对过去的文学读者的追踪，更成为对当下潜在的文学读者存在可能性的关切。他们因何流失，甚至决然消隐？难道所谓文学人口的大幅消减注定是一种时代暗含的宿命？

二十世纪八九十年代的文学、文学杂志在经历了短暂的巅峰时刻之后，实际上一直运行于双重边缘化的下降通道。这一方面固然可以归因于市场经济和视听媒体的勃兴带来的强力挤压与冲击，使之迅速拱手交出辉煌与荣耀的桂冠，打回现实原型。另一方面，更主要的是文学叙事受驱于自我边缘化的心魔，逐渐从现实转入内心，从话语批判转向形式游戏，从公众主体蜕变为自我中心化，逐渐弱化了自身对历史现实境遇的把握能力和表达能力，加剧了文学的精英主义和专业主义倾向。这使得文学与现实情境之间不再具有深切的勾联，进而放弃了对于其复杂性、丰富性的洞悉与考量，阻断了与社会大众的道义默契。文学话语的自我高蹈和叙事形式的墨守成规无疑加大了与读者大众的心灵鸿沟，并为他们因精神维系感的失却而选择逃离显现了充分的理由。

文学杂志多年来受困于观念的桎梏和市场的泥淖，积重难返的自身弊病造成了它个性趣味的保守老旧、面目样式的趋同划一和创新能力的萎靡钝化，自我偏执甚至还诱发了自恋自闭和孤芳自赏。无情的现实不容辩说和逃避，读者的急剧流失和发行量的锐减早已使之徘徊于生死边缘，惨淡的前景昭然若揭。

文学读者如今已经越来越成为一个"能指"空洞化的概念，无从把握且令人狐疑，再继续幻想要人们投以强烈的关注和垂爱分明不切实际。结局异常明晰，文学的自我边缘化除了把大量的传统读者驱赶回了日常生活，把潜在的年轻化的新一代读者人群逐出了日愈专业化、精英化的文学视野，使文学读者人群进一步老龄化、小众化、圈子化以外，还做了些什么？如果消解了读者大众的"多数人"概念，又谈何文学本身具有的普遍"本质"与意义？这样的话，文学杂志无疑将就此深陷保守僵化的死胡同，欲振无术，更遑论激活自身的发展活力。

如果我们不去悉心研究市场化的复杂因素和时代生活方式的深度变化，全方位关注和考辨读者的审美需求和阅读趣味，如果我们不能对读者大众"亲"而"和"之、"吸"而"引"

之，缺乏对潜在的新型文学读者人群的感召力和凝聚力，反而一味责难市场的媚俗和读者的平庸，一味沉浸于对以往年代的缅怀与感伤，那么，读者的流失与消隐除了证明当下文学、文学杂志自身的苍老病弱、因循守旧和魅力低下以外，还能有其他什么自我说辞呢？

纯文学的 "权威说法"

"十五年前的纯文学主义者也许没法想象,在十五年后的世纪末的最后几天里,有这样一则新闻:一个话剧想要在某一个城市里演出,受到当地部门的阻拦,部门领导的理由是:'他们搞的不是纯文学。'昔日的激昂慷慨,终于换来了今天的常识。这个常识却令人不安地被权力吸纳了。"

我愿意摘引某评论家质疑"纯文学"概念的这段话,是因为据说在内地,上级部门领导重新梳理了对市场经济条件下文学发展规律的认识,允诺今后给一家以往长期依靠企业资助才能勉强维持生存的文学杂志专项拨款,考查的条件便是"坚持纯文学的方向不能改变"。这个插曲无疑同样耐人寻味。

在许多纯文学杂志发行持续走低、败绩连连的背后,其实隐含着这样一个事实:由"纯文学"观念支配和控制的文学叙事在失去了因拒绝、批判和反抗性姿态而产生的轰动效应之后,逐渐走入了自我观念封闭化和语言观念绝对化的狭隘路径,日益远离社会现实，变得日愈保守、呆板和孤绝、自恋，从而抑制了其话语影响力的有效扩张。

与此同时，面对九十年代以来文化情境的切换，"纯文学"叙事实践在加速自我边缘化的进程中，又于无形中暗设了一种与市场化现实的理论对立：刻意强调和渲染"市场"对文学的戕害与销蚀，惧怕、无奈且推责于市场，不但责难读者的平庸，更怪罪市场的媚俗，从而为自身的贫瘠苍白及文学读者的流失找寻到一种文化解释及借口。"要么沙龙，要么畅销"式的二元论摇身一变成为某种绝对化的思维模式，似乎舍此以外就别无选择，似乎文学一旦"市场化"就肯定被玷污，文学杂志不可能依靠市场的发展而生存。岂不知"畅销"未必就是媚俗，"沙龙"并不等同于精粹，更不意味着可以持守不变，魅力低下、无人喝彩绝非市场的过错，泥古不化、自我禁锢才是创新的天敌。在文学/市场二者之间并不存在高尚/媚俗非此即彼、对立冲突的必然关系，"市场化"并非文学走向媚俗的渊薮，文学未必不能经受市场考验来维护自我尊严，其间无疑存有着丰富的实践可能性和现实空间。

如果保守可以自认为坚守，偏执可以自认为坚执，守旧被看作了守望，教条被当作了信条，那么，"权威说法"就自然能够与"官方叙述"不谋而合，相互认同相互默契，进而建构起一个容易被"市场"弄脏的、遗世独立、孤芳自赏、清洁无害的纯文学"形象"，并为之赢得政策保护的合法性、继续自恋自守而精心编织千奇百怪的堂皇理由。当下纯文学杂志的生存发展果真只有依靠类似这样的"退耕还林"方式，才能修养生息，培植生态，才能真正维护好某种所谓的文学"本质"，坚守住仿佛一成不变的文学理想吗？

又一种景况其实无须假设：享受了保护性政策的某些纯文学杂志虽然几经努力，却终究脱不开各种思想羁绊，数年后境况依然如故，勉强度日，发行量甚至仍阴跌难止，读者更是兴趣索然。这时，是否会有人站出来说："他们搞的是纯文学杂志呀！纯文学就是这样的。"今日"退耕还林"、弃绝市场的"权威说法"，最终换来的可能是未来的可持续困境。令人不安的是，这种困境同样仍然与某种权力有关。

文学杂志的评价怪圈及其他

文学杂志市场经营的濒临窘境早已是一个老旧的话题，然而，究其原因及出路，却众说纷纭，莫衷一是，苦无应对良策。

根据有关报道，目前我国文学期刊生存状态比较好的不到100家，绝大部分陷入入不敷出的经济困境。在比较知名的30多家文学期刊中，发行量在1万册以上的有13家，发行量在2000册至5000册之间的有12家，占受调总数的35%，其中还有发行量不足1000册的文学期刊8家。事实上，这一数据统计可能还包含一定的水分，实际状况或许更为糟糕。因此，有一种意见认为，当前急迫的任务，不是探讨如何推进文学期刊产业化、市场化的问题，而是"如何在最短时间内'关停并转'整个文学期刊市场，把损失减少到最低"。

其实细究起来，文学期刊现实困境的成因更主要地源自于当代文学生产体制、文学精神生态及其观念桎梏的深层病灶，原因颇为复杂，需要深入探析。而急速地将文学期刊完全推向市场，或者人为地由多减少、关停并转、去芜存精的做法，都未必是一帖良方，过于天真和简单化。按此逻辑，似乎杂志数量一经精简，市场份额自然会重新分配，文学效应就可能重新集聚，优胜劣汰的竞争法则才能得以真正体现。且不论由于体制性的特定原因和话语权利的顽拗，关停并转、生死由命在当下显然难以做到，即便真的付诸实施，也因为市场毕竟是一只"看不见的手"，读者更不是一个可计划调节的恒量人群，对文学杂志完全实行市场取向的关停并转和外迫式的"休克疗法"只会成为一种"聚沙"却未必"成塔"的自我幻想。更何况，有关数据已经显示，以营销收入计算，全国文学杂志现有发行量累加后的总和并不能真正解决几家杂志的生计问题，从根本上拯救文学杂志的惨淡经营。

确实，多年来总有一柄达摩克利斯剑高悬于文学杂志的头顶，大部分杂志的发行量及影响力从新时期初始的辉煌峰巅一路走低之后，生存还是消亡的硕大魔咒就始终压迫着它们的现实神经，使之在面对黯淡前景的茫然焦灼中陷入了一种悖论式的尴尬境地：因循陈规、持守不变必定绩效平平，遭人诟病，改头换脸、时尚媚俗也未必投合市场，有人喝彩；文学杂志改版转型鲜有市场成功的个例，艰难的守望反倒成为其苦涩而无奈的某种执着姿态；"市场化"容易伤损文学的尊严，"圈子化"又难免遭遇读者的冷漠，而誓言"坚守文学本质"的"权威说法"感觉上似乎是在自我嘉勉，同时也更像一种自我解嘲，被人目为"文学的死路"。文学杂志从来没有像今天这样遭逢着自我认同的危机，甚而还落入了一种自我评价的怪圈。

自我认同的危机在于当下的文学和文学杂志面对市场化维度欲迎还拒的踌躇、忧惧和失措，在于如果弃绝了市场的考量和读者的检验，其自我价值及文化利益的无以依傍，在于文学杂志评价尺度的内在矛盾和自我背离。这才是问题的根本所在。

现今的文学和文学杂志早已进入了一个市场化转型的时代，对文学而言，固然不能将它看作纯粹的商品消费，但文学杂志作为一种具体的业态经营，却时刻面临着紧迫的生存压力。事实上，两者都不可能疏离和切断与市场化现实的生产连接，尽管时常有种种不堪经济压力，因而恐惧、责难且放弃"市场"，以寻求政策性保护与资助的论调充斥耳畔。正如有批评家所言，扮演市场批判斗士的角色总是容易的，但高谈阔论"对市场说不"却是要承担现实风险和责任的。文学的市场化是否一定会像许多人某种"愤怒与喧嚣"式的反应所声称的那样，会释放出玷污文学清名、毁灭文学生存的恶魔，更是需要人们经过冷静的思考，才能作出恰当的批判。

确实，"市场至上"取向下的文学生态出现了媚俗逐利、良莠不分的不良倾向，文学杂志持续不断的改版风潮也裹挟着平庸低俗、轻薄芜杂的暗流而备遭读者的冷眼，然而，我们却不能无视这样一个事实：九十年代中期以来由市场巨手操控的风云流转毫无疑问催生了当下社会多元化的文学需求，激活了文学生态的良性互动，抑制了文学创作过度的精英化、圈子化走势，拓展了文学观念因长期固步自封、自怨自怜而日益退守的自我疆界，缓释了其面对市场化生存竞争的忧虑、恐惧和严重的心理压力。从这一意义上来说，"市场化"肯定不独给人们带来肮脏、铜臭、粗鄙、媚俗凡此种种藏污纳垢的弊害，严重戕害与侵蚀文学的尊严，相反，它更可能给文学生产注入了某种生气、自由和活力。对"市场化"不应该简单地施以"语词妖魔化"的粗暴拳脚。这其中的许多问题尤其是需要认真辨明的。

同时，在社会市场化转型的过程中，市场化维度的必然而有效的确立也使一部分人必须消除一种幻想，那就是既然讲"人文精神的失落"，既然讲"坚持文学理想"，既然讲"重新梳理对市场经济条件下文学发展规律的认识"，似乎文学及文学杂志就可以拒绝和抵触市场化现实的压抑，自我弃绝市场的挤迫和读者的裁汰，"圈养"起来自恋自守、自我消费。显然，这也只能是一种由刻意拒斥市场化现实的恐惧心态而生成的，希图乞助权力悲悯、放弃自我救赎的幻想。

文学及文学杂志要建立有效的自我评价尺度，重新召回社会读者人群的广泛注意力，不应该也不可能脱离市场化维度的支持和楔入，甚至将自身与市场、读者的关系刻意对立化，以看似堂皇实则虚假的逻辑论断换取其固守自恋的生存资本和顾影自怜的生存空间。而所谓有效的评价尺度，更不应该也不可能放逐市场和读者的评判权力，将文学生产的绩效考量简化为自我测评、自我表扬，自行订立"去市场化"抑或精英化的文学标准，以"专业主义"的自圆其说躲避自我认同的危机导致的尴尬和可笑。

固然，我们不应该对一般读者的市场需求唯命是从、顶礼膜拜，不应该因为经济利益的驱动而由发行量、读者人数、市场人气来左右文学的写作理念、出版原则，甚至价值尺度。然而，我们更不应该决意走向市场和读者的对立面，或者居高临下，自命清高，一跃而成读者的"上帝"，或者落落寡合，冷眼相向，无意成为读者的朋友，真正把心交给读者。既然有人认为要使文学及文学杂志成为读者的朋友，当然就必须对读者"亲"而"和"之，"吸"而"引"之，使其着实焕发出自身的魅力，将读者重新召回文学的美好境界；反之，其结果也必然会使文学杂志无可怀疑地在日趋寂寞中走向沉沦。

令人担忧的状况是，由于评价尺度的现实矛盾和内在背离，如今不但是文学杂志，连文学作品本身也一道失却了优劣好坏的评价标准。"好的文学"当然不一定就是"好看的文学"，而文学的"好"却本应包含着文学的"好看"。"好看"虽然并非是"好的文学"的唯一标准，但所谓的"好"无疑应该兼指一定的销量和持续的人气。读者的眼光也许未必洞明如炬，有待于滋养提升，然而，远离了读者人群关切的文学又如何来求证它的精深魅力？

眼下盛行的各类文学评奖、作品年度排行本来是有利于选优拔萃、标示典范的通行方式，却因为总是掺杂过多的非文学因素和紊乱的评判标准而流俗于世，往往是暗箱操作、黑幕重重，蜕变为愚弄读者、鱼目混珠的庸俗交易。而自从许多批评家摇身一变成为了话语权力的崇拜家，或者成为了妄自尊大的文坛表扬家和象征资本的操盘手，文学及文学杂志自我评价的方式及其真实性、权威性早已变得令人狐疑。人们难免会发问：谁知盘中餐，粒粒皆精品？

在一个竞争激烈的文化市场中，文学及文学杂志只有敢于自审，善于自救，通过自主创新的文学实践，才有可能恢复生机活力，走上自强自立之道。这既是一种无可厚非的维护自我生存的悲情努力，更不能因为借此至今未能摆脱文学持续边缘化的命运就应该遭受指责，以文学审美性的萎缩为名来抹杀其自我救赎的绩效与自我反思的意义。何况，将文学杂志现实困境的主要症候完全简单地归结为商业的功利性对文学的侵蚀与文学信念的泯灭，将文学理想和文学精神束之高阁、锁入深闺，畸化为某种本质主义的固化的理解，也是失之偏颇、有欠公允的。

文学杂志在遭逢着自我认同的危机的同时，还不可避免地陷入了某种自我至上的封闭式的评价怪圈，以及运作方式、目标管理方面的明显误区。概括而言，表现为两种弊害尤烈的编刊倾向。

一种是过度地追求和彰显所谓文学的特色和个性，过分地标举和张扬文学的旗帜和口号，避实图名，胡乱整合，揠苗助长，唯我独尊，热衷于文学走秀和时尚通告，沉溺于一己性的趣味和喜好，自我标榜，自我测评，罔顾市场与读者群体多元而良性的阅读需求，以及文学生态整体的平衡和谐，某种程度上导致了文学读者的逃离与流失。

一种是片面地看重并博取社会反响度，片面地重视并累计所谓的转载率和获奖量，选稿唯名是瞻，甘于平庸守成，忽视甚至漠视文学的探索创新和审美培育，匮乏因应文学市场变化、文学读者换代诸多现实难题的勇气与能力。事实上，如前文所言，众多选刊和选家的趣味的权威性与运作的自律性本身就颇可怀疑，再把这种注水掺假的转载率、获奖量看作良性的互动反响，乃至将其内含的审美标准与趣味奉为圭臬，就难免会使文学杂志的自我评价愈益封闭自恋，演变为一种价值评判的虚妄与焦虑。

我赞同有位评论家的说法，文学杂志在陷入自我评价怪圈的同时，对外部反应的过分关注实质上折射出的是某种内在的价值迷惘，而以量化指标衡量杂志水准，更是与九十年代以来出现的重名轻实、观念飞舞的社会文化氛围密切相关。由于篇幅所限，对这两种倾向的详细论述就不容在此展开。

在当下的文化环境中，如果论及文学杂志的生存困境及其自我救赎的努力，我以为，最重要的还是在于依靠自身的革新与突破，在于以"变"应变，以"变"谋发展，在于怎样重新激活、培育因应市场化挑战的生存能力和持守能力。无论如何，图新求变、生存竞争才可能是文学杂志力挽颓势、谋求发展的唯一路径。

这确实是一个艰难的话题。

人文关怀与生态叙事

黄尘清水三山下，更变千年如走马。

——李贺《梦天》

当人们把河流拟化为生命，并关注和尊重它的自身价值及生命权利的时候，实际上已经消融了人类与河流的对立斗争的姿态，显露了人与自然和谐共生的现代发展意识。思维模式的深层转换，将会从根本上改善河流生命包括所有自然生态遭遇的生存危机。因而，河流生命伦理研究中所谓的生命机体概念，也将广义地推延至一切的自然生态系统。

这样，河流生命研究体现出的文化关怀的意蕴，无疑更应该泛化为一种观照力愈加宏大的解读视角，一种具有传承性与超越感的不断再生的精神资源。河流生命研究不但是因应现实的燃眉之急，而且将具有深刻的影响力，在它的背面，衍生着并建构起一种新的生态伦理原则，一种新的人文价值理念。

现在能够形成的一个理论共识是，生态的灾难与危机背后，潜藏着的是人们文化理念上的局限与困扰。有一句话，叫作"生态灾难，也是文化灾难"，认为承托生态的底座已经丧失了其稳定性，生态环境注定要被破坏殆尽，而且早已失却了文化结构的支撑。这是颇为悲观的论调。

西方传统的哲学文化观念比较强调人与自然的对立，人类的基本目标是认识自然、征服自然、改造自然。但是，这种人定胜天式的观念与实践的过度张扬，在给人类带来改天换地的巨大功业和福祉的同时，也因片面受驱于经济利益而潜伏着现实的危害与困境。人类中心主义自我欲望的恣肆与无限追求，变成了一只开启了的所罗门魔瓶。众多自然生态危机的形成，除了天然性、资源性的因素以外，多少都与人类受理性观念驱使的行为实践的失控、无度密切相关。

因此，要改善河流生命遭遇的危机，进而言之追求自然生态的维持和繁育，就应当重建和整合崩解散落的文化结构，凝聚起和谐共生、协调发展的自然伦理观念。

中国传统哲学讲求的"天人合一"，尊重自然，人与自然和谐相处的理念，正是为人们解决生态危机提供的一种可再生的思想资源。这里的所谓再生，包括了回归与发掘传统观念，赋予现代阐释的诸多含义，并积极培育、提升与整合为一种新的文化理念，从而加以光大和弘扬。"维持黄河健康生命"的宏大实践，也正是体现出了这样一种生生不息的人文关怀。文化理念上的重新凝练，才是维持生态协调平衡这一宏大工程的根本所在。

中国传统文化中的道德伦理与自然生态在语义表述上兼容共生的特征，早已为人们所认同和熟知。它构成了一种巨大的文化心理背景，也为当下生态伦理研究提供了观念指向。

事实上，这一特定的观念背景维系着某种传统意义上的整体与系统的概念，并确立为一种"天人合一"的恒久的思维模式。和谐共生的核心理念又为当代生态危机的处置与根治展现了极具魅力的思想源泉，解除了重蹈人与自然二元对立的工具论窠臼的可能，整体关联的系统原则支持着诸多科学知识的理论创新，拆散了狭隘封闭的思维藩篱，精妙地打凿了一条贯穿古今，重组人与自然关系的理念通道。河流生命伦理研究的应运而生也同样是一个很好的例证。

但是，需要认识到的是，和谐共生的核心理念在历史实践的悠久过程中也遭遇了任意编码、不断删改，不然，我们就无法理解历史上的社会与自然生态问题同样是日趋严重，盘根错节，不断地进行着调整修复，甚至到了当代，仍然需要对此加以重新审视与发掘，以利于传统文化资源的再生和创新。已经有许多论者提出，应该重视这种文化理念与历史实践之间的相互抵牾、相互背反的现象及其背后存在的复杂文化因素。

建立河流生命伦理框架的目的，不光是要通过广泛宣传维持黄河健康生命，使全社会都能自觉接受这一新的理念，参与河流生命伦理的研究和思考，树立一种人与河流、自然和谐共处的文化，更需要透过理论探讨与实际操作本身，提升文化忧患情怀切入现实情境的话语力度，揭示一种文化理念自我审视与反思的力量，从现实危机中来切实感受更新与整合文化资源的必要性、迫切性。

从这个意义上说，近年来众声喧哗的生态叙事写作就无疑成了落实人文关怀、传扬文化理念的最佳载体。无论它是恒世"寓言"，还是警世"预言"，无论它是盛世危言，还是末日诅咒，或许都可以从不同的侧面得到启示，予以解读。

"生态灾难，也是文化灾难"当然是一种看法，可持续发展理论也有其乐观预期的理由。重要的是，生态叙事同样应该提倡"最大限度的多样性"和自我实现的权利，不能以绝对的评价标准加以苛求。而如何注意历史文化、生存环境间的固有差异，以平等参与、和谐共生的理念原则来融入生态叙事的话语分析，破除意识形态观念的笼罩，倒是值得引起人们深刻反思的一种现实诘问。

文学原创力何以衰颓

　　在对当下文学创作态势显现疲惫凝滞而非鹰扬有力的总体认同下，所谓文学原创力的衰颓实际上指向的不是文学作品的生产能力，而是文学面对变动不居的生活世界原有的生气活力的丧失，以及文学叙事的创新能力和再生能力的匮缺。

　　在文学原创力日显疲乏和衰颓的背后，无疑蕴含着一个确凿的事实：由来已久、习以为常的文学观念及其制度化的生产方式早已遭受前所未有的冲击，市场经济和视听媒体的勃兴不断挤压着文学的生存空间，降低且滞碍了文学对于现实生活本应具有的敏锐、热忱和鲜活的感应，并使之以更为自我内化的写作方式来刻意坚守某种对立与疏离的姿态。

　　在文学的"内部"，这一无情的现实又凸现为创作与理论的脱节和分化。一方面，在当今社会市场化的制度转型过程中，昔日的激进观念变成了如今的叙事常态，日常生活宰制了文学想象，新型的大众文化穿越精英主义的话语魔圈呼啸而过，替代性地成为塑造社会想象的主力构架，而自我锁闭、渐失活力的文学通向现实的路径却日益淤塞狭窄，反倒画地为牢，构造了一个"个人化写作"恣肆高蹈的生产场所。

另一方面，当文学的"形象"越来越沦为一种边缘化的个人话语的时候，就可能使它进而丧失对现实历史整体的把握能力和呈现能力，阻断了批评阐释的可能性和有效性。经验的雷同与复制、叙事的单调与呆板，加之语言的粗糙、理念的空洞、细节的缺失，如此面目的文学写作当然无法让人产生阅读的快感，也进一步证明了若干年来文学实绩及叙事经验的贫弱僵滞。在理论批评面对文学现实逐渐失去它的阐释活力和有效性的同时，事实上，人们所焦虑和期待的，正是文学本应提供的对于社会历史文化及生活世界的精妙理解。

然而，实际的状况是当下的文学创作已经难以为人们凝聚和营造一种社会想象，难以成为一个具有深切关怀的公共场域，更难以贡献面向当代生活的一种持续不竭的思想活力和叙事可能。它在自我内化的同时，也被自动悬置和疏离于时代之外。正如有评论家所言，作为一种话语实践，它"既无力提供对于当下日常生活的新的视点和探究，也无力提供新的对于世界和中国的整体性想象"。文学原创力何以日渐衰颓，深在的原因盖出于此。

如果细加辨析，我以为探究文学叙事创新能力的匮缺或许至少可以从三个方面来展开：一、对历史现实境遇的认知能力和把握能力；二、从生活经验到文学经验的提升能力和转换能力；三、文学叙事方式的融合能力和再生能力。

文学"乡土"：理解与返回

　　当前，社会主义新农村建设已经成为我们社会生活中的热门话题，"三农"问题被提到了前所未有的高度。与此同时，对所谓农村题材或者乡土文学创作传统及其发展可能性的研究也在文学界持续升温，异常热烈。对于当下的中国文学来说，这无疑是一种既具有现实政治意义，又可能包含创作启迪性的文学探讨。也许我们不会重蹈覆辙，使它简单地、一窝蜂地成为一种文学题材的项目招标、重复建设和草包工程，成为一种过分高调、过度排他的主旋律而尖锐刺耳，让人反感。

　　在各种观点纷争中，事实上有一种意见或者观念已经逐渐地深入人心，那就是如何叙述、如何呈现新农村新乡土的真实境遇，如何避免传统的、习惯的叙述套路与模式，以及可能导致的新的创作倾向与弊害，更重要的是怎样有效地创新乡土文学的叙事方式、焕发其艺术活力，这才是我们需要面对、需要解决的根本问题。也可以说，借助于这样一次"文学政治"的积极契机，乡土文学写作真是应该进行一番自我清理、自我整治和自我提升，开展深入的理论梳理和实践探讨，以开拓出新的创作空间和叙事方式的可能性。

对乡土文学的创作传统需要加以认真的反思，这是因为从"五四"到"文革"再到当下，乡土文学的发展经历了历史风雨的冲刷，累积了丰富的文学遗产，产生了大量经典性的作家作品，同时也不可避免地形成了一定叙述套路的成规化的写作模式。从大的发展脉络来看，有许多评论者将乡土文学粗略地区分为：一种是批判性地审视乡村世界的"启蒙叙事"，一种是将乡村田园牧歌化以对抗现代都市的"田园叙事"，一种是以政治化的阶级视角表现乡村世界的"阶级叙事"。这三种叙事又分别对应着启蒙主义、审美乌托邦化和阶级斗争及图解公式化的叙述模式。显然，在类似的理论区隔背后，在它们那些代表性作品的背后，既显示着乡土文学的历史性成就，更可能包含着对乡土文学未来指向而言的某种明显的精神局限性。

乡土文学期望取得突破，就应该打破既成的叙述套路和写作模式，创新乡土文学的叙事方式。要寻求这种新的写作可能性，我以为，更重要的还不在于眼下有论者所说的，怎样培养和扶持新的创作力量，怎样贴近生活，关注民生，重新召唤起作家表现乡村世界的道义激情，而更在于我们怎样重新发现现代中国的生活本质，重新凝聚破解城乡对立的新的社会想象和价值认同。这当然肯定会是一个艰难摸索、非常复杂的过程。

怎样重新认识与理解现实的文学的"乡土"？

改革开放以来，高速运转的现代化进程使得中国社会的现实面貌发生了急剧的变化。原先的乡土经验早已令人质疑，所谓传统的乡土记忆、乡土叙事已经不再能够对应于复杂多变的生活世界本身。当今的文学也已越来越表现出对传统乡土叙事及其经验方式的颠覆与消解，产生了许多难以规约、需要重新把握的新的生活样态、新的审美因素与精神体验。传统乡土叙事方式已经无力应对当下中国的现实境况。这是毫无疑问的事实。作家的创作视角与价值尺度也已经发生了巨大的变化。如果我们还是停留在原来的认识角度、叙述模式，停留于既有的文学话语背景上，局限于陈旧闭塞的思想文化资源，缺少对于复杂现实境遇的提问能力和反思能力，那就不可能产生新的创作突破，开拓出一片文学的新乡土。

当然，我并不像有的评论者所说的，认为传统乡土叙事的终结就意味着城市经验、城市叙事的代兴，或者城市叙事必将全面取代乡土叙事。这样的看法还是把城与乡的想象经验对立化、绝对化了，是一种比较偏颇的对立观和取代论。事实上，传统的乡土叙事本身也是作家文化想象经验的虚拟构架，是一种将真实的"乡土"他者化的审美性营造。在过去整个世纪文学叙事的流变中，就既充满着对于现实意义上的"乡土"的冷峻的审视与痛切的批判，也充斥着对于精神意义上的"乡土"

的感伤哀愁与情感美化，其构建的各种叙述模式常常都会不自觉地落入某种成规化的观念框架和美学风格。即使在当下，也有不少人热衷于把特定的乡土生活世界进行不切实际的、过度的、浮泛的浪漫化、想象化、审美化，甚至渴望以之来提振都市文明，在我看来，这恰恰是对中国现实社会的严峻状况的一种无形遮蔽，甚至是一种精神盲视。这种对乡土的浪漫化、神圣化、审美化，与把都市简单化地描述为轻义重利、庸俗化、媚俗化、缺乏精神意志的漂移之地，实际上都是落入了某种将对象物他者化的观念幻想，进而导致难以挣脱的精神的与叙事的窠臼。从这样的视角来看，传统的乡土叙述模式是否能够契合现实中国的复杂境况，借以发现其生活本质，这倒确实是值得我们重新探究的。

有评论家在评述贾平凹的《秦腔》时认为，乡土中国的生活现实已经无法被传统的叙事方式所虚构了，像贾平凹这样的"乡土文学"最后的大师也已经没有能力加以虚构，那是否就意味着传统乡土叙事的终结，或者说到了它的尽头了？而正是在这个意义上，我把它看作是我们重新认识、理解与发现"乡土"的一个契机，至少可能开启了一种拓展乡土文学叙事方式的可能性。

怎样重新发现并返回现实的与文学的"乡土"？

我们中国有着悠久的农业文明的传统，即使处在今天现代化转型的过程中，"乡土"依然是我们绕不开去的一个本质性概念。乡土文化从来是中国文化的主流性与主导性的文化，深刻浸润着我们生活世界的方方面面。但是，多年来现实中国发生的急剧变化毕竟改变了人们的地理概念、生活方式，改变了文化观念与情感心态，也改变了人们对于"乡土"的一般认识和理解，以及对于"乡土"的观察视野与角度。这是毋庸置疑的事实，也使得我们很难再为"乡土"的内涵外延划定一个固定的、清晰的、明确的边界。现实的"乡土"不再等同于乡野荒原，文学的"乡土"更被泛化成一种文化意象，"乡土"可能是某种破解了城乡对立的想象与现实的聚合地带。

现实中国的发展变化需要我们重新理解、重新发现"乡土"的现实内涵和文化意义，体认和把握"乡土"作为一种文化意象的流动性、无定性、复合性，并为乡土叙事的延展、开拓及其新的可能性重新寻求一条返回之路。文学的"乡土"也不应该再继续原有的叙事方式和写作模式，继续将乡土世界他者化、幻象化，而亟待还原并回到真正的乡土生活本身。

我想，最重要的是，当下文学的乡土叙事需要突破所谓经典性的叙事方式和局限的规约，呈现出乡土世界的本真性的生活原态，刻画出乡土生活在现实中国的磨砺挤迫中的消解与落败、本原与质朴、艰难与纷乱、奋争与无奈的真实境况。这需要一种新的独特的视野，也需要一种锐利坚韧的勇气。它不应该成为一种规范性的表达，或者呈现的依然是一种被陌生化、边缘化的存在，被任意遮蔽与删改、放逐与压抑的存在。

在中国乡土现代转型的艰难过程中，有许许多多亟待研究的新问题、新现象、新经验层出不穷，需要探索。譬如雷达先生最近就提出，对中国农村来说，现代性，现代有尊严的健全的人格意识，当代农民的精神建构和新的精神个体的成长，也是非常重要的问题。我想，如果单纯沿用以往的思想话语资源以及文学叙述方式，近年来的乡土文学写作是很难就此作出有积极意义的、建设性的应答的。

在这些年的乡土文学创作中，尽管出现了许多优秀的、口碑颇佳的作品，譬如贾平凹、王安忆、阎连科、毕飞宇等人的长篇新作，但可能总体上更多其他作品表现出的还是某种乡土世界的生存焦虑及道德悲悯，衰旧溃败的生活经验及心理挽歌，或者是权威化、故作姿态的人文关怀，历史终结性的宏远的深度哀婉。我想，还是应该有这样一种乡土叙事创作，能够为我们的文学带来新的转变和启示，带来清新敏锐的生活气息，它们能够破解传统的叙事模式和现实想象，探入乡土生活纷杂嬗变的深层本质，感应着现实中国的整体脉动，凝聚着新的社会想象和价值认同，并且有效地丰富和拓展人们对乡土中国的独特理解与感悟。唯其如此，文学"乡土"的书写才会真正成为对现实"乡土"的一种还原与返回。

乡土书写：坚守与背离
——由顾坚小说想到的几个话题

粗略了解了顾坚的创作历程，既为他感到欣喜，也颇受激励。在文学已然失去它的光环的今日，很多人无论是对时世，还是对文学无不有一种叹惋或是怅然之感。文学的声音似乎变得越来越微弱和小众。但顾坚的作品却在近年创造了一个小小的奇迹，他的《元红》在网络上的成功，进而得到文学专业领域的认同，又一发不可收地完成了"青春三部曲"，这都再次证明了文学的力量与魅力。

当然，这中间令人思考的问题可以是多角度的，首先，是他的作品对一代人精神状态的鲜活呈现在多大程度上可以成为我们仔细探究当下时代生活的样本？其次，是他虽先在网络走红，却是以传统写作模式完成的小说作品，是否能够从一个侧面依然证明文学的故事性及其经典文学魅力的长远存在，进而来判断当下文学阅读的状态和趣味？再者，如何整合好现实体验与文学经验的交互关系，对当下生活中各种文化、权力、政治、情志及利益因素的融合变化作出更深入、更犀利的把握，对时代生活中生长性、变化性经验具有更强的思想与表现能力，这些都一直是当下作家包括顾坚这样的后发作家要实现创作突破面临的整体性难题。所以我觉得，如果我们能够这样来讨论顾坚作品的某种不容忽视性，会是非常有意义的。

由于时间紧张，我没有能够看到顾坚的全部三部作品，但从《情窦开》来看，它无疑更多呈现的是一种质朴粗粝的乡土生活的本真性的原生状态。这是他作品的一个明显的特点。对顾坚这样的六十年代出生并且具有执着文学情怀的人而言，他的几部作品不仅是一部个人生活史，更是一部一代人的精神成长史。譬如《情窦开》就是非常淋漓尽致地展现了处于社会转型期中的农村生活的繁富场景，个人命运的悲喜沉浮，同时又成为作者个人顽强生活记忆与精神寄寓的投射体。对包括顾坚在内的一批兴化本土作家的创作，已经有过比较深入的讨论。我觉得对顾坚作品而言，比较值得重视的一点，是他以平实的视角与笔触，融汇了对乡土的坚守、歌吟和对乡土的躁动、背离这样两重立场，因为他不是一个乡土的外来者，他在自我生活与记忆的精神游走中有着自身稳定的心灵坐标，他所要呈现的只是在种种困惑迷惘中斑斓多彩的人生风景。文学的叙事方式本来没有绝对单一明晰的模式，我一直以为，事实上，传统的乡土叙事本身是作家文化想象经验的虚拟构架，是一种将真实的"乡土"他者化的审美性营造。在过去整个世纪文学叙事的流变中，既充满着对于现实意义上的"乡土"的冷峻的审视与痛切的批判，也充斥着对于精神意义上的"乡土"的感伤哀愁与情感美化，其构建的各种叙事模式常常都会不自觉地落入某种成规化的观念框架和美学风格。而顾坚的作品，多少是对这类文学现象的一种反拨，对经典写作方式的一种返回，我想，这是否也是他的小说令人欣赏和重视的一个原因？

当然，我之前也一直提出过一个问题。近年来，像顾坚这些并未一直活跃在文学专业领域现场的"基层作者"，其作品倒非常引人关注，受到普通读者的喜爱，个中缘由令人深思。他们人到中年，有丰富的现实生活经历和成熟的思想价值观，也有过二十世纪八十年代的文学梦想，创作了一些作品，但由于个人和环境的局限，塑造了转型期人物的他们，其实也处在文学的转型期内。这些作家身处传统作家和新崛起的市场型作家的夹缝之间，他们的文学追求同往后的年轻作家多少有些背离，在现今的文学情势下，他们中多数人的作品也似乎注定了无法获得普遍的价值认同。但他们对文学的追求又十分执着。他们在文学之路上何去何从，也是一个值得探讨的话题。

顾坚自己曾经这样表述：他的写作"是出于对故乡的热爱和感恩。故乡是人生命中永远的磁场。一个人无论走多远，总走不出故乡冥冥中的牵引。故乡是根，是有祖坟的地方。用文字把故乡定格在长篇小说中，使她成为许多人心目中美丽、抒情和感伤的意象，应该是一个游子对故乡的一种另类报答吧。"

同样，我们在顾坚的小说中，无不能够深切感受到他浓郁的故乡情结，真切体察到在乡土伦理价值日益淡薄的社会状况下，农村新一代青年试图重新走出乡土世界而面临的各种生存困惑与挣扎，凸现出这代人在严峻的现实历练中精神成长的艰辛与失落，奋争与无奈。当然，已有论者提及，在顾坚笔下，比其他同类作品更多体现出一种这代青年人的生存的激情与梦想，平实的生活愿景以及浪漫的青春的活力。这是顾坚作品不同于他人的亮色所在。在中国乡土社会现代转型的艰难过程中，本来就有许多新现象、新经验层出不穷，需要作家不断地探索。有学者早就提出，对当下的乡土叙事来说，现代有尊严的健全的人格意识，当代农民的精神建构和新的精神个体的成长，是非常重要的值得关注的问题。我想，顾坚的作品也是对这一问题的一种文学应答，至于能否成为同类写作中的一种有独特性、拓展性的表达，也需要我们进一步讨论。也许，顾坚这样的写作还会坚持下去，那么，我们唯有希望他不断丰富和完善自己的书写方式，提高写作难度，更真切鲜活地表现处于城市文明与乡土伦理双重挤迫下这一代年轻人的精神背离与游荡，以及自我灵魂的漂泊、不安与躁动。

如今的文学并不景气，特别是对顾坚这一类的作家来说可能更为困难，但他的"青春三部曲"还是给了我们不小的惊喜。如果说要让我们对他的作品有更高期待的话，那就是他如何持守自己的文学情怀，在书写方式的变与不变中张扬自我，使作品更能召唤起读者心灵的震撼、警醒与深思，真正成为一种不可或缺的文学存在。

第四辑

九十年代诗歌的文化姿态

2000 年上半年，《上海文学》《作家》等各家重要文学期刊以前所未有的篇幅，联袂推出了"2000 年新诗大联展"，其中荟萃了新时期以来数十位代表性诗人及新锐作者的最新佳作，阵容齐整，蔚为大观。这一醒目的诗坛现象引起了各方关注，它似乎既为九十年代的诗歌创作提供了一个压轴性的亮相空间，又蕴含着某些令人回味的文化信息。这究竟意味着一种良好的端倪与升级，还是体现了一种具有表演色彩的突围姿态？因为众所周知，近年来的诗坛探寻艰难，气象繁复，却众声喧哗，纷争不断。

在《1999 中国新诗年鉴》里，有一首题为《时间轻轻拍了我们的肩膀》的诗这样写道："我们同时感受到 / 时间的力道震颤过心房 / 我们背靠背而坐 / 白天和黑夜各自在我们前方消失"。是的，当九十年代的文学时光悄然远逝的时候，我们除了喟叹时运无常以外，却已然感受不到一个激情年代的文化似乎应有的逼人的光芒与昂然的姿态，相看诗坛亦复如此。试图简单描述一个年代的诗坛状况是极其困难的，何况它又是一种如此多元而驳杂的集合。我们愿意承认，九十年代的诗坛有一大批不同诗派不同类型的群体在顽强地努力，涌现出许多坚持独立写作立场的优秀诗人，各展其长，各树一格，共同铺筑着这个年代的壮阔诗路。但不容置疑的是，如果加以认真的梳理和辨认，我们仍然会发现，由于掺杂了过多的诗与非诗的因素，并受制于诗语言变革的滞缓，九十年代的诗歌进程中另有其相当模糊、芜杂、低迷的一面。谁也无法否认，诗歌的领地正日益受到商品化浪潮的冲刷，为各种庸俗与媚俗倾向所严重污染，甚或刻意模仿，把玩形式，抒写所谓个人化话语，却遮蔽不住本就艰涩、干枯的内心世界。当下诗歌的整体影响力已远逊于以往年代，它只是一团微弱的光与火，难以烛照人们的精神夜空。事实上，这也是九十年代文学的宿命。在这个年代的精神文化经受了一番沉寂与低迷之后，诗歌更刻意选择了疏离和冥思，而非呈现与敏悟。因此，在"时间的力道震颤过心房"之后，有相当一部分诗歌却并无切肤之痛，业已变得苍白、淡漠，这同样无疑会遭人冷落，使诗进一步远离了读者的视界。

也许，有的人会强调沉潜前行的九十年代诗歌，获得了更为自由的写作空间，日常性和个人化经验及其文化立场同样标示了一个时代的特性。然而，这可能更多的仅是一种理论描述，令人难以忍受的庸常乏味、苍白无力的顾影自怜同样是它已然付出的真实代价。人们不再接纳狭隘冷漠、黯然神伤的诗歌，不再宽容情感的虚假和精神的偏执，人们期待具有高尚品质与思想活力的真情告白。正是这种种心灵内伤使一部分九十年代的诗歌在喧哗的时代失却了宣示的声音，更失却了富有时代感的诗性魅力与价值。时代深度和心灵厚度，或许正是一种诗学上的"必要的张力"。

历史的胜景使我们无法忘却，更未敢奢求。公允而言，九十年代的诗歌虽有传统的承继，却匮乏创造的风度；既是历史的延展，又丧失了拓进与超越的机会。这是它自我构建的局限，还是它必然张扬的文化姿态？

九十年代末一场诗坛的纷争，已被确认为当代诗歌群体一种裂变和分化的兆示。这是诗坛的荣耀及其文化神话的自我消解，亦是九十年代诗歌沉潜拓展的文化姿态的自我伤损。人们有理由感到失望，并且为诗歌本在的智慧生命深怀忧伤。诗坛需要反思的，岂止是简单的一场纷争喧闹中的意气用事和趋名逐利。当下诗坛似乎并不沉寂，甚至可以说是热闹非凡，然而，在如此令人思危的裂隙中前行，却是很难让人满怀信心的。在这种意义上，人们关注和探询"千年新诗联展"现象，就无法不在内心交织起复杂的心情，既充满期待，又平添忧思。

构筑新海派诗歌的审美腹地

　　自二十世纪八十年代改革开放以来，当代文学重新扬帆起航，开启了一段漫长的崭新旅程。其中，新诗界曾经发生过许多诗艺的论争、观念的歧异、美学的裂变与群体的分化重组，诞育了不少早已载入历史及个体记忆的重要事件和现象。同样，近年来我一直较为关注的大致从新世纪以后融入上海城市生活的一批新上海诗人的写作，也无疑是一种值得瞩目的新生文化现象。陈忠村、汗漫、聂广友、徐俊国等一批新上海诗人在诗坛的竞相涌现，既为海派诗歌的创作研究拓展疆域，竖立标杆，更给热力喧哗、斑斓多彩的上海民间诗坛的风云流转留存了一份诗意的写真，甚至会构成我们聚焦当下中国文化语境的某种思想维度。

　　将这批诗人的创作归纳为新海派诗歌，而非纯粹以"新上海人"命名，我既感觉理论层面上确实仍有存疑之处，又期冀以此来为这批富有创造活力与艺术潜质的诗人以及海派文学的未来生长性举纲张目，摇旗呐喊。如果有可能的话，《新海派诗选》将在时机成熟的情况下，再行编选续集，以飨读者，并求教于学界方家。唯愿新的选本能够收集更多有代表性的新上海诗人的佳作，更有力地体现出新海派诗歌群的艺术特征，更名副其实。

我一直认为，许多当下性的新型文化热点现象，虽然值得关切和重视，但也不能过于放大其效应，高估其成长性和持续力。这些年来，海派文化时断时续会产生各种现象，却往往成为一过性的文化热点，其例不胜枚举。就如同地震的主震与余震的关系，文化的生成发展也应该是一种不断激荡变化，激浊扬清，扶正去魅的过程。谈及文化的创造性、持久性，关键还是要靠作品说话，只有凭借其悠长的艺术生命力才能来印证海派文化的底蕴、包容度和当下的创新能力。

的确，海派文化现象研究需要不断地吐故纳新，尤其要关注文化的当下性及其现实的延展。海派文艺一直以来缺乏具有强烈的冲击力和恒久魅力的精品力作的缘由，自然是在于一些作者作品的人文境界与生命情怀有待于拓展和提升，与其他地区的文化实力相比较而言，区域性文化格局与气象亟待进一步张扬，在于创作者面对变动不居的生活世界应有的生气活力的丧失，叙事创新能力与再生能力的匮乏。

当下社会的现代转型已经给我们的文化或文学带来了格局的调整和突变：一面是商业文化的强烈生长，日渐渗透并改变着现实的文化生态，给人们造成了精神挤压，主流意识形态的文化仍占有一分天下，竭力维持着自身的主导性和影响力，而独立高蹈的文化姿态依然是传统文学借以特立独行的标志性招牌形象，并对流行文化构成一定的抵抗和遏制。这三种文化势力互相映照，互相角力，自然也共存共荣。然而，它所构制的范式带来的影响是深刻长远的。此外，就业态研究而言，海派文化新生现象需要得到重视与关注，不但是因为其现实的延展在当下的迫切介入，更在于海派文化不可能简单划分为传统与当代，它没有一个明显的分野，而应该是一种有弹性空间与再生活力的范畴。只有这样，它才能够容纳各各不同的文化经验与创作养分。

历史常常表现出惊人的相似。事实上，现代文学中的所谓新海派文学，也是因为具有了新型读者构成的阅读群体和市场意识的发酵，才在现代商业文化的土壤上逐渐培育生长而成的。海派文学之所以具有现代性，就在于它的商业化。有学者早就指出，海派文学有"更鲜明地呈现出力图摆脱传统文化束缚的现代性品格"。而经验证明，在开放包容的文化场域中，即便是先锋性也可以获得商业性，可以转化为大众性。这三个层面的转化当然是一个复杂的学术问题，而我们简单地将海派的特色归纳为现代、时尚、求新，显然也不足以求证出它的完整性。从海派文化到海派文学，虽然两者间不是简单的对应关系，但可以肯定的是，一直以来在传统与现代、乡土与都市交杂的双重语境下徘徊游走的海派文学，所秉持的求新图变的传统、兼容杂糅的特征使得其孕育的文学质素在不同年代以及不同的创作群体中也渐次发生了多向度的全方位的变化。

在这样的意义上，对这批近十多年以来融入上海城市生活的新上海诗人的成长路程、写作特征、文学价值的描述和探察，也许会成为我们关注和讨论海派文学当下性、变量性因素的一个个案样本。而在本文中，因为力所不逮及时间仓促，我只能先作出一些粗浅的评说。

首先，这批诗人由于生活经历的缘故，具备"外乡人""新上海人"两种身份标识，因而，他们的作品大多呈现一种独立于城市文明，既漂泊不安，又难以离弃的精神姿态，始终覆盖着城市与乡村文明错动而间离的双重投影。其次，他们的内心深处紧密依恋着故乡，却又无法实现身体的返回，"身"与"心"的背离与游荡使其成为城市文化与乡村文明的双重"他者"。再者，从文学语言研究的角度来讲，作为城市与乡村生活的双重经历者，他们的作品中本应具有城市与乡村语言的呈现与交融，以显示文学语言变化演绎的可能性，实际上显然也差强人意。部分诗人的语言技艺缺少强烈的差异性和独特性，匮乏鲜活的当下生活的质感。而这其实也体现出他们的一种精神生长中的矛盾性，既想在语言世界中妥置自己现实中紧张不安的灵魂，又深感自我话语在现实碰撞中的卑弱无力。

本书（《新海派诗选》，上海文艺出版社，2014年8月，杨斌华、陈忠村主编。）所收录的这十位诗人作品尽管风貌各异，诗艺水准也并不齐整，但大都能显现出上述特点。他们还相当年轻，在诗学探求上有着不可预期的生长空间。

陈忠村是一个质朴执着、情怀坦诚的诗人，也是新上海诗人群体的主要代表者和言说者之一。他的早期创作大多关注乡村、自然和亲情人伦，表现出对家乡的挚爱和怀念，具有浓郁的乡土情结。而后，逐渐地转向城市暂居者的当下生活及其日常景观，在变动不宁的精神游走中不断移换自己的心灵坐标，其作品无不揭示了作为一个外来者站在城市文明边缘的敏感失意的不安心态，清晰而强烈地凸显出某种企图融入城市生活世界的内在渴望。

陈仓是一个谦卑低调而感受纤敏的行者。他的作品深深镌刻着故乡的印记，包含着浓烈、虔敬而痛苦的精神渴求。他的身体走失在喧嚣浮躁的大都市里，不停地寻找着什么，内心却弥漫着对家园的渴念，对生命的追问。

汗漫是一个钟情书写、卑微而幸福的歌者。他以孜孜以求的诗艺探险来实现内心的救赎。他心怀悲悯，漫游世间，远离自己的故乡，又未能完全融入异地。他在现实与记忆的交错碰撞中，在乡土与城市、家园与异乡的双重游历和精神熬炼中，努力安放自己的身体和魂魄。

胡桑是一个不断返观自身、冷静而怀疑的智者。他徜徉且沉浸在个体想象与集体记忆衍化的自足空间，企图超拔本在的、固化的自我。他隔绝于喧嚣时世，在现实与语言、具象与抽象之间反复思虑，深度研磨，以构设一个自我主体的世界，安置奇诡多姿的灵魂。

林溪是一个身处繁华城市热爱生活却寂寞生存的梦游者。他的创作从未离弃与回避关注现实，对难以承载的生命之重和被命运斯打得遍体鳞伤者满怀悲悯，更时常显影出思想的迷茫和困惑。他自觉无法抽离与之格格不入的喧嚣时世，希冀能够冲决困境分身而出，以诗的形式空间来寄寓并抒写自己寻求精神故乡的渴念。

聂广友是一个渴望离俗出尘，用诗来寻求人生确定性和生活价值的探行者。他的作品中既蕴含着丰富而本真单调的故乡记忆及其奇异意象，又时常以城市与乡村的关联与对比来反省勘察当下的生存本相。他是一个为生活现实催迫锤炼，同时又勇于自我诘问、自我否定的清醒的怀疑论者。因此，语言的书写就成为了他人生的疗救和精神的修行，而不仅仅是习得的禀赋和叙事的堆积。

徐俊国是一个真挚朴实且深怀忧思，在城市中渴望寻找生命意义的守望者。他的作品中嵌入了丰富的乡村生活经历和本真的家园记忆，在他的内心深处，故乡永远是一种情感的倚靠和精神的皈依，而城市终究是心灵的异乡。尽管在其笔下，对乡土的亲近与城市的疏离，对自然的皈依与俗世的抵抗无疑只是作者苦心构造的一种安顿自我灵魂的栖居方式。而我们能够触碰到的，唯有诗人融汇其间的独有的诗情架构和直抵人性世相的思想光亮。

许云龙是一个对诗歌不离不弃，具有执着的理想情怀的侠义者。他的作品充盈着对故乡生活的温情回忆，秉持着悲悯苍生的人文情怀，字里行间镌刻下世间细微而丰厚的情与爱的印记。他的诗风平实而质朴，语言直白而晓畅，当然，就短处而言，尚缺少对生活物象以及城市与乡村二元文明交错互动的某种敏锐犀利的精神透视。

茱萸是一个伫立于生活与艺术世界之间来回眺望凝视的穿越者。他的作品试图借助诗意的玄想来切入现实世界，穿行于历史与现实、古典与现代迥然相异的文化时空，将当下生活风景予以重新编织、爬梳和标识，构筑起一片难以把捉的语词玄幻的审美腹地，透示出某种矛盾而精致的自我迷恋的精神状态。他是一个不易阐释的性情跳跃而独特的抒情者，他用语言打捞出的闪烁无定的生活现实，或许只能成为诗人渴望折射当下的某种艺术镜像而已。

肖水是一个孜孜不倦探求语言堂奥的飘逸潇洒的吟唱者。他的作品善于运用纷繁别致的意象来隐喻生活，记录其内心的成长和情感的变幻，从而将他经历过的乡村、校园乃至都市生活重新构造成一个奇诡斑斓的心灵场景。他是一个极富语言灵性与才情玄思的诗人，他挥洒自己诡谲多姿的想象力，任其在语词的轨道上驰骋飞扬，而如何在华美纷杂的表象之下，披沙沥金，集聚自身的精神重力无疑是他今后面临的一个长久的诗学难题。

掩卷之余，我依然感到一种困惑和不安。我无法自信地将他们和他们的作品全部归并到一个整体的确切的命名之下。我一直以为，以年代或者其他名目命名写作现象需要谨慎，尽管在传统文学日趋式微的当下，这也许多少能够提升其影响力和知晓度。再者，给写作者贴附代际或群落标签，还可能在一定程度上磨灭其鲜明可辨的创作特性，甚至产生写作风格面目相似而整体类化的风险。这一点已有前车之鉴。但我仍然热忱地希望，《新海派诗选》的问世，既能够为人们传达一种当下的新鲜独具的文学经验和体认方式，又象征性地标示着这批年轻可为的诗人在文学耐力赛中的集体亮相。正如诗人里尔克所写到的："我却知道了风暴，并像大海一样激荡。／我招展自身又坠入自身／并挣脱自身孑然孤立／于巨大的风暴中"（《我因认出暴风雨而激动如大海》，绿原译。）我愿意相信，这批新上海诗人正是这样一支在旌旗舞动的文学年代，既能真切地认识自我，又竭力并善于表达自我的意气风发的诗坛生力军。

上海民间诗歌的观照视角

　　上海民间诗歌创作的现状作为当下上海文学的一种镜像毫无疑问是值得关注的。在现今的情况下，上海的民间诗歌团体一般都采用诗人结社、印制纸刊、出版合集、运作诗歌活动等方式的常规模式，产生了许多具有一定的独立个性的品牌诗社。我在策划主持《上海文学》"当代民间诗歌版图"栏目时曾极力推介过部分上海城市诗社的作品及其诗艺主张。它们的主要特征是，参与者的非体制化和平民化，组织结构的松散性、区域性和基层文化的特色更为明显，不同年龄成员的合理分布即梯队结构的齐整，显示了后续发展的潜在活力。

　　改革开放特别是新世纪以来，上海诗坛除了原有的各路传统人马主要指已具创作成就的各辈诗人重新活跃、呈展个性以外，还陆续涌入了一批来自全国各地、正值创作力蓬勃之年的诗人，成为一个引人关注的新兴群体，多元化多侧面地改变着上海的诗歌生态和力量结构的平衡对比。我最近在主编《新海派诗选》时粗略讨论了这一新上海人诗歌创作现象，并希冀以此为海派诗歌的创作研究拓展疆域，竖立标杆，给热力喧哗、斑斓多彩的上海民间诗坛的风云流转留存一份诗意的写真，为这批富有创造活力与艺术潜质的诗人以及海派文学的未来生长性举纲张目，摇旗呐喊。与此同时，上海张扬各种风格与主张的民间诗社在这三十年间的兴盛变徙也是值得诗史浓墨书写的重要现象，这其中，《海上诗报》、《新城市》诗刊、《外滩》诗报、《海上风》诗社及诗报、城市诗人社、白领诗社等是多年以来能够长久坚持并产生了一定影响力的诗歌团体。但它们大多不可能完全凭借自己民间或个体的力量开展活动，需要得到地区层级文化管理部门的财力支持，因而就得在持守自身的写作立场以外，着意打造主旋律样式的诗歌作品，为团体的生存发展谋求空间，在自觉与不自觉中践行着建构城市文化的社会责任。我觉得，这些无疑都表征着他们对当下诗歌创作所应具有的社会责任的担当意识，显示了一种积极的现实关切与文学常态。

我认为所谓上海的民间诗歌有几个特征或者现象是值得关注的，更确切地说还只是几重观照的视角。首先是它所呈现的一种"半体制性"，或者称为一种"半体制写作"，我觉得这在诗歌的功能性和艺术的独立性层面自有其值得考察的地方。当然，所有写作都是孤立的自由的，所有写作的行为都是偶然的，也是值得尊重的。但文学的概括和命名也必不可少，文学的优劣高下更在所难免。以林林总总上海民间诗社的创作作为样本的话,它确实能够较为充分地体现出诗歌现状的丰富性和多元性,成为当下诗歌状况的一个基本特征。我们姑且用多元和混搭两个语词,来作为对当下时代文化的一种描述,对诗歌现实和历史本身丰富性的某种隐喻。这中间既有意识形态的区分,也有诗艺观念、方式的差异,还包括对文学写作历久弥坚的热忱与定力。我一直赞同这样的说法,在当下丰富庞杂的诗歌格局下,在一个整体性瓦解的时代,二元对立的局面早已不复存在,官方刊物与民间刊物、主流诗坛与先锋诗坛、知识分子写作与民间写作……所有原本的文化对立都被一种更多显示出交杂和纠缠、更平面和多元的姿态所代替,所媾和。这是九十年代以来诗歌文化的一个最显著特点,也是文学循环往复的一种现实常态。我把它称作"半体制写作",虽然在理论层面上有待于进一步厘清其内涵,但也正是想以此来体现当下民间诗歌的一种强烈的中和守正的色彩和深水静流、沉潜从容的特色。

其次,值得注意的是,民间诗歌中日益凸现的文化地理元素,或者说是写作的地方性因素。如今集群性的民间诗歌写作确实很明显地表现出与此相关的地理文化属性及区域经济发展不平衡之间的差异,与各个地域的精神文化的溯源,与当地诗歌环境与传统氛围的现实关联性。拿上海来说,一般都会被外界认为比较更多具有现代性、后现代性的实验因素,更开阔的艺术视野,更复杂的社会历史容量。但究竟上海无论体制性的还是民间性的诗歌的艺术水准能否真正与之相当，依然是值得疑惑并仔细考量的问题。上海民间团体的诗歌写作无疑应该尽力提升自己的艺术追求和文学格调，在努力呈展自身的独立个性同时不断张扬自己鲜明可辨的诗艺主张，而不能因团队的壁垒反而变得面目模糊，一团和气，和气未必生"才"。另外，我觉得，在作品中还要避免一过性的政治文化因素的渗透，强力凸现因地域文化而熔炼的语言层面的异质性元素，这样才可能做到别开生面，独标一格。营造文学写作的文化地理元素和地方性特质，肯定不应该是一种简单的语词堆砌和方言杂烩，一种因文学才情的寡薄与文化底蕴的苍白而导致的紊乱、羸弱的语象，尤其是语句表达上的浅短、零散和思维的困顿。

再者，值得关注的，是新世纪以来诗歌写作当下性、时代性和公共性的强烈呈现。就当下诗坛而言，不管是民间还是体制内的情况，我一直以为，虽然创作非常活跃，现象异彩纷呈，但真正推进诗歌整体实力提升和拓展的创造性因素和机制化能力事实上却逐步在消减和下降。这里说的创造性因素的消减主要是指语言技艺上的平滑和雷同，机制化能力的下降主要是指诗艺空间的腾挪和拓展的可能性的局囿。当然，我们能够明显感受到的一个事实是，近年来的创作对现实生活的直接感受性确实得以进一步加强，体现在诗歌作品里的生活经验也更加纯粹、通透、浓烈。较之于以往年代过度的精英化意识和纯技艺的"诗意"写作，出现了较大变化的情状有以下三点：诗人身份的改变即平民化和非专业化、创作意识的转变即非功利性和文学表达的主动性与内在性，以及诗人群体相互交叉叠合的多元化。这些年，"让诗歌重新关注时代，让诗人重新成为时代的心灵"在特定的界域内逐步呈现为一种强烈的声音。这突出地表现为，在许多诗歌作品中，其时代性和公共性获得了进一步的凸现，在对现实生存的强烈介入和突进中，诗人们改变姿态，以一种向下的视角从而获得了更加真切的生活经验，直接面向今天的时代境况。由此而言，应该也能够让人们从中品味出某种文学风云的悄然转换和诗意的瞬息变幻。

最后，我以为可以切入的一个视角是，就像有位诗人所说的，除了为乡村留下最后一首挽歌之外，也应该全力以赴地去呈现历史所带来的新生活。这种新生活的主要征象就是如今很多诗歌创作所凸现的现代化进程中现实的矛盾冲突与人们内心的精神复杂性。而本土文化经验的消解及其承续的断裂又确实是其中一个令人关切思省的问题。他们对现实"乡土"的重新关注及其表达方式，无疑构成了其本土书写一个值得重视的侧面。这一话题留待以后再予以具体探析。这里，我只能对于他们孜孜不倦地坚持本土经验与家园记忆的热忱书写表达一种敬重之意。这些作品当然也是这个时代乡土现实与城市文明错动而间离的真实境遇的某种写照与见证。不过，应该指出的是，如何在表现被遮蔽的现实世界的多面性，袒露现代化进程中人们的内心痛感的同时，更深入地触及和把握进入城市化过程中的复杂性，以有意味的形式表现一种独到的富有质感的中国经验，是当下诗人都面临的一个写作难题。

诗歌作为一种源远流长的艺术形式，在现今喧嚣浮躁的年代，仍然能够教人给予不懈的关注，仍然拥有这么多坚韧顽强的书写者，这本身已足够让我们感怀与惊喜。而且，我们不能只看重诗歌本身，更应该关注诗歌的创造者，即诗人本身。没有诗人高蹈翩跹的城市与乡村，是令人寂寞的，更会让人们的情感变得荒芜，心灵变得干涸。我愿意相信，上海民间诗歌创作的不断成熟和生长会在上海民间诗歌的地理版图上不断留下自己深刻可辨的印记。

民间诗歌与文学的生长性

近年来大家都在谈论民间诗歌的现状、延伸以及它的发展趋势，我觉得提出一个文学的生长性的概念非常重要。事实上这也是拓展民间诗歌成长空间的一个重要的切入点。我们以往对一种历史文化的经典化的认识总是被一种总体性的观念所统摄，这里包含了时间和空间两个维度，或者是历史和地理两个向度的认识论和方法论。与之相契合，我们对民间诗歌的认知正可以在这种创造性的结合和方法论的构造中生长出新的可能性。

文学的价值尺度从来不是一成不变的，因此，所谓"民间诗歌"这样一种文学现象也不可能成为某种普适性、本质化的概念，相反，我们需要不断地寻求它在特定的文化情境下的限制和变化，包括其内涵的延展和差异。"民间诗歌"作为一种文化经验，它既应该持守自身审美的本质和价值，也需要不断地"去审美化"，开放和胀破其自身的传统规约，强化它对现实的介入性，对生活的呈现力和叙事性，提升其对于时代现实的传达能力。"民间诗歌"的生命力不在于固守其传统本质，而无疑将取决于它对现实语境是否具有足够的开放与容纳度，是否具有足以回应时代现实的文学传达能力。这是我对目下这个话题的一个基本认识。

我最近协同张清华先生编选出版了一本《中国当代民间诗歌地理》，事实上正体现了这样一种文学认知。它是我们认识当代中国民间诗歌的历史趋向的一个文字样本，这里包含了双重的认识角度，即既关注它的民间特质、历史传承，以及地理文化的差异是如何呈现为一个"渐趋丰富"的过程，而同时这一过程中的空间丰富性，以往我们也确实没有给予充分重视。其实民间诗歌的空间的拓展和腾挪正是体现在一种文学风云的诗意变幻中，体现在一种明晰的生长性和延展性中间。

怎么来认识这样一种丰富性？看来我们需要既关注它的现实的延展在当下的迫切介入，更要打破一种对文学现象的认知的二元性的图式论，包括一种明显的分野的理念，而应该把它视为一种有弹性的空间与具有再生活力的范畴。

首先从时间和空间两个维度来看民间诗歌，八十年代以来我们的文化逻辑带有线性进步论的痕迹，它所强调的是时间意义上的评判标准，文学观念的塑造占据的是时间意义上的制高点。我同意这样的看法，从时间维度上讲，从历史的轨迹上来讲，当代诗歌包括民间诗歌写作发生了很大的变化，但是，就文学品质、诗意方式而言，到底产生了怎样的变化和差异，是值得我们仔细考量的。时间的划分也许并不能显示出强烈的差异，但以空间的维度来加以探察，或许就能够充分展示出一种斑斓繁复、变化多姿的不断延展、不竭生长的极为丰富的过程。

另外一个考量的视角，是民族国家文化共同体的一个地域意识形态的概念，如同我们对当代民间诗歌现状的探究所展现的诗歌群落的多元化、多样性，以及地理版图的丰富性。在中国，还特别可以有北方和南方的地方美学的划分，区域标识很大程度上也可以是一种文化的美学层面的表征。

这无疑会构成民间诗歌研究的重要的一端，不同流派和文学接受背景的诗人群落风格各异的集力的呈现，文学的年代性划分和不同的命名，以及意识形态意义上的区分，都是真正构成当代诗歌的多元性和研究视角的多维性的学理成分。大家知道，文学研究一直有内部／外部之分，而内部的丰富性和生长性如何得到有效的有力的呈现，拓展新的空间，建立新的思考维度就变得尤为重要。所谓主流的体制的写作被不断整合，越来越一体化以后，怎么找到一种文学叙事中的新的精神裂隙，寻求一种不断变化生长的差异性，体制外的散落的民间写作的繁杂诡异的独特的喧嚣就无疑变得令人瞩目，而构成对惯有的一体化的文学秩序的有力挑战。从中，我们或许可以注意到两点，一是这些年民间诗歌的格局气象为什么会发生巨大的变化，成为一种不容小觑的写作力量，值得我们仔细探察。最重要的是，民间诗歌的写作在诗人身份的多元化、写作意识的转变之后，是如何携带了更多有价值的文化信息、鲜活的经验和生命力、语言的张力，提供了独赋魅力的诗美质素，从而冲击、颠覆、重建了原有的写作的语言权利结构。这些都是留待我们日后细致探察的课题。

寻找与投射：华亭诗群的意趣和探求

　　《华亭诗选》（徐俊国主编，沈阳出版社 2015 年）甫一问世，即引起诗歌圈的瞩目。这也许是因为，该诗选中收集的部分诗人及其作品似乎业已逾越了通常民间诗社的传统藩篱与社群的限囿，具备一定的标杆性和启示性，它表征着上海诗坛主要是七十年代以后出生的一茬年轻诗人的写作路径与水准。放眼远眺，有这样一些正处创作盛年的诗人的名字正不断闪耀在诗界的星空，譬如陈仓、徐俊国、古铜、张萌、漫尘、语伞、南鲁等，他们的作品汇聚成一束游荡栖居于城市文明，深怀虔敬与渴求，不懈地缅想与冥思的精神之光。假如一定要用一对语词来涵括他们的写作意趣和诗艺探求，我乐意用精致的寻找和明晰的投射就此来作出一种或许是简明有效的评述。

一

我一直以为，尽管诗坛表面上颇为繁荣喧闹，但当下的许多诗人作为一个时代的行吟者和见证者，对于变化急剧的本土现代化进程中现实的矛盾冲突与人们内心的精神复杂性缺少有力的逼视、诘问和思省。而更令人关切和思虑的是，那些具有高深邈远的文学志向的诗人写作，在构建自己考量日常生活和诗艺空间的视角和方式的同时，怎样灌注进更为丰沛的寄寓着形而上思考的精神意识，使诗的意象与情境更具意义的活力和语言的张力；同时，如何在平和质朴的语象背后透示出一个躁动年代人们繁富错杂的内心情怀，更为深邃地凸现被遮蔽的现实世界的多样化、多义性，以多重笔触和形式来传导某种独赋魅力的富有质感的时代经验，这些都是非常值得思考的话题。我觉得，《华亭诗选》的一些作者在独特的诗群聚合中，面对诸如此类的质询，似乎在有意不约而同地作出自己的自觉应答。

对于优秀诗人的写作而言，重要的当然不仅是拥具热忱、才情和坚韧的定力，而是如何能够以一己之力洞烛幽微，察古观今，更以新的言说方式和现实经验的表达方式来揭橥这个时代的征候和物象。因为有哲人说过，任何文体所表达的都是情与物之间的关系，重要的是我们对事物的意识，而不是事物的本身。词与物的关系，一直是文学的核心关系之一，两者之间既是主客观的对应关系，也是思想与价值的投射行为。不同的时代，不同的语言和文化中，词与物的对应与连接，样式多变，形态各异。而在具体的书写中，为了使事物得以自然精到地呈现，语词的自洽与妥帖是非常重要的，它是对自然存在与生命图景的千姿百态的丰富表达的不断更新、替换和修补，并借此努力营造一种显现人类精神演绎过程的杰出话语。

分而言之，汉语经典作品中的古典美也许主要呈现为一种明确的主体投射，或者是明晰的自我形象的投影。它在历史的变迁中，已经形成了一个完整的超稳定的表意系统与机制，这无疑会在玲珑剔透中逐渐演变成一种自我的困囿，成为人们日常的经验感受乃至精神的变异的某种疏离之物。

在当下社会现代转型的漫长而艰难的过程中，有许许多多亟待研究的新问题、新现象、新经验层出不穷，需要探索。譬如其中一个很重要的问题，就是人类文化的主体性重建的课题。现代性，现实经验表达的自觉意识和文体语体方式，当代语境下的精神建构和新的精神个体的成长，无疑都是值得探究的非常重要的问题。

对诗词散文这类写作而言，就古典美与当代性的融合的话题来说，一个很重要的趋向，便是如何胀破传统诗意与美学的规约与束缚，重建文学话语的诗性空间。我想，一个普通作家诗人生命的反抗和奋争也许是徒劳的，但一个真正优秀的作家诗人，他所经历的精神磨难将被后继者再次经历。这种磨难就是指从八十年代文学到现在所共有的一种情感和思想的熬炼和冲刷，这其实是一个作家诗人作为栖身时代精神困境的熬炼者的一种必然的宿命的暗喻。真正优秀的作品，当然应该折射出一种人文追索者的隐形的思考，实际上是在表现当下的时代精神困境中的一种困苦之役，一种自我的诘问和自我的省思。并且，它在作品中将确凿地显现出一种不断地失落、找寻和自我完善的精神历程，能够展示出自我主体性的犹疑、徊徨、迷惘，从而凸显出一个时代独特的纷繁错杂的精神处境。

二

翻阅完这本《华亭诗选》，在讶异之余，我深深感觉到某种欣喜。它是否如有论者所言，承传延续了松江华亭的诗歌传统基脉，或许可能还另当别论。然而，判断它着实构成了当下上海诗坛一支不容小觑，且极富成长性与潜质的力量，却是无可置疑的事实。我以为，诗群聚合是氤氲和提振诗歌生态的颇佳方式，古往今来概莫如此，即使在松江悠久的文化历史上，任何诗体词派意图鹤立文坛，引领风尚，自成一格，在很大程度上也需要依凭文人意气、思想话语的相互激荡，让诗意时光绵久不息地堆积成塔。也许正是因为诗人"一边浪迹天涯，一边坚守对白云的信仰"，他们的独酌与群饮、自白与冥想写就的都是一份"孤独之书"，而"每一个文字的凸陷，都将被曙光填满"。

我不妨再引用一段女诗人子薇的诗句：

生活太平静，尘世太喧嚣，而我的内心沸腾不止
午后，顶着一轮骄阳，我寻你而来，于僻静的沼泽地
我模仿你遗世独立的芳魂，为自己的翅膀松绑

子薇的诗作善于从寻常事物的实体或生活实境中取材，感觉纤敏洗练，语象错落有致。曾经有同好认为，"她的语言或倾泻而下，或汩汩涌出，随手便是盎然的诗意，又融合着哲思的语言世界，给人以强烈的在场感和幽妙的形而上意味"。即便不从女性视角和语调来加以评析，我同样以为她的诗不经意间喻示着城市文明群落中人的一种精神的寻找，一种悲悯的情怀，一种渴望心灵皈依的企盼。也许，我们可以就此来精准地寻找和确认华亭诗群的某种心灵图标。

这群都市文明中飘然而至的诗的天使，他们的身上既携带着以往历史与经验的精神密码，满含着伤惋之心、缅想之情，又不时张开语词的翅翼俯视并飞掠当下世界，以繁富交错的个人记忆来不断地修复、锚定自己精神找寻的图式和语态。这无疑使得他们的作品成为以都市介入者身份参与的一番语言的探险旅行，处处显示出他们对于日益离析瓦解的传统与当下文化的一种省察和思虑，而绝非简单的知识语词的堆砌、个人情性的挥洒。

在既往对于复杂斑斓的当代诗群的诊问中，我曾经一直试图寻找某种相对于现代个性的顽强表现而言的特异的存在。我觉得，它既应该体现在诗歌形式感的变化上，显现出一种迥异于他人的独有的情绪特质和象征语义，又源自写作者内心经验及其价值观的深度蕴积。诗人吕德安曾经说过：他把写诗当作自我净化的过程；同时不希望给读者上轭（所谓的历史感或更堂皇的形式），而是体现出平凡和愉快，诗的词汇必须是人在谈话中的词汇，它要支配着整个创作情绪。我曾经以为，他们是在诗中失去了愤怒的情感。这种"失去"可能意味对某种精神宣示的自我放弃，甚至意味着某种心灵逃遁和无奈感，而不是单纯的冷漠麻木。时光荏苒，如今，我已然更能理解并认同他们这种精神与语言传达的纯净和独异。显然，重要的不是我们急于就此作出文学审美价值层面的评断，而是对这样一种诗人的情感记忆、精神意向的追寻、把捉及契入。甚至，我毫不怀疑，其中它当然包含着过去的经验记忆的堆积，更指认着堂皇现实中情感的缺失、文化的匮乏。同时，是否可以认为，近年来弥漫于诗坛的类似这种有意无意的文化传达，表征着一种看似不无矛盾的悖论的现实：诗人的身体乐意寄居、游荡于传统日渐崩解、生命承受重负的喧嚣城市，心灵却时时依恋着难以返回的故乡，并以一种文化优渥者的姿态用文字记录并袒露不可复制的个人经验，似乎在为日益败落的家乡田园、故土命运振衰去蔽，用语的低调素朴倒是在一定程度上泄露出某种文化话语权力拥有者及叙述者的高蹈翩跹。这或许才是值得警惕和反思的现象。

在如此情境下，我们来阅读华亭诗群中张萌的作品，反而使人感受到一个精神找寻者的激越而清晰的内心跃动。张萌的诗行间仿佛布满着时光的碎片和生活的屐痕，他试图从自己由乡村至城市的记忆与现实的经验出发，"用歌声点燃生命 / 用歌声等待生命中最隆重的燃烧燃烧——/ 阳光下，你是一盏黑色的油灯 / 歌声里挤出火焰的灰烬"（《蝉声》），使简约而丰饶的诗意语象成为生命中不可承受之重的一种暗喻。在他内心深处，似乎存在着一种不断漂泊找寻的渴望。他像是——

　　一个盲孩子，在心里接住了
　　一盏尘世的灯

　　　　　　　　　　　　　　　　——（《安慰》）

张萌的许多诗作充满着自然与生活的鲜活气息，仔细阅读，你更会捕捉与领悟到，对作为这个世界"盲孩子"的他而言，燃烧与光亮似乎始终是其情致表达中最强烈而明晰的颤音与符码。这无疑是他独具的，并在无意中形成的一种诗学层面的认识图式。与此同时，我发现，有意思的是，他诗的标题大多有着时间的标示，显示了一种对时间元素的特殊凝视，并成为他传达内在生命轰鸣、寻求新鲜表达方式的独有的标识。张萌诗的景象及语态平和静好，又不乏一种内心的益然和情志的飞扬，努力从个人的视角来凝神关注世界与整体的生存赎救之道。这应该是他的作品在华亭诗群中的意义与价值所在。

与之相仿，漫尘的诗一如他的名字，也许同样可以说是一种归于尘俗的写作，散发着浓郁的民间生存的痕迹与气息，以及生命自然交织互动的融洽与生动。他乐于表达一种正向的积极的对人生的思索感悟，正如其诗作《悼亡灵》所表达的："人间的爱总在生长／让悲伤逐渐凝结／终于长成心口的一朵灵芝"。在漫尘的作品中，无不显示出一种近乎自语的探求与皈依的渴望：

　　　　星光是我骨子里的磷火
　　　　月亮躲进云层，做一个发光的囚徒

　　　　远方，能收容多少自由的灵魂
　　　　真的不在乎回乡的路程，一路颠簸

　　　　　　　　　　　　——（《今夜，为谁活着》）

但我觉得，他的一些作品在意象的自然经营和语词的妥帖运用等诸多技艺层面上，还存在明显的逊色与不足之处，有待于更持久更走心的磨炼。文字作品素来讲求天然去雕饰，抑或自然与华美并重，但对一个试图独标一格的诗人来说，在语言功底苦心凿造的背面，真正可能使之厚积薄发、成就佳构杰作的，是如何冲决精神与艺术视域的自我限囿，如何具备敏锐的生活洞察力和蹈厉飞翔的思想人格。而这对漫尘以及华亭诗群的年轻诗人而言，目前着实面临一种难以逾越的精神迷津和情感沼泽。

有关这一话题，徐俊国的近期作品或可成为一个饶有意味的批评样本。在《华亭诗选》里，作为曾经被认为是"70后"代表性诗人之一，同时又俨然是华亭诗群领袖人物的徐俊国，却像他诗中所写的那样："在快乐中显现，在痛苦中隐身"（《痕迹》），似乎有意将自己安放在一个低调不显眼的位置。也许，其中收录的确实是他写作间歇期的部分作品。我一直以为，俊国是一个诚挚质朴、深怀忧思，而且在城市中渴望寻找生命意义的守望者。在他的作品当中，对乡土的亲近和对城市的疏离，对自然的皈依和俗世的抵抗，历来构成其一种安顿自我灵魂的栖居方式。他从农村来到现代都市，面临心灵的离析状态，一种精神的背离和内心的矛盾性，一方面城市生活喧嚣、世俗、虚荣和趋利，另一方面内心渴望回归家乡的宁静，那么在他的作品当中，某种失去根基的忧郁或许一直挥之不去。其实很多评论者谈到过这一问题，我觉得他自身也存在这种忧虑，那么从评论者的角度而言，这也是对这些城市异乡诗人的一种关切和提醒。

我愿意再度指出，他的近期作品在艺术和语言感觉上存在一个写作上平推的趋势，另外也存在一个失去根基的一种忧虑，从写作转换、变异和提升的角度而言，感觉没有前面那两本诗集里面的精气神足了，显得有些草率、急切和浮浅。近年来大家一直比较多地关注当下诗歌如何表现当下生活的现实状况，与这个时代城市文明与乡土现实错杂交缠的真实境况相互印证比照。俊国的作品也一直在做类似的内化型的努力，以求更诗意地展示一种时代境遇下人们内心的欢乐与苦难、坚执与柔韧、慷慨与悲凉，而俊国的作品着意寻求的则是在平静的语态下面，怎样表现出一种情感的隐忍和克制。

我最近较为强调诗歌怎样表达出在变动的时代当中，某种个人和现实的紧张关系，或者说如何凸现出现代化进程中人们内心的摆荡无定与漂泊不安，乃至鞭辟入里、切中肯綮的疼痛感和矛盾性，其实也许由此更能从一个侧面体现个人的创作素养和诗学境界，以及作为写作者逼视纷繁现实的言说能力。因为徐俊国一直对弗罗斯特和雅姆比较感兴趣，我以为他的作品中刻意营造的质朴而陌生化的诗意情境，其实也是他寻求诗歌作为时代与个人生命记录仪的富有意味与力道的表达路径的一种探索，更能不动声色地把一个貌似游戏的文字情境背后所隐喻着的某种陌生的生存意义表达出来。但是我觉得徐俊国在语言的陌生化策略运用方面，可以汲取更多中西现代诗成功的技艺经验，展开更多新鲜的杂糅当下感受与经验的语言实验。

有关对华亭诗群更详尽的剖析，及其引发的当下诗坛的创作意向怎样避免成为一种精致化的精神寻找，并在语义上阐释情意投射的明晰或暗隐、诗学技艺的综合与变异的论题，我将另文予以评述。

新诗旧体诗艺术交融的可能性

关于新诗与旧体诗"比翼齐飞"的问题，一直是诗界多年关注的重要话题，也的确道出了长久以来广大诗人的共同心声，但它显然不是一个理论命题。新诗与旧体诗各自单飞的原因是很复杂的，我想联系当下新诗的发展状况，并从现代汉语和诗歌语言技艺的层面上来粗略地探讨新诗旧体诗艺术交融的可能性。

我们首先从一个文学现象谈起。几年之前，时任《星星》诗刊主编梁平先生在一篇文章中，以一个诗人和评论家的名义郑重提出：中国诗歌走到今天需要来一个转体，需要重新找回对社会责任的担当。他认为："很长一段时间来，曾经和老百姓如此亲近的诗歌却让他们感到了陌生，滋养诗歌的这块土地也越来越不认识诗歌了，诗歌且战且退，已经退守到社会的边缘，渐渐失去了大众的认知和守护的热情。""这个事实不能不说是当下中国诗歌身处边缘的一个更为重要的原因。"最主要的，他认为"事实上中国诗歌经过这么多年'怎么写'的训练，对一个真正的诗人来说，这应该不再是他的当务之急。我这样说并不是反对我们在诗歌艺术、诗歌美学上的不懈追求，我对这样的追求一直保持着敬畏，因为这也是中国诗歌需要担当的一部分。但是当下，我以为摆在诗人面前'写什么'的问题显得尤为重要了，这种重要足以让我们已经远离的诗歌回到坚实的土地上来"。

我曾经对这一话题作过回应，我以为，让当下的诗歌创作重新找回对社会责任的担当的思考，无疑显示了一种积极的现实关切与文学共识，是对当下文学境遇的一种贴切的体认，也是一种由诗界内部产生的稍嫌迟缓的良性反响。

我不赞同说现在的诗歌创作"怎么写"已经不重要，重要的应该是"写什么"，也不认为如今"写什么"了，才能够真正显示出对社会责任的某种担当。诗歌愈益边缘化的现状并非是简单地由社会责任的缺失所造成的，对现实的关怀和道义的寻求也并不是中国新诗现代性的延展的完整内涵。当下的诗歌也许需要来一个转体，但在我看来，它既需要"写什么"的社会责任的"公转"，也需要"怎么写"的诗艺探求的"自转"。两种转体同样重要，不可偏废。片面地强调一个侧面，有可能陷入新的一元论的窠臼，给当代诗歌艺术的发展带来负面性影响。

从现代诗歌的历史演变和现实语境的角度来看，或许只有注重两种"转体"的兼容并重，才能够较好地解决现实关怀如何传达、社会责任如何担当，即如何实践"诗歌何为"的本质问题，才能够真实体现并揭示中国新诗追求和谐共生的现代性的全部过程及其价值意义所在。

中国新诗追求现代性的意义，本质上就是要丰富现代诗歌的想像力和表现力，培育其体认和容纳复杂的现实经验的能力，而不是要把现实背景进行简单化的艺术处理，粗浅直白地告示一种关注当下的现代性冲动。这一点应该无可置疑。而诗歌对现代诗本质的探寻，就是试图要在一方面体认和把握现实经验，寻求诗歌在感受方式和想象方式上的现代性，另一方面能够借以询唤、应答现实与历史的复杂境遇，融会社会责任和道义，将诗歌的外在形式灵魂化，从而真正实现一种新的感受和想像现实生活的艺术形式。毫无疑问，这中间包含了诗歌的两种转体方式，实践着的是某种同一性的诉求。

这里，我想简单提及的是以穆旦等人为代表的"九叶"诗派的创作。按照学界的通识，在现代诗歌的演变历史中，他们是能够用新的感觉、想象方式和诗艺策略更自觉地处理个人与时代经验、现实关怀的关系，把复杂的现实经验有效转化为诗歌艺术的一个重要群体，显示了中国诗歌对现代性观念的重要拓展。他们主张诗歌面对现实生活的整体性和艺术的综合性，重新体认了诗与公共生活、现实责任的密切关系，既要回应现实历史的呼唤，使诗与现实社会的道义担当相和谐，对写作题材持开放包容的态度，也希望并力求找到一种将现实关怀与艺术形式综合交错的诗歌方式，获得个人与时代之间的双向互动，在现实关切与诗艺探求两者中实现一种和谐平衡。遗憾的是，这样一种传统被历史所中断，没有延续到之后新诗发展的脉络中去。这样宏大的诗歌实践是非常有价值的。

概括起来说，就是我们需要注重中国诗歌现代性寻求过程中的丰富性，使诗歌不仅成为参与社会、关怀现实、憧憬或者批判社会的方式，也要成为观照现代性寻求进程中人们的内心经验和现实情绪的想象方式，将对现实生存的关切、社会责任的担当和美学的现代性，将诗歌的功能性和艺术的独立性，融合为一种诗歌的本体性与同一性的探求。我觉得这样的认识对新诗旧体诗相互借鉴，进而实现艺术交融是具有一定的启示作用的。

其次，考察现实的文学境遇，结合当下的新诗现状，我们能够明显感受到的一个事实是，在当下诗坛中，诗人们对现实生活的直接感受性得以进一步加强。体现在诗歌作品里的生活经验也更加纯粹、通透、浓烈。较之于以往年代过度的精英化意识和纯技艺的"诗意"写作，出现了较大变化的是诗人身份的改变，创作意识的转变和诗人群体的多元化，"让诗歌重新关注时代，让诗人重新成为时代的心灵"日益成为主流的声音。郑小琼等打工诗人的出现和评论界对打工诗歌越来越多的关注是比较突出的事实佐证，而另外一批诗人对现实"乡土"的重新关注和表现，也构成了当下诗歌创作的另一值得重视的侧面。

譬如辰水、江一郎、杨键等人的作品，写的虽然都是现实乡村的日常景象以及为时代境况裹挟下个体命运的浮沉起落，内在却反映出现代化进程冲击下乡土社会剧烈变动的无奈命运的投射，无不为我们留存了时代的写真。很明显的，在这些诗歌作品中，其时代性和公共性获得了进一步的凸现，在对现实生存的强烈介入和突进中，诗人们改变姿态，以一种向下俯察的视角从而获得了更加真切的生活经验，不断张扬着对诗歌现代性的诉求，对传统"诗意"的去魅化。

在当下的诗歌创作中，诗人身份的改变，创作意识的转变和诗人群体多元化的现象，还喻示着另外一种变化。那就是很多诗人不再是为专业化的诗艺风格的创新而写作，而纯粹出自于真实的生活感受，直接面向今天的时代处境。就像有位诗人所说的，除了为乡村留下最后一首挽歌之外，也应该全力以赴地去呈现历史所带来的新生活。这种新生活的主要征象就是如今很多诗歌创作所凸现的现代化进程中现实的矛盾冲突与人们内心的精神复杂性。同样，我们对今天的乡土现实也需要予以重新认识和理解，并不断寻求对传统"诗意"观念的破解和延展，打造一种"去诗意化"的综合的传达能力。表现在诗歌作品中，一方面是城市观念、视角和因素的契入，一方面是传统乡土叙事的浪漫化和诗意化想象的逐步退隐，即所谓故土、故乡、家乡、家园概念及其情感意义的普泛化。能够印证这一现象的是眼下一部分叙事类诗歌作品。这类诗歌通常采用城乡生活主题，并加以客观再现。（如陆健的《能人张景宪》《农民工李小四》，王夫刚的《安全帽上的遗言》等）它们多取材于社会热点，不加主观修饰，具有直白洗练的语言风格，加之质朴的情感表现，真切的日常景象，使这些诗歌具有强烈的纪实性风格。在对现实生活的传达力度和批判性上，它们并不逊色于写实文学。另外，还有一部分诗歌，在表现被遮蔽的现实世界的多面性，袒露现代化进程中人们的内心痛感的同时，也触及了进入城市过程中的复杂性。如吴向阳的《进入一个城市像进入一棵树》："进入一个城市像进入一棵树 / 我从他的根须开始 / 去拜访它的每一圈年轮……我要在里面居住 / 学习着把阳光作为自己的早餐 / 直到全身爬满精美的木纹"。再比如骆英的《城市》："城市是用思念建成的 / 每个人都把信写向远方 / 每一架飞机的轰鸣都让人心动"。当下的新诗以其独特的文学书写方式，见证了这个时代"乡土"现实与城市文明错动而间离的真实境遇。

我们很难说上述的种种变化，使当下诗歌从八十年代以来追求纯技艺的诗意的自身镜象中解脱出来了，但一个不容忽视的事实是，我们确实看到新诗在近年来随着时代的悄然变化中，以更加亢进和介入的姿态，有力地应合了它所遭逢的处于复杂多变的转换中的历史境遇。

此外，我想讨论一下诗歌里的声音的问题。英国诗人艾略特在隐喻的意义上把诗的声音分为三种："第一种声音是诗人对自己或不对任何人讲话。第二种声音是对一个或一群听众发言。第三种声音是诗人创造一个戏剧的角色，他不以他自己的身份说话，而是按照他虚构出来的角色对另一个虚构出来的角色说他能说的话"。这样，诗歌声音的不同就构成了诗歌表达的不同形式：独语、宣讲和戏剧性对谈。这就为我们探察新诗的表达方式提供了理论参考。不同的诗歌的声音会促成形态各异的语言传达方式，它表征着一个时代或者时期的诗歌的形象特征，也无疑体现了新诗从多侧面多视角处理现实历史题材的能力，并形成不同时期诗歌丰富多彩的多元化的面貌。

论及新诗旧体诗从艺术上相互交融，达成平民化大众化的可能性，我赞同有论者指出的，台湾现代诗的语言策略所提供的化古、融欧、趋土三条路径，它所包含的各有价值的艺术经验具有积极的借鉴意义。"化古"在台湾实现的是新古典主义，我们可以积极从古典诗词中汲取养分，促进新诗语言、氛围、境界的提升。"融欧"就是要融会现代诗的新的质素、感知方式和表现形式。"趋土"的结果是让诗的语言和品质保持原生性、自然性、在地性、即物性。这几条路径的导入也曾为我们新时期以来新诗语言的变化、探索和转型，产生过重要的借鉴作用。

现代汉语中明显划分的两大类、即文言化、现代化的两种语言方式，是有着很大差异性的，尽管有相通的成分，但也存在相互隔膜的地方。如果能够相互融合，就可能促使诗歌新的质素的发酵。

就新诗语言资源的论题而言，如何在白话与欧化的历史两难处境中寻找到适合于当代诗歌语言的内在资源，这毫无疑问是一个理论难题。从这个论题出发，我们才可能努力去寻求新诗旧体诗实现艺术交融的可能性。关于这一点，我赞同有学者指出的，作为现代汉语构成基础的白话，一般都表现出口语化的浮泛性和简单化，这样的语言进入诗歌形态面临着一种天然的缺陷和难处，让它担负起表达新世纪新时代人们复杂的思维与现实感情，以及几千年中华文化的传统菁华和丰富质地，将显得比较困难。因此，此后不同时期和阶段诗人们所作出的艰难努力，其旨归都是针对这种语言资源的勘察及理论难题的突破，尽管结果远未尽如人意，路途还相当遥远。

永无涯涘的圆圈

——读《辛笛集》有感

　　王辛笛先生一生主要致力于诗歌创作，为中国新诗的发展做出了独特的历史贡献。作为"九叶"诗人中的年长者，辛笛先生在中国诗坛上的地位与成就是早已获得公认的，他的诗已然成为中国现代新诗经典的一部分。晚近出版的《辛笛集》汇集了他的主要代表性作品，值得收藏，本文则是就他在新诗创作成就方面作一个粗浅的评说。

　　王辛笛先生的诗向以独特的语言风格和强烈的艺术感染力见长，特别注重个体的生命和情感体验，主张现代主义与现实主义的结合，企求艺术性和思想性的统一。他认为诗人不应当满足于浮光掠影的表象描写，而应该注重保持诗与人生现实的平衡，追求对现实作出深切透彻的表现。但是，诗人的笔锋又并不太多触及社会现实，对黑暗社会状况往往是痛苦的愤懑多于尖锐的抨击，大多陷于一种苦闷焦灼的矛盾心理。面对紧迫的社会问题，有时较难显出明朗坚实的自我拚争，渗透其里的面对现实的那种踌躇矜持，在他身上也有明显的体现。

王辛笛先生的诗歌对我们的艺术启迪，尤其是对当代诗歌的影响力是不容忽视的，他的优秀作品所达到的艺术高度，给现代新诗带来恒久的魅力和品格，为新诗艺术赢得了声誉。与此同时，我们还必须看到的是，辛笛先生之所以能创作出优秀的诗歌作品，对中国新诗发展做出卓越的贡献，与其能始终葆有一颗诗人的赤子之心，对新生事物永远充满热情、始终坚持诗人的良知道义、坚持纯正质朴的为人有关。所以，辛笛先生的创作成就和人品风范一样值得我们尊重和敬佩。

九叶诗派创作上的共同特色或对新诗艺术发展的独特贡献，就在于既坚持新诗反映社会政治现实的一贯主张，又力求使人民心智与个人情感的书写互相沟通；他们继承民族诗歌（包括新诗本身）的优良传统，借鉴西方现代诗艺，探索现代诗的中国道路，因而对新诗发展具有独特的历史贡献。王辛笛先生的诗歌创作正是在这个基础和前提之下进行的艺术突破和再创造。辛笛先生早年留学英国，深受西方现代派诗歌和艺术的影响，勇于在诗歌艺术上进行尝试和探索，但同时王辛笛先生也深受古典诗词的熏陶，所以他的诗具有婉约和醇厚的气质。也就是说，王辛笛先生具有将中国传统的古典主义和西方现代主义结合起来的艺术自觉，他在与古典诗歌寻求对话的过程中，开始尝试恢复与传统诗歌精神的联系。因此，我们能够看到，王辛笛先生的诗歌不仅有对意象的探索，对语言多样化的追求，同时还融入了自己的社会使命感以及对人生时世的深刻思考。他的诗能够把现代人心理的刻画与受古典诗艺熏陶的倩巧凝含的传统诗风杂糅为一体，显示出融汇中西的苦心。

当然，与"九叶"诗人总体的特点相比照，辛笛先生的诗又是其中的另类。早在三十年代末，"九叶"诗人受现代派诗人的影响，曾提出过从诗歌的领域"放逐"抒情。这被认为是现代派表现手法上的一条新的出路。与"九叶"诗人最后形成的追求思想感觉化和寻求客观对应物相辅相成的象征主义客观抒情方式比较，可以说，辛笛先生的诗的风格既有所呼应，譬如他作品里光色明暗的氛围把握，抽象观念（词）与具体形象（词）相互嵌合的手法，都是思想感觉化的一种实践与表现，也是对说明式的诗的抽象传达的反拨，同时，他的诗又因为那种古典诗的氛围、意境的营造，而在"九叶"诗人中独辟蹊径，自成一格。

我以为，作为一位对现当代新诗发展具有突出贡献的诗人，文学界对辛笛先生包括对九叶诗派的创作研究丰富庞杂，但依然存在着一定的不足之处。我曾经指出，值得重视的是，在面临着吸取抑或排斥外来的和民族的文化传统的历史选择的课题时，九叶诗派的创作，在一定意义上继承了新文学开创伊始便确立的兼收并蓄、有容乃大的好传统。在他们的作品中，凸现着这样三重文化传统的影响，即十九世纪西方自然主义与浪漫主义文化的浓厚熏陶，西方现代文化的深刻影响，以及民族文化的优良素养。这三重文化传统曾经对新文学产生过猛烈的冲击，造成了颇为繁杂的历史状态。而它们本身之间由于文化时空差异所造成的内在对立与冲突，却在九叶诗人的创作中达到了共态融汇，形成了一种异质同构的奇特景象。

研究王辛笛先生以及其他九叶诗人的成就和意义，不仅应当将其放置在当时的历史背景之下来考察：即随着高标人性自由和解放的西方文化的强劲突入，"五四"以后的文学青年获得了抗衡封建文化的思想武器，并开始以新文学作为自己摆脱民族灾难的精神力量，宣泄强烈的人生与社会的欲求。他们一方面不同程度地受西方人文主义文化的影响以及与之同步的现代主义文化的渗透，另一方面又不能摆脱民族文化传统根深蒂固的精神哺育，因此他们的艺术追求不能不显得复杂多样而富有个性。正如辛笛先生，其新诗最大的成就之一在于一直致力于尝试西方现代主义与中国传统诗学融合，使诗歌呈现典雅精致、宁静淡泊之风格，又兼具有含蓄朦胧、印象幻觉叠现、时空倒错的特征。

同时，我一直认为，一个有意思的话题就是，研究辛笛先生以及其他"九叶"诗人，还可以与以朦胧诗发端的当代新诗的发展流变联系起来，从而对文学传统的承续、变异与发展有新的体察和发现。尽管我未及展开细致深入的探察与考辨。不可否认，这两者之间可以发现许多感受与表现方式上的吻合，包括运用语言技巧的特色，这些都源自于他们对于诗的审美观念、思维方式乃至个性风格的接近。比如朦胧派诗语言结构上出现的奇特修辞，在九叶诗派中屡见不鲜——辛笛先生在诗歌语言上就喜欢使用抽象观念与具体形象嵌合的手法；另外，朦胧派诗人顾城与辛笛先生也有着颇为相似之处，他们的诗都好似"大珠小珠落玉盘"，从生活中摘取一片段一情景，化炼成诗，表达出纯净而丰蕴的人生情怀。辛笛先生的很多诗歌都喜用印象派手法来写，景象明彻动人，而顾城则更注重强烈的主观感受的抽象外化，颇为引人注目，二者的诗歌都具有天籁之音的共同气质。我想，在语言技巧和手段的层面，倘若能够作深入的比较研究，我们将会更细致地体察到他们孜孜以求的一种艰苦努力，那就是使诗的意象具备知性的深度和韧性，在字词之间支持开张力，使新诗语言更加凝练坚密。

辛笛先生的文学成就以及整个九叶诗派的创作值得我们不断地深入研究和学习，它对当下的文学发展更具有重要的启迪意义。辛笛先生一生笔耕不辍，其最难能可贵之处就在于能够随着时代的变迁，既持守自我风格，又不断追求变化创新，始终洋溢着生命的活力。而这又是辛笛先生所一贯遵从的生活和做人的原则：永远葆有一颗童心，一颗纯净而透明的心，一颗对生活充满热情与好奇的心，这是一个优秀的诗人需要具备的最基本也是最重要的品质和条件。

在所有热爱文学、热爱诗歌、热爱生命的人的心中，辛笛先生是一个真正的诗人，他将自己的生命与诗歌与文学完全交融在了一起，他的身上充分体现出了中国知识分子宝贵的品德和高尚的风范。他不仅是上海诗人的骄傲，更是中国诗歌界的一面旗帜。所以，我们重新阅读辛笛先生的精妙诗文，不仅是为了追怀他在文学创作上的成就和功绩，更重要的是要学习他对文学的热忱与虔敬，对时代现实的关切与责任。

诗歌群落研究与当下诗坛的状况

——由孙琴安《中国新诗三十年——当今诗人群落》引起的思考

蒙孙琴安先生抬爱，嘱我为他的新著《中国新诗三十年——当今诗人群落》写篇书评。我既深感惶然，又乐于从命。那是因为，我对诗歌素无精深的研学，恐以一己的陋识浅见悖违了琴安先生的苦心孤诣，但我对这部著作的论题及阐述模式又的确颇感兴趣，故放胆来评说一番。

孙琴安先生是文坛闻名遐迩的诗评家，在我国现当代诗歌研究方面著述甚丰，出版有《现代诗四十家风格论》《朦胧诗二十五年》等。而今，《中国新诗三十年——当今诗人群落》又粲然问世。在我的印象中，近年来虽然诸多方家都很关注民间诗歌群体的研究，却鲜有这一论题及资料的集力呈献。它着实拓展了诗歌群落研究的新空间，为近三十年以来波谲云诡、摇曳多姿的民间诗界的风云变迁留存了一份难得的写真，其功不可没，惠益后人。

改革开放以后，正如同作者所言，自北岛、舒婷、芒克等一代诗人崛起后，当代诗歌开启了一个新的旅程，其间发生过许多诗艺的论争、观念的分歧、美学的裂变与群体的重组，产生了诸多业已载入历史及人们记忆的重要的诗歌现象，直至近年，年轻的"70后"、"80后"诗人更早已在诗坛闪亮登场，莺啼初试。与这三十年诗歌历程相关，2005年我曾经在《上海文学》杂志参与策划过张清华兄主持的"当代民间诗歌版图"等栏目，意在为新时期文学中的民间诗歌历史划疆辟域，竖立标杆，赢得了诗界的广泛好评。如今，孙先生的此部新著以群落研究的方式和体例择要展示了中国近三十年来民间诗社诗刊的别致风景，社团活动的活跃频繁及其创作风格的异彩纷呈，无疑会在同类研究著作中引人瞩目。我们在感佩孙先生的学术热忱与功力之外，自然更激赏他对当代民间诗歌研究独具创见的思考及其论述模式。

在这本新著中，对于近三十年来的中国诗歌，孙先生一改以往按年代划分，或者以诗歌现象、思潮、流派产生的原因、背景论述的套路，而是开辟了新的理论视角，提出了区域诗群的概念。近年来，区域文学或文学的区域现象及地方性写作，越来越成为当代文学研究热切关注的学术话题。孙先生敏锐地探察到这一理论阐述的新趋向新样态，因而他以区域诗群的视角来统摄三十年的中国诗歌，梳理当代民间诗坛的浮沉流变，既纵观了文学史从时空和帝号居多逐步转向以区域和地名居多的命名趋势和过程，又凸现了当下各区域创作力量的代表性，更显示了当今诗坛丰富多元的基本风貌，实在是一个兼有创新与创意的策略之举，使得自己的诗学阐述更具开放性、包容性，保留了诗歌群落综合研究进一步拓展的可能性。

有意思的是，本书除了作者对各地诗人群落的详实论述、评点之外，还以原诗选读的形式，收录了部分当代诗人的优秀作品，每章篇末更附有相关思考题和拓展阅读书目。我觉得，这一切不但使它更具可读性，吸引非专业的文学爱好者，同时还从某个侧面隐约折射出在诗歌愈益边缘化的今天，在这个"已不是以诗人为骄傲的时代"，作者一如既往的热情燃烧的诗情，对诗歌的虔敬和推崇，对重新唤起人们的文学梦幻与阅读热忱的期待。

就当下诗坛而言，我以为，虽然创作非常活跃，现象异彩纷呈，但真正推进诗歌整体实力提升和拓展的创造性因素和机制化能力事实上却逐步在消减和下降。《中国新诗三十年——当今诗人群落》所显现的纷然杂陈、此消彼长的的诗坛状况可能也会从某个侧面印证这样的看法。我想，孙琴安先生新著的出版，确实带给我们不少有关诗歌创作尤其是诗歌群落研究方面富有教益的思考和启示。其中，最为有价值的一点，就是面对历来殊难定评的晚近文学现象，在一种新颖的视角、方式的观照与统摄下，在力图胀破陈规的重新排序和命名中，它必然呈现为焕然一新的面貌和姿态，并且足以刷新学理视野，辨识文脉流传，甚而多少能够寻思文字世界尚可想见的奇幻未来。这已然是我们至为深切和重要的阅读收获。

地理图标·诗意情境·语言策略
——略谈徐俊国的诗

　　我最近在主编《新海派诗选》时，收入了新世纪以后融入到上海城市生活的十位新上海诗人的作品。我以为这是上海海派诗歌中令人瞩目的一个新生的文化现象，这中间包括徐俊国的作品，当时的想法是给他们一个整体上的定位，试图对上海当下的文学产生一些拓展性的意义，首先是为海派诗歌的研究拓展疆域，树立标杆，其次是给上海民间诗坛的风云流转留存一份诗意的写真，甚至会构成我们聚焦当下中国文化语境的某种思想维度。

　　徐俊国在一篇访谈中提到过自己的文学位置，他当时谈及的一个是地理位置，另外是身体位置和心灵位置。我觉得在考量新海派诗歌现象以后，俊国的写作也会具有三个相应的不同的文学位置，一个就是他在故乡写作时期的文学位置，一个是他融入上海城市生活以后的一种文学位置，第三个就是他在新上海诗人写作当中的位置。已经有非常多的人从综合和个案的层面来研究他的作品，事实上再来谈论他的诗无疑是一件颇具难度和挑战性的事情。

我先总体上谈谈对新上海诗人的一个初步认识，首先我觉得在他们身上他们具备了"外乡人"和"新上海人"两种身份标志，呈现出一种对故乡无法返回又难以离弃的精神姿态，成为这个时代城市文明和乡村文明错动而间离的真实境况的一个投影。第二点，在他们的作品当中，反映出心灵依恋故乡，却无法实现身体的返回，身与心的背离，使得他们背负着城市文明和乡土现实的双重尴尬。第三点，他们作为城市和乡村生活的双重经历者，从文学语言的研究来说，应该具有城市与乡村语言交融错杂的某种特质。但是在新上海诗人作品当中，我觉得还没有充分显示出这种语言变化演绎的可能性。另外，似乎也缺少更强烈的一种差异性和独特性，以及鲜活的当下生活的质感。我觉得这一茬新上海诗人的个人精神生长中，有一种难以解决的思想与技艺上的矛盾和桎梏。

徐俊国可以是当下松江文坛的一个异数，这既是指他生活经历和职业变化的一份成长履历，同时也是指他的写作业绩和风格的一种独特性，已在松江文学创作中产生了一些潜隐的影响。我想，一个普通诗人生命的反抗和奋争也许是徒劳的，但一个真正优秀的诗人，他所经历的精神磨难将被后继者再次经历。这种磨难就是指从八十年代文学到现在所共有的一种情感和思想的熬炼和冲刷，用一句诗来概括就是："致命的伤口——

你永远被出生地所困"。这其实是一个诗人作为时代精神困境的熬炼者的一种必然的宿命的暗喻。

如果要分析徐俊国的诗，我觉得也许需要回到八十年代的文学语境来讲，就是诗人欧阳江河曾论及的一种家园／异乡模式，这样一种人类精神模式的当下表现，其实或许可以涵盖徐俊国的创作。像徐俊国这样一些诗人在家园和异乡两者之间的漂泊不定，正好构成了一种精神两难的情境。因为他们其实已经改变了家园的通常含义，不再将它看作稳定安宁的寓所，而是开放和更新了家园概念原有的神圣意义，他们站在了家园以外，在更广阔的世界飘荡。这个家园对他们来说，已经变得疏离而且虚幻。因为在这个时候家园已经成为虚空之物，作为对立的异乡就不再是外在之物和疏离之物，我觉得两者可以相互颠转、消解，以至家园会被他们看成内心深处回不去的一个精神异地。当时欧阳江河就用"空中精神家园"这个意象，来揭示家园本身的虚幻性。家园传统的寓言化意义的消解和转换，能够解释出人们无法逃脱的同体异源的宿命魔圈，这就是八十年代文学以来一直有的一个有阐释力的主题，即家园和墓园。我觉得在徐俊国的作品当中，其实也折射出来这样一种人文追索者的隐形的思考。他实际上是在表现当下的时代精神困境的一种困苦之役，一种自我的诘问和省思。

如果来谈徐俊国诗歌一个主要特点，我想或许可从三个方面来作仔细探析。第一是明晰而独特的地理图标，第二是质朴而陌生的诗意情境，第三是简约而自觉的语言策略。先讲他的地理图标。无疑，一个诗人成熟的标志是构建独具个性的意象系统。喜欢徐俊国作品的人都知道，他的诗中有一个"鹅塘村"，其实他的家乡山东平度没有鹅塘村，我看过他的文章，他说因为传统农村社会当然有鹅，有池塘，就自我命名了一个"鹅塘村"的概念，但是这个鹅塘村系列创作成了他人生与写作履历中的一个私人地理的标志，一张极具个人特色的精神名片。这与以往产生较大影响力的诗人，小说家的某家族、某某村、某系列的情况是相同的，也是"70后"诗人文学秉性与基质中对传统创作策略与资源的一种承接与传扬。"70后"诗人当下正处于上升期，徐俊国是当中较为突出的一个。我觉得有鹅塘村类似的命名以后，也可以打破代际文学命名的一种标签化的俗套。还有，诗歌如何集聚和打造两种经验，徐俊国也在创作谈中谈得很多了，各种现实经验和文学经验怎样转换和融合的能力，事实上也应该是他作为个体怎么处理历史和现实关系的某种能力的显现。

第二，质朴而陌生的诗意情境也是他创作的一个特点。我在《新海派诗选》的序言中，曾经给过俊国一段评语，在这批新上海诗人当中，他是一个真挚朴实、深怀忧思，而且在城市中渴望寻找生命意义的守望者。主要是两个特点：一个是他的作品中嵌入了一种丰富的乡村生活经历和自身的家园记忆，在他的内心深处永远有一种情感的倚靠和精神的皈依，而城市终究是心灵的异乡。在他的作品当中，对乡土的亲近和对城市的疏离，对自然的皈依和俗世的抵抗，构成了一种安顿自我灵魂的栖居方式。他从农村来到现代都市，面临心灵的离析状态，一种精神的背离和内心的矛盾性，一方面城市生活喧嚣、世俗、虚荣和趋利，另一方面内心渴望回归家乡的宁静，那么在他的作品当中，失去根基的忧郁也许一直挥之不去。其实很多评论者谈到过这个问题，我觉得他自身也存在这种忧虑，那么从评论者的角度而言，这也是对这些城市异乡诗人的一种关切和提醒。我个人觉得，这本《徐俊国诗选》里面的"皎洁心"部分，在艺术和语言感觉上存在一个写作上平推的趋势，另外也存在一个失去根基的一种忧虑，好像也有人对他这部分作品蛮有好评的，但是我认为这部分新作有点粗率急躁，感觉没有前面那两本诗集里面的精气神足了。近年来大家一直比较多地关注当下诗歌如何表现当下生活的现实状况，与这个时代城市文明与乡土现实错杂交缠的真实境况相互印证比照。俊国的作品也一直在做类似的努力，以求更诗意地展示一种时代境遇下人们内心的欢乐与苦难、坚执与柔韧、慷慨与悲凉，而俊国的作品着意寻求的则是在平静的语态下面，怎样表现出一种情感的隐忍和克制。我最近较为强调诗歌怎样表达出在变动的时代当中，某种个人和时代的紧张关系，或者说如何凸现出现代化进程中人们内心的摆荡无定与漂泊不安，乃至疼痛感和复杂性，其实也许更能从一个侧面体现个人的素养和诗学境界。因为徐俊国一直对弗罗斯特和雅姆比较感兴趣，我以为他的作品中刻意营造的质朴而陌生化的诗意情境，其实也是他寻求诗歌有意味的表达路径的一个探索，更能不动声色地把一个貌似游戏的情境背后所隐喻着的某种陌生的生存意义表达出来。但是我觉得徐俊国在语言的陌生化策略运用方面，可以汲取更多中西现代诗成功的技艺经验，展开更多新鲜的杂糅当下感受与经验的语言实验。

第三，简约而自觉的语言策略。对徐俊国诗歌的语言特征我颇感兴趣，他的作品比较愿意以平淡无奇的面貌来节制自己情感的过度宣泄，显示内在灵魂的搏动。他认为乌托邦的雄心是哲学家和梦想家的事，而低调地希冀自己在语文学及语言能力上倾注努力，不断磨砺。简而言之，他似乎更信赖没有知识羁绊和语义缠绕的单纯的语言，而最基本的词语的表达构成，在语言拼接与重组中并不影响诗意和张力的生成。如"我的体内吊着钟摆 / 它平衡着我对大地摇摆不定的爱 / 向左一点或向右一点 / 都是精确的牵挂或善意的表达 / 在我出生的地方 / 我无法让自己成为闲人 / 当我走在软软的田埂上 / 如果一只益虫需要帮助 / 该低下身子就低 / 该蹲的时候就蹲"（《我不是一个完全闲下来的人》）这样本真、朴拙的语词特色成为他一种悄隐的刻意的追求和实验，反而更显示出诗的本性和品质，不像现在的诗歌语言大多比较雕琢，比较华丽，但并没有像徐俊国的平实所达到的那种陌生而深邃的效果。徐俊国追求语言的还俗，希望能够以此重新回到词语的原意、固有的深度与新鲜，因为他特别尊崇田间地头的语言，认为它们恰恰能跳出一般的语法和规范，以直白洗练的语言图式呈现出更强烈而隐在的思绪。

最后，我觉得徐俊国是一个有一定写作境界的诗人。我较感兴趣的是他对四种不同的写作态度的表述，这是一般诗人达不到的写作思考。他认为，第一种是用阴影把阳光弄脏的人，第二种是在阳光中诅咒阴影的人，第三种是在阴影中歌唱阳光的人，第四种是用阳光清扫黑暗的人。他觉得第二种、第三种把自己与世界的关系处理得比较简单化，第四种最令人敬佩，第一种最让人厌恶。我比较赞赏他这种对写作意识的一种理性的思考，同时我觉得这中间也蕴含着对"70后"诗人未来的精神生长，以及如何处理好写作经验的区分和对文学经验与现实经验重新厘定的一种思考。我想，俊国是一个有自觉的写作意识和清醒的艺术思考的诗人，他将来发展成长的空间和可能性，还是值得我们热切期待并持久关注的。

法度与大度：王学芯的时间感悟

——简评诗集《尘缘》

  学芯先生作为二十世纪八十年代起即活跃于诗坛的一员文相悍将，近年来宝剑锋从磨砺出，雄风依然不减当年，新作迭出，广受赞誉。更重要的是，他的诗风不断呈展出某种令人啧啧称奇的变化，在领略人生诗情与生存感悟的同时，业已将它敏感犀利的触角，深刻探入了生命的底蕴，让人们在惊诧、欣喜之外忍不住地就触摸到了诗的光芒。我基本赞同有位诗评家的意见："他的诗歌已经形成了自己独特的精神与美学，一种主动、明确甚至是不无锐利的诗学，已经在其诗中呼之欲出。"我一向认为，一个真正成熟、卓尔不群的诗人的个性标识，是他拥有着炽热的情怀、超拔的感受和出其不意、独出机杼的表意能力，具备与众不同的独特的诗学图式、诗意情境和语言策略，甚而在作品中沉淀为一种不同流俗、馥郁多彩的人文基调。王学芯的近著《尘缘》以其苦心孤诣的语言营构、叙事要义和完备形制，正给予了我们这样一种精神热力的碰撞，一种诗性心灵恣肆绽放的情貌。

近两年因编务俗事缠身，我本无闲暇为诗坛文友一一作评，更不想落下诗歌表扬家的骂名。其实，众所周知，新作快评是件吃力不讨好的苦事和难事。加诸本人学养所限，力有不逮，讲谈这部据称涉猎佛学的《尘缘》更是着实教人深感惶怖。然而，细细读完全篇，内心倒默默地对这位轻官重文的学芯大兄油然生起深深的敬佩之情。事实上，在他的前一本诗集《飞尘》后记中，已经预告了这样一个文学新生命的诞生。他认为其近年的创作是一种放弃习惯后的改变，是一种有效的写作。"我的诗从来没有改变我的人生轨迹，倒是我的写作姿态、终极情怀以及满腹触及心灵的经历改变了我的诗歌，使我的诗性有了特殊的气息。"因而，我觉得，《尘缘》无疑会成为他作为诗人生命的最新的定义和高度。这些表述正包含着学芯近年来自觉抑或不甚自觉的诗学意识的变徙、转换和升华，更是他孜孜以求地探索中年理智写作、生命写作的激情告白。

《尘缘》确实是一部显示出苦心谋虑且具有严整形制的专题长诗，在当下诗坛鲜见同类作品，我很难用简短的话语来评断它的诗艺成绩。在某种意义上，学者南怀瑾先生的话"佛为心，道为骨，儒为表，大度看世界"或许可以与之相互耦合，成为一枚在深层意义上阐释解读诗歌文本的指针。限于篇幅，本文只能就学芯诗集中对于时间意识的感悟和诗艺方式方面最突出的特点进行粗略的阐述。

在诗集中，有首诗《阿育王柱》这样写道：

如同给佛陀的礼物

阿育王柱　一根安静的时针

在高高的正午

所有的艰辛和快乐都是时间的过去

来临或将要来临的夜晚

几乎一转眼

又在空洞的胸口滑去

超越世间的万物

这根时针　让我记住

此刻天空的明亮

从这时开始　我用

这根针　剔除碎片上的泥垢

在分寸的把握上

穿进光线

去缝合我内心的疼痛

我以为这首诗仿佛就是整部作品的一个导引，暗含了许多诗意游走中自我读解和心灵求证的符码。而"灵山的定义　也许／还可以这样概述：时间从千年开始／会在一万年以后延续"（《佛寺山门》）这样一种凝炼的言说，似乎更像是我们探索全诗堂奥的一把无形的精神之钥。

不言而喻，学芯先生正处于个体人生及其写作的重要转换期。他近年来喷涌而出的每一部诗集都是其壮士暮年仍然精进不已的精神生命不同侧面的华彩亮相，令人为之欢欣鼓舞。《论语·子罕》云："子在川上曰：逝者如斯夫，不舍昼夜。"也许是他作为曾经光华四射而今重返诗坛的前辈诗人，愈益感觉到生命匆促和韶光易逝，在《尘缘》中，他着力将"时间"作为他的生命写作和文学地理的诗学标识。尽管在诗章各处弥漫着"佛陀"、"菩提"、"缘起"、"缘起"、"禅坐"、"嘛呢"等无数佛家用语，但"时间"依然是诗人个体最为走心、殊为关切的核心语词，与其思想与智慧的内在生命态度和体验紧密勾连，进而蕴积成他的诗学意识中某种独特的时间感悟。正像他在《在抵近寺庙的路上》里所写的那样："我在抵近的路上／旋入灵魂的磁场"。

而在《尘缘》的尾诗中，作者这样写道：

彼岸是一个群体的天堂

佛陀把很轻的地平线

变成微笑的天空

而我依然浮在水里

在试问自己

何时伸出上岸的招手？

　　事实上，这也许就是一种形象化的喻示和对应指涉。我们并不需要它明确的印证。在整部诗集中，无疑平行穿梭着不同的时间感受和主体情绪，诗人自觉或不甚自觉地以素朴灵动的语言组合持守着平衡之道。

　　《尘缘》繁富多样地记录了学芯自然与生活中身体与心灵的探寻之旅，蕴含着他神游八方的情感阅历和披肝沥胆的生命经验，某种程度上就是诗人对于时间流逝感受的内省定义，对于生命凝视勘察的深度呈现。他在诗中写道：我"渴望发现从不存在的发现／看见闪耀的东西"（《纤维上的体温》）。他的笔端流泻的是丰赡俊逸的浓郁诗情，视野宏阔，意态万千，毫无半点精神颓衰的痕迹。准确地说，他的诗行文字袒露出的是一种谨慎的文学自信，一种对志业完满的真切渴求和期冀，或许，还包含了不少因缺少细心思量、精心打磨而形成的书写习弊和用语的重复失度、暧昧不明。

　　王学芯在其作品中强烈传达了一种备受生命与时光催迫的内在感知，承续和拓展了中国文人对于自然、社会、历史及自我的文化态度。他撩动着我们敏感纷杂的日常心绪，再度激

262

活了阅读者对于逝水流光般的时间意象的多样感受。一如陆机《文赋》云："遵四时而叹逝，瞻万物而思纷。"在《尘缘》中，时间感受最显明的是它呈示出一种吉光片羽般的诗性佛意。譬如："空气里没有昼与夜 / 更没有天气　有的是佛法里的晨曦 / 脚印里的片刻"（《苦行僧》）"留在时间的过去 / 那些脚印上的光明 / 经页在翻卷"（《想起玄奘》）"改变或忍受　所有 / 时间一辈子的时光快速飞逝 / 我们经历的每一件事 / 一刻接着一刻 / 在把早晨或者夜晚 / 悬挂起来"（《时间》）"时间在山水里安静 / 在佛手的金色泡沫中 / 张开　如同 / 扩散的涟漪"（《时间在山水里安静》）这样拨动心弦的人生感悟，无不深埋于每一个诚恳感受生命存在者的心中。

其次，它呈现为一种对于美好往昔时光的深情追怀、牵念和悼挽，注入了某种真挚深切的个人生命过往的情志元素。譬如："当我穿过几十年的烟雾和喧嚣 / 找到足迹中的旧址 / 觉得我的梦 / 正在回家"（《在祥符寺旧址》），"僵硬的空间 / 往昔的时光消失 / 风在蒙着灰的玻璃上 / 吹动口哨"，"我再一次 / 拨正眼睛的方向　将 / 坦然的失败 / 和门与门之间的窟窿 / 留在破碎的废墟"（《荒废的角落》）。当然，对于学芯兄而言，他极具自身的理智、冷峻与慧悟，寄情于邈远的过往，指归在"辽阔的未来"（《时间在山水里安静》）。他的诗中似乎并无显现多少深重的生命忧虑和悲叹，他对生命光华依然散洒出一种强烈的向往和欲求。镌刻于诗行中的身体与心灵的双重壮游，只是他荷负诗人的天命，寻找其精神原乡的一次语言漫游和诗学探路。他对于宇宙人生的时间感悟大多弥漫着积极昂扬、珍惜勉励、颖悟静虑的人文品性。当然，值得关注的是，即使在《时间在山水里安静》《岩穴中的闭关》等一类诗作里，作者也还是给人们依稀展露了另一番内心痛苦凄切与悲哀空茫相互错杂交缠的精神面相。譬如："每片树叶　每根折断的树枝／每滴水　挨着胸内的纷争／透入痛苦　流逝　叹息／体内此起彼伏的号叫／恶梦沁出毛孔／而内心当空／点缀出一朵金黄的雏菊"，而面对"大地充满纷扰的颜色／许多失意与痛苦如割破的光　在聆听的耳中／菩提心变成花开的情绪／在融化辽阔的未来"，则使人们仿佛看见了诗人不甘沦落、自我化解的一份顽强执拗的生命情态。应该说，仅以《尘缘》为例证，在学芯的时间观及其诗学意识中，我们除了大抵能感受到他对于自然、历史和人文物象的倾心吟咏，对于生命存在价值的勉力探察之外，也许，他尚需历经千般洗濯，万般磨砺，才能不再滞碍于日常悲欢，坚执于生死烦苦，出离现实困境，擢升自我情怀，消解时间尘世所造成的疼痛、残缺和忧惧。并且，最终能够使得如方家所言，让"顷刻"可以体味"万状"，凭心境可以容留大化。这是否就是佛家精义中所谓森严"法度"的蕴意所在？这抑或还是学芯诗中"上岸招手"的意指所在？我们只能拈花一笑。

再者，诗集中学芯的时间感受模式又分别表现为拟物化和拟人化两种形态，以此来构成他诗艺传达的情感观照方式。譬如："水面不倦的涛声 / 洒在岸上 从古至今 / 没有一滴咬住了时间"（《表层的幻觉》）、"时间是难以辨认的面孔 / 皮肤在脸上皱缩 / 烦恼无声"（对烦恼的另一种表达)），在这里，不可把捉的"时间"被分别物化和具态化，生动地赋予其鲜活的存在感和意象的多义性，灵性毕现，蕴藉无穷。又如："旷野的风四起 时间 / 伸出触摸的手飘逸的袈裟 / 变得纹理清晰"（《鹿野苑》）、"时间依然失眠 / 心思像爬满玻璃上的雨滴 / 密集的承诺和默想"（《夜宿寺院》），"时间"图标则被清晰地拟化为个体生命，显示了抒情主体对于时间感悟的独到表现和自觉自主的诗学意识。更具意味的是，在时光无限与人生有涯的强烈碰撞中，诗人既意图与时间和生命激流奋进，又时常感慨"喘气逼近一种更为紧迫的时间 / 瞬间一秒 在快速地 / 回归钟点"（《正午的云梯》）。或许，这已然典型地标示出了一种时间之流的荡涤不息，一种生命鞭策的尖锐紧迫。

在我看来，就学芯的创作历程而言，时间维度的植入，是他个体经验的丰富和诗人情性的延展的某种物质性的符识。在其近作里，学芯有意地清零原有的自我，以时间感受为导引，以身心游历为线索，展示了自然与尘世、有限与无限的二元比照，确证了智慧人生对于时间流逝往复的内在紧张感，意欲解脱拼争的忧患与省思。在"时间"这一绵延不绝、流转飞扬的语词壑谷中，他重拾活力，登览山川，其蹈厉奋发的生命意识和纵情蹁跹的诗心再度勃兴。应该说，这诸多特征在他近年潇

265

洒走笔的其他诗著中，已经有了充分的显露，昭示着其正致力于不同路径、不同风貌的更为凝神专注的诗美探寻。

此外，我想谈及的是，近些年以来，学界深切关注到了"文学"与"图式"（图样、表象或修饰）之间的类比关系。有学者认为，将"文学"书写看作"图式化"的呈现过程，进而联动各种不同类域的物象，可以使两者相互关联和跨越。每一种"文"的书写，既包罗了宇宙的自然物象，也由此间接展现了个体的心志情意，而后连通并外显为文学最高层面的诗的形式。一如刘勰在《文心雕龙·物色篇》里所曰："（是以）诗人感物，联类无穷。流连万象之际，沉吟视听之区；写气图貌，既随物以宛转；属采附声，亦与心而徘徊。"其中，当然就深入牵涉到了文学传达中心与物、言与意、词与物之间的紧要关联性和核心本质。据此，我们来细致读解流布着佛意禅悟的《尘缘》，是否会有更为别样的收获与启迪？

行文至此，思之再三，我最后将"出新意于法度之中，寄妙理于豪放之外"这句话赠予《尘缘》以及学芯的近期写作，并满心期待他的诗情与生命之车，"乘云气，骑日月，而游乎四海之外"。或者，如他诗中所写："在经筒的转悠里／精神在逐级上升／纯亮的信仰／绕着白塔　向上盘旋"。

黑白交缠的精神情境

——评说王学芯新诗集《空镜子》

近年来国内诗坛虽然异常喧闹，旌旗飞舞，气象繁复，引得了各方的竞相关切，但是，我一直以为，因此催生出的海量的新诗创作在诗艺层面上的探寻却颇为艰难，分歧与纷争持续不断。真正推进当下诗歌整体实力提升与拓展的创造性因素和能力，事实上倒是在逐步消减和下降。新时代语境开放包容的气度无疑为各路诗人呈展了一个极具生长性的亮相空间，又可能于其间蕴涵着富有变异与创新意味的诗学意识。在这样的意义上，王学芯的新诗集《空镜子》或许会成为一种斑斓别致并且值得精心勘察的文学镜像。

学芯果然是一位才情澎湃、具有多重精神面影的高产诗人。短暂数年间，继《飞尘》《可以失去的虚光》《尘缘》之后，眼前的这部新著又独具标格，运思诡谲，将日常生活中积淀的感觉和意绪，给予深切的内心审视与不竭的探询追问，俨然成就了一个自足的精神世界。

让我们把目光投向这面照射着自我与他者的诗意翩跹的"空镜子"，就此展开一番简略的评说。

在与诗集同名的《空镜子》这首诗里，王学芯这样写道："当空镜子变成一只失忆的眼睛／我像荒草飘离　太多的白昼或光阴／僵滞而寂寥"。也许，这就是作者目下自觉自主的生命状态及其自我省察的某种辨识性的告白。"空镜子"成为了他苦心探索中年理智写作的特定的物象和符识，并且，在有意无意中袒露了诗人作为一个顽强执拗而内心不宁的生命抗争者、诗路跋涉者的心灵秘密，凭借着"一根睫毛　一道目光　一个灵魂／晃动的一颗小点／追随着现实的全部眩晕"（《一颗雨点》）。

题名为"黑色幻想"的第一辑，系新诗集整体结构中最为主要的篇章，集力呈献出作者对于当下生活状态的独特思索与感悟。他自称："我达到了自己的最高境界／——寂静深处的自我救赎"（《同黑夜在一起》）。已有论者指出，连同"湖"和"海"一起，"夜"是学芯诗歌的重要的"物的集合"，成为超越了生命时间和地理空间的一种自由意志的客观对应物。这辑里的许多诗作，的确如同作者的一首诗《一种状态》所展示的："我在家的门里出没／在钥匙孔里形成古老的身体／安静地跟时间相处"，"搅扰凝止的光和时间／那时　我的心脏／总有一种浅浅的疼痛"，似乎在喻示着某种现实境况中个体存在的物化状态，以及在变幻时光里孤寂焦灼、挣扎游走的情感隐伤。

与此同时，在学芯的近作中，鲜明可辨的是，光与黑如影随行，交替出现。有时在明处，譬如《一种状态》中，"说出眼睛里的光和发黑的瞥见"；有时在暗处，譬如《在夜的面前》，"路灯归入黑黑的眼睛"。我们仿佛依然可以在变幻的诗行中，不断瞥见之前被诗评家命名的学芯诗中"向光而在"的个体诗学沉潜往复、暗香浮动的魅影。

而令人瞩目的是，本诗集中"黑"字出现了近百次，第一辑《黑色幻想》更是直接以黑色命名。作者运用多种艺术手法来形容黑色，具象化之后的"黑"宛若变得富有质感、密度与重量，恰好赋予它传达个体感知的无限的丰富性和可能性。它既可以是动态的，譬如《一种状态》中"发黑的瞥见"、《黑胡子白胡子》中的"黑色溜走"；也可以是拟物的，如《风吹过夜的废墟》中的"黑色如同脚下的砾石和站立的青草"、《同黑夜在一起》中的"夜是另一种椭圆形的黑茧"；它可以形容夜晚，也可以形容泪水、胡子和人的脸，甚至可以形容呼吸、灵魂和幻觉。值得陈述的是，像诗句中出现的"翅膀上沾满黑色的污渍"、"那些黑斑一样的窗如同结痂"、"翼膜上的小黑点如同霉斑"、"锲入的钉子拔了起来　黑蛆一样 / 散落一地"、"长出的变黑肿块"，这样一些表述与修饰给人带来的是毫不愉悦的情感体验，甚至有些污浊之感，也许正是作者今后应该加以避免和匡纠的书写缺失。但是，在林林总总的文字表象背后，或许正呈现出诗人的心理状态与生活形态的相互交织，它已并非简单的对于客观物象的肤浅描摹，而是在为自我精神与灵魂的

269

呈展找寻一种适配的元素和形式。不难发现，诗人的黑色想象大致上可以辨别出具有正向性和负面性两个背反的情感内涵。而时光匆促中自然与人文的变化兴替，与现代人偏于敏感的智性思考的复合，更导致了这样一种寂寥、不安、焦虑、无奈心态的发生。

我只是愿意指出，"黑色"意象在学芯这部诗集中的反复出现，并与相对显得微弱的"白色"意象相互错杂交缠，已经使之成为了诗人的一种令人咀嚼、引发联觉的情感与精神底色。不妨援引一个包含"白色"意象的诗例，如《发黑的脸》：

> 而黑色和微白色
>
> 这两种经常出现或隐没的颜色
>
> 变换之处
>
> 那些过往的记忆
>
> 如同灵魂里的一线缝隙

诗行文字中的色彩与声音的配置无疑应该是学芯精心谋虑的一种"有意味的形式"的呈现。写作者在特定文本中对于某一类对比颜色的偏执与派定，既受到历史文化与文学传统的影响和浸润，也与诗者的独特个性、禀赋以及审美取向紧密关联。色彩的象征意义首先源自于自然与人文的情感符码，以唤起诗者的情志意趣，进而投射到诗歌的字里行间。正如黑格尔在

《美学》中所说:"颜色感应该是艺术家所特有的一种品质,是他们所特有的掌握色调和就色调构思的一种能力,所以是再现想象力和创造力的一个基本因素。"因而从色彩感受、色彩运用的角度来细加探析学芯的新诗集《空镜子》,肯定不失为一个有意思的比照研判的路径。

一般而言,在诗人的书写中,色彩与意味的互相联结,容易激发人们对于生活现实的联想与比照,持久不懈的体验与咀味,更可能积淀形成一种特定的心理机制。尤其在当代诗者的笔下,色彩所包孕的心理与人文意蕴的派定,更是投注了纷繁错杂的心理感受和情志因素,从而具有浓烈的象征意义。在王学芯的近期诗作里,对于色彩的取譬引类及其意蕴联结的情形亦复如是,业已构成了某种诗思情志相互应合与承接的关系。特别是他有意凸显的黑色与白色元素的交错运用引人关注。在学芯的诗行笔端,黑色是与白色对立相斥的颜色,它是放逐抒情和明快的,与年华的流逝及坚实的生命感悟互为印证,显现出静肃、冷漠、沉重的意味,同时也超越了两极化的情感模式,既认同其本色内涵,又默许了某种虚无、惊悸、苦涩的复杂意绪,给人清醒、超离甚至严酷的自我审视感。所有这一切或许就是王学芯的近作提供给我们的一种带有消解性的黑白错缠的精神情境及其心理学蕴涵,并且顽强地标示出诗人的一种不竭地自我思省的批判性情感。

我描述过去　透彻地

观察现在　在存在的形式中

寻找未来的比喻

……

过去已经蒸发

现实的水面上只有寒冷的波纹

未来是紧绷的一道目光

——《三种时态》

这是一首将看似虚无的不可把捉的过去、现在、未来三个时态具态化、比拟化的诗作，颇具明晰的形式感和确定性的诗学理念，同时也表征着学芯诗歌某些惯常的标志性句式。

第二辑《感应磁场》则是在若隐若现的诗思转合中，学芯将他的黑白诗学延续导引进入了一个巨大的精神漩涡与磁场。他在其间回眸四时，思虑日常，感应着生活的脉动，凝聚着丰沛的想象，用"我聪明的双手 / 拨弄出了词语的意义"（《私人空间》），进而竭力丰富和拓展个体人生精神游历所特有的理解与体悟。这样一个灵魂的磁场，就像"诗如同天空掉落的一个湖泊"，看似碧蓝无垠，清冷无云，实则静谧幽邃，蕴藉无穷，足以洞鉴诗人内在自由的精神境界以及对于传统与个人才能的融合能力。

王学芯有首诗这样写道："日子在玻璃上移动 / 它反射　光

芒　使过去的时光／泛起记忆和微笑　我习惯把自己的灵魂／挂在脊柱上行走"(《一个有经验的人》)。它也许可以说是学芯常态诗艺方式的非典型文本。让人熟稔的是，作者的感知与传达方式经常流动呈现为拟人化、拟物化两种形态，将抽象事物给予具象化的表现，以构成他独有的一种情感观照模式。而富有意味的是，在简明丰饶的语态背后，潜藏着作者内心发出的"低沉的喊叫，如同愧悔的灵魂"，蕴含着诗人对于人生、社会、自我的冷峻的审视和深刻的剖解。因为"每一类鸟闪出一束自我的弧光，／从头顶　不留痕迹地消失。／我这样看着天空，／我又看见了自己。"(《空间现象》)诗风简约明净，哲思醇厚，由此而言，学芯的诗无疑带有一种直抵生命内里的凝视和冷观，即使是如同"岁月猝然风化"般透彻肺腑的内在经验与情致，在他的笔端轻触下，也好似云淡风轻，一如"寂静的呼吸／膨胀得悄无声息"(《一个小黑点》)，而所有——

　　　　这些曾经震动心脏的东西

　　　　锈迹斑斑　再也无法说清时间

　　　　和记忆的隐痕

　　　　而疙疤和伤口

　　　　渊深的疼痛已被我自己蔑视

　　　　肺叶里郁结了一片淤泥

　　　　　　　　　　——《在所有的深处》

273

这应该就是学芯诗歌写作旅程中所倾力呈现的情感内核及其核心语态。他用语言的智慧对抗时世的嬗替和命运的流转，以生命搏争的内在感知凸现一种峻切的刻意疏离喧嚣尘世的矛盾不安、踯躅不宁的文化姿态。

　　虽然在第二辑《感应磁场》中，"寂静"又悦目地成为了一个显要的关键词。诗人的敏感不羁在于他时刻辨析着周遭世界的变徙，审视着自身瞬息万变的心绪。譬如《寂静的厚度》："把脚步里的寂静 / 测出了三分厚度"；《回眸一望》中"寂静"神奇般拥有了色彩，"蒙着白纸一样的沉寂"；《黑夜》中的静寂具有了温度，"给一片冷寂的旷野 / 虚假的晴空"；《暮色突然降临》中"寂静"荡漾出了声音，"我在门庭外的一棵树下 / 听到寂静流淌的声音"；《一潭深涧》里寂静幻化成了细语，"使寂静 / 变成了一种涟漪的细语"；《废墟里的夜晚》中，"寂静像漩涡一样扑了过来"，等等。这些奇谲多姿的寂静，是学芯感悟岁月光华、体察万物移易中斑斓思绪的积聚与拓展，也是他的"黑白诗学"所透示的个人精神光影在声音层面的另一种摇曳多姿及其显现方式。学芯是当下诗坛中能够直面时代语境且具备相应的精神观照能力的诗人，而由他的"空镜子"所反射的时光与思想的碎片已然反复不断地洗滤出其内心的种种疑惑、不安与省悟，因而他一再地在诗中练习各种凝视的姿势和变异的透视，"用修正的姿态 / 转动磨损的颈脖"（《早晨》），以自我身心的检视与剖示，完成一次次不涉喜惧的精神纵放。

诗歌一直是杰出诗人勇于进行自我诘问、剖视和精神赎救的独特方式，借此达成一种对于精神与语言原乡的探访与追索。在学芯的作品里，反复出现的那些词语（诸如"夜晚"、"黑暗"、"寂静"、"白色"等等），当然首先是对于四时光色之类日常感知的语言收纳与命名，所追慕的可能正所谓"妙造自然，伊谁与裁"（司空图《二十四诗品》）。而在心理解析的意义上，它或许还是一种指向生命经验的拂拭、召唤与辨说。尼采曾经评论道："人们使用同样的词语是不足以理解彼此的；还必须将同样的词语用于同样类型的内在体验；最终，人们必须拥有共同的经验。"我想，毫无疑问，这种极富象征意义的共同经验所指涉并演示的，就是在一个时代的语境及其个体精神成长过程中，如何安顿自我与他者的情景对话。

由此而言，第三辑《穿透寂静》则是学芯有意构筑的另一重精神自由游走的境域。它收录了许多作者近年游历山川飘逸走笔的性情诗篇，大部分是着意描摹川藏地区的风土人情和自然形貌的短章。其中，羌塘、雪线、寺庙、牧场、会理、安宁河谷等地名语词一一叠现眼前，广袤天地壮美行色尽入眼帘。而惹人注目的是，它凸显了"穿透"、"仰视"两个语词，构成了同前两辑关键词的区分。及至第四辑《网络盘旋》，作者虽有心转场新时代，抒发了面向新事物新风尚的一些感受，却是稍显凌乱、急促的蛇尾之笔，境界格调显然差强人意。

学芯新著《空镜子》的书写与编排于其个人而言，或许是一种语言技艺的再度摸索和尝试，一时难以定论。我宁愿将它看作是一个作者自我审察、思省颖悟的矛盾综合体。令人可以回味的是，它意欲体现一种万物世相正负双面之间的对立性和相似性，而在这两性中间，其实正蕴含着一种无限复返循环的能力，一种用语言重新想象与形塑世界的可能性。任何创造性的写作寻求的都不是新语词新风景，而是某种自觉自主的语言经验的再造。它在当下不懈地缅想与冥思，不倦地回应与接续传统，并且，为之提供一种表达精神自由的无限境域。

在如此敞亮的开放与流动的思想境域中，正如本诗集里《仰视》一诗写道的：

> 所有仰视的目光
> 好像都已简化成自己的形体
> 转世或者重生

游走于城市与乡村间的诗魂

——读陈忠村的《城市的暂居者》

多年前与陈忠村相识的时候，他可能还刚刚来到上海这座城市。他带着一些诗作来到编辑部，在闲聊中我发现他的为人禀性如同其作品一样的坦诚、质朴、平实。由于工作的缘故，他整日辛苦奔波于这座城市以及国内各地，却能在精神上疏离于喧嚣浮躁的生活万象，孜孜不倦地写作，始终抱持着对诗歌艺术的虔敬与执着，被誉为"诗歌圣徒"，着实难能可贵。我知道，像忠村这样游走于上海这座大都市的"诗歌圣徒"，远远不止一个两个，但他确实是其中最为坚持且具有独特表达方式的诗歌书写者之一。

如今，忠村将他即将出版的十五年诗歌选集毫无犹疑地定名为《城市的暂居者》，我想，这已经成为像他这样的所谓城市外来者的标志性形象，更显示出一种独立于城市文明，既漂泊不安，又难以离弃的精神姿态。他写道："上海我是穿行你体内的外乡人"（《穿行在上海的外乡人》），"坐在上海的冬天里 / 无法融化冷藏内心的一份乡情"(《暖冬》)。在他看来,"城市是一群站着的房子","我是乡下人 躺在城市的灯光里 / 没有了水牛和稻田 此刻 / 我,正在张望 / 尘土飞扬的乡间小路上爬着 / 一些不愿意归宿城市的灵魂"(《不愿归宿城市的灵魂》),这就是使忠村的诗歌始终覆盖着城市与乡村文明错动而间离的双重投影。

有许多评论者提及陈忠村的《大树植移》这首诗:"城里,植移的大树 / 我真的不知道能活多久 / 是否像我漂泊却又留恋着故乡"。它以洗练鲜活的象征性揭示了一个"城市的暂居者"的不安灵魂。他们的精神状态正如被植移来城市的大树,对城市生活存在着"水土不服"(《水土不服》),存在着隔阂与疏远,在内心深处始终紧密依恋着故乡,却又无法做到身体的返回,"身"与"心"的背离与游荡使他们最终成为城市文明与乡村文明的双重"他者",怀有着无法排解的痛苦与不宁。在陈忠村的诗集里,类似这样的诗句俯拾皆是,它足以标示出贯穿其诗歌的一种精神底色。如果要说不足的话,我想,他对于"城市的暂居者"的精神生态的抒写方式尚不够丰富多样,亦多少缺乏更为丰富的蕴藉和阐释的可能。

《城市的暂居者》作为陈忠村多年诗歌创作的选集,无疑能够体现出他的某种写作上的变化过程。而这中间呈现的另一种精神流向,就是他诗的目光从早期更多地关注乡村、自然与亲情人伦,逐渐地移向城市暂居者的当下生活及其日常景观,

在变动不宁的精神游走中不断移换着自己的心灵坐标，用诗的
"一根木棒丈量着城市的长度"（《穿行在城市中的盲人》），探测
着自我灵魂的潜隐变化及其深度。

最为典型的当然是《创造一个城市的高度》：

> 日子把我过成落榜举人的样子
> 儿子的玩具让我变成一个吝啬鬼
> 弯着腰的母亲在乡下收割小麦
> 今天，我站着失去一份业务
>
> 十字路口的东边是全市最高的楼
> 阳光把它的影子带到我的脚下
> 中午 12 点　我比它高出 1.72 米
> 40 度的高温里我创造一个城市的高度

它既刻画出了作为一个外来务工者站在城市文明边缘的敏
感失意的心态，又清晰而强烈地透视出某种企图融入城市生活
世界的内心渴望。而《穿行在上海的外乡人》则更为直白地道
出："我能做到的就是爱你 / 如果有一天你想赶我走 / 就厌倦地
斜看我一眼 / 露水消失的时候回离开你的体温"。《梦醒在雨夜
中的闪电时》的结局也许过于显豁与概念化："闪电在雨夜时常
出现 / 梦想是在打工者的驿站 / 出门在外风雨常有 / 真想做把尺

子／丈量一下成功的长度"。《暂住上海》又这样写道："一站站地走下去　背着包／我的瘦小显示大楼的高度／上海　熟悉的朋友太少／能遇见的都视为亲人／／孩子养在乡下　爱人留在远方／血液里留着自己的热度／兄弟　我无语表达／今天真想做成一件事情"。有意味的是，忠村这一类诗作中反复出现"风"、"雨"、"夜"、"闪电"的意象，无意间多少显露出了作为城市暂居者的他们某种内心的紧张不安与栖居无依的尖锐感受。而经常出现在诗行中的"长度"、"高度"、"速度"、"热度"等标志性语词，又是否可以说是典型地体现出作为城市生活的外来勘察者最可能持有的丈量的目光与旁观、边缘化的心态？也许，它还反映出忠村对城市生活意象的观察与把捉需要更为丰富、敏锐与深化，在诗的语言打造上需要进一步锤炼。正如有评论者指出的，作为一个城市与乡村生活的双重经历者，忠村的诗歌中应该有城市和乡村语言的更多交融，这样也许将焕发出某种语言创新的可能性，从而让人更真切地分享他的丰富而独特、痛苦而欣悦、细微而醇厚的人生感受。

一个明显的事实是，近年来的诗歌写作在经历了时潮的磨砺和精神的反思之后，正不断从激烈躁动趋向平实质朴，从奇诡多变趋向纯粹丰富，形成对生活世界与艺术常态的认同，从而构设了一种诗歌的新的时代趣味，以统摄诸多风格恣意的个人话语。我以为，忠村无疑也是这样一种具有现实情怀与自我灵魂的诗人，他的情感游走于城市与乡村的双重世界，不愿意归宿城市却又企图寻取精神的皈依，他试图在语言世界里妥置自己现实中的不安的灵魂，但又深感自我话语的卑弱无力。假若要使自己成为一个诗与现实世界的杰出言说者，那么，视野的拓展、思维的敏锐与深邃的洞察力的具备应该是绝对重要的条件。"试玉要烧三日满，辨才须待七年期。"对陈忠村来说，这一切仍有待于他未来日子的艰辛努力与自我提升。作为他的朋友，我愿意倾听他在现实生活中自我催迫匆匆前行的足音，感受并且关注他不断创造的诗的新高度。

第五辑

上海文学：暖风吹拂与变量集聚

　　上海的文学向来不乏优秀的作家，上海作家队伍在近年来的发展中青黄不接的状态已经有所缓解，或者说出现了回暖的态势。文学行业不比其他，并非有大量的投入就一定能有立竿见影的成效，而需要不懈的坚持与足够的耐心。这几年上海文学创作的回暖之势确实是有目共睹的。在培养文学新人方面，上海作协做出了持久的努力。近年来，上海的青年文学创作比较活跃，创作势头旺盛，充分显示了他们的创作潜力，引起了文学界和社会的关注。如何使一支最精锐最具活力的文学新军在上海乃至全国崛起，给予其充分肯定和热情扶植，成为推进上海文学事业向前发展新的动力，这是作为行业团体责无旁贷亟需思考的问题。

　　从 2002 年与专业作家制度相匹配并行实践签约作家制度以来，在推介新人新作方面的成效正逐步地显现，涌现了许多文学新人，也产生了不少优秀作品，使得上海文学呈现了阶梯式稳步发展的态势。

综观这十多年来的发展变化，有几个显著的变化值得关注。

首先，许多成熟的中年作家在这几年都进入了收获期，纷纷推出自己酝酿已久的重磅之作。王安忆的《天香》、孙颙的《漂移者》、竹林的《魂之歌》、金宇澄的《繁花》以及王小鹰的《长街行》等均属上海文学新潮头的浪峰。他们对文学与城市的阐释，对社会人文的深切关怀使其作品成为语言艺术的某种成就性标识。王安忆的小说《天香》可以说首度创造了一种小说类型，在她的上海写作谱系中，《天香》不只是新增加了一个品种，多写了一个历史阶段而已，同时也成为成熟作家超越自己的一个标志。孙颙和竹林在近年陆续推出的新作《漂移者》和《魂之歌》也备受关注，常年的创作生涯使他们意识到多数人的生命力体现在勇敢的探索与不断的创新变化中，不必为了显示某种风格而把自己框死。在他们的作品中，不仅纯熟的写作技巧引人入胜，对世事人生的哲学思辨更耐人寻味。

其次，当年的签约作家许多如今已成大器，成为了全国颇具影响力的作家，部分已经成了上海作协的专业作家。作为最早一批签约作家之一，陈丹燕从1998年出版《上海的风花雪月》，1999年出版《上海的金枝玉叶》，2000年出版《上海的红颜遗事》，2005年出版《志愿者之歌》，2008年出版《外滩影像与传奇》，2009年出版《公家花园》以及2012年出版历时八年完成的《成为和平饭店》，十几年时间写作了多本关于上海这座城市的书。她关于上海的非虚构作品改变了人们对这个城市文化的传统认知及文学的阅读经验。如果说陈丹燕属于承上启下者，那她导引的便是薛舒、滕肖澜、姚鄂梅、路内、小白等这批创作力极为旺盛的青年专业作家，后者主要在中短篇小说创作方面取得了耀眼的成绩，被转载的篇次也很可观，至于见诸于各类小说排行榜，更像是熟脸常客。他们逐渐在文学创作领域找到了属于自己的方向和定位，延续着城市文学的精神脉络。

再者，作家年轻化的趋势更趋明显。实行签约作家制度刚开始的前几年，中年作家还占了大部分。2006年是一个转折点，之后"70后"、"80后"作家快速成长，带着日益成熟的作品向文学创作的深水区进发，逐渐地成为上海文学的创作主力。这本身就是一个良好的兆示，上海文学的创作需要年轻、鲜活的力量来接力。为大力扶持青年作家，上海作协自2009年实行"531"青年作家培养工程以来，用五年时间分三个层次培养一百名青年作家。从"70后"到"80后"作家，再到上海走在全国前列的"90后"写作者培育计划，当前上海青年作家的结构和阵容已趋于合理，且不乏具有国内初步影响力的作家作品。其中签约作家制度无论是作为扶植作家的平台，还是在宣传推介方面，都发挥了重要作用。譬如，作家须兰早在二十世纪九十年代就已经是知名的青年小说家，发表了不少有全国影响力的中短篇小说。她的签约项目长篇小说《革命之路》，讲述1908—1948年四十年间发生在中国的国家命运、民族历史、家族传奇和个人经验，错综繁复的时世浮沉、情怀沧桑渗透其间。她是一个成熟的作家，其作品值得期待。同样，写老上海题材的小白，他前一部小说《租界》，在文学界赢得了热烈的关注，而后的《孤岛》同样也是寄寓着作者对上海"城市性格"的理解。此外，上海这批年轻作家如周嘉宁、任晓雯、张怡微、孙未等人的作品大多都力图融合历史与现实的复杂图景，以写实与象征交互的手法，乃至乡土与都市生活经验错动而间离的特质，形态多样地体现出当下城市文学的丰富斑斓和由代际轮替带来的品格变异，呈示了上海"文学场"这股新势力的虎虎生气与不俗实力。但是，就现实而言，上海青年文学的创作群体和批评群体二者的发展并不平衡，也缺少有声有色的对接与呼应，影响着上海青年作家群在全国的崛起，这是一个不争的事实。再者，对上海青年文学作为城市写作及传播形态的研究一直以来明显薄弱，存在多层面的学术缺失，其中，我以为对它在上海文学发展整体态势与形制变化中的当下性、变量性因素的探究尤其显得不足，多少有些浮光掠影，茫然无措。

此外，还有一点值得一提，上海本是类型小说的集中之地，如何在类型文学的大潮中依旧保留传统文学的精髓是上海作家们着力关注的焦点。那多、蔡骏等一批作家的作品就对传统文学和类型小说的结合做过成功的尝试，以大众容易接受的写作形态来探讨严肃文化的话题。事实上，面对商业文化盛行的上海，文学早已面临市场化的艰难境遇，而问题的关键在于如何融合二者并保持均衡的发展实是当下应当考虑的问题。中国社会的现代转型已经给我们的文化，包括文学，带来了格局的变化：一面是商业文化的强烈生长，给人们造成了精神挤迫，主流意识形态的文化仍占有一分天下，而独立高蹈的文化姿态依然是传统文学藉以特立独行的标志性招牌形象，并对流行文化构成一定的抵抗和遏制。这三种文化势力互相映照，互相角力，自然也共存共荣。纵观近年来上海的文学创作，无疑存在着一批逐步为体制视野吸纳、有意调适传统文学与市场的矛盾关系，力求提高类型文学品位的作品。上海文学诸多新生现象当然需要得到重视与关注，这不但是因为其现实的延展对当下文化的迫切介入，更在于上海文学不可能简单划分为传统与当代、高雅与通俗，它应该是一种有弹性空间与再生活力的范畴。只有这样，它才能够容纳各各不同、风姿各异的文学经验与创作风格。

总体而言，经过近五六年的着力培育，上海青年作家近年来可谓成果丰硕。无论是年龄结构，还是创作实力，或者全国影响力，都有了一定的提升，然而，与此同时，我们还应该看到其中存在的诸多不足之地。其一，这种贴上代际标签的分类扶持在很大程度上一直以来消磨了部分作家鲜明的创作特性，从而出现写作风格面目相似而整体类化的风险；其二，主要是因为文学在当下的特定遭际使得这茬青年作家在创作上的精神与艺术关联性犹显不足而较为离散，一些作者作品的人文境界与生命情怀有待于拓展和提升，叙事创新能力与再生能力较显匮乏，特别是与全国有些省区的文学创作实力相比，上海区域性文化格局与气象亟待进一步张扬。上海文学应当有其特有的价值体系与精神脉络，贯穿于整个作家群体之间，体现在他们最好最强的作品中；其三，虽然经过作协有效的机制措施的实行与时间的积淀，上海文学的影响力正逐步地增加，但其对于全国的辐射力度仍然有待更大更有力的提升，大部分的青年作家应该不断地磨炼自己，重塑自我，带着愈加纯熟的作品，以上海为根基，进而走出上海，迈向全国。

文学说到底还是个耗时、耗力的工程，不能急于求成，更不能急功近利。扶持作家不可能一蹴而就，上海文学的创作还有很大的空间可以拓展。而作协近年集力推出的文学网络数字出版可以说是顺应了时代的发展趋势，并且初显成效，以新颖、高效的数字化手段传递人文关怀与思想养料。这不仅是激活文学事业运行机制的一项重要举措，同时也为上海集聚和培育更多都市文化人才开辟了新的路径。

在此后的实践中，我们亟待壮大并且带动作家群体的发展，不断地调整作家内部结构，既保留老一辈作家长久积淀下的深厚底蕴，又为之注入年轻鲜活、与现代城市节奏合拍的正向能量，使得上海文学老中青三代的创作力量凝聚在一起，迸发出新的蓬勃活力。只有人才兴，文学才会兴。虽然这条道路的探寻需要足够的耐心、恒心和定力，但这必将是我们始终不渝的信念。

诗意的叙事与跨类的书写
——近期上海文学创作撷谈

　　时光荏苒，转瞬即逝，又到了一年一度检视上海文学写作的时候。尽管外面的世界喧闹异常，而文学依然在继续，在不温不火中前行。而在沉静的坚守中如何喧响与张扬，喧闹过后，是沉寂无声，还是蓄势待发，是我们在未来需要不懈地思考和践行的事。文学这条路，从来都不那么简单，必须点滴前行，步步惊心。幸运的是，我们总是能发现它在不断地变化与生长，在平稳中缓慢地前行，也算是对过去一年的慰藉。说它是品性的坚守也好，说它是缄默的思考也罢，我们仍然确信，文学是一个年代思想的坐标，文化的礁石，生活的灯塔。只是在这个错杂纷繁的时代，它无法激昂地展开语词的抗争，它多少显得静默而从容。它在生命的平静中间荡漾起一道微澜，在语言的雅致背面凸现出一份冲淡。它在铺展诗意的想象与叙事的同时，更显现出某种多元性、多样化的跨界融通的书写特征。

　　本文简述的近期作品有：长篇小说《布谷，布谷》，长篇纪实文学《10个人的上海前夜》，长篇纪实文学《上海1931》，人物传记《闵惠芬传》，散文集《微观中的红楼梦》，以及两部翻译作品：长篇小说《生死河》翻译推荐（法语）和喻荣军戏剧作品集翻译推介（西班牙语、葡萄牙语），等等。

一

长篇小说《布谷，布谷》是一部隶属反腐题材的比较扎实的现实主义作品，作者系上海知名小说家。作者对于郊县的政治经济及社会生态有比较深入的了解，在当前全面从严治党、加大惩治腐败力度的情势下，这部作品有一定的警示作用。作者的文字语言和长篇创作构思能力运用得十分娴熟，叙事顺畅，也给人阅读的快感，小说语言有乡土气息，情节、人物都比较接地气。但也有需要修改提升的地方：作为反腐作品，对于新世纪以来社会经济发展变化的反映略显不足，一些案件的审理及量刑不够严谨规范，一些人物的行为逻辑和法律细节也有值得推敲之处。部分章节第三人称和第一人称转换比较随意，不大符合写作规范。作品揭露基层腐败现象有一定力度，对现象背后的深层原因也有触及，但在正与邪关系的总体把握上还需进一步注意平衡，建议适当增加亮色和暖色。

《10个人的上海前夜》（王惠民）是一部具有上海特色的长篇纪实作品。作者以充满诗意的叙事方式，写了10位与上海的文化变迁息息相关的历史人物，展示了鸦片战争后上海风云变幻的历史。作者在材料的收集和对历史资料的整合研究方面下了比较深的功夫。在清王朝即将崩塌之时，上海迎来了她重生的契机，而这些历史人物也赢得了他们奋斗发展的机遇。作者既写历史也写人性，以文学性的延展铺陈增强了历史作品的可读性。在写作上较其"上海三部曲"的前两部作品有较大突破。大家对作品也提出了一些修改提高的建议，如作品中存在一些非主流观念，例如对租界非法扩张的某种程度的美化和赞赏。书名中的"上海前夜"语义不清，建议适当修改。

《上海1931》也是一部有历史纵深感的长篇纪实作品。作者吴基民对中共党史和现代史有比较深入的研究，掌握史料比较充分，在过去的创作中，积累了丰富的纪实写作经验。作为年代史的聚焦，1931也是一个可以深入叙事的年份，由此作为切口，步步推进叙述，展现了曾经风云际会的年月，与上海有关的重大历史事件，事件中各派政治力量的角逐较量，以及早期我党先驱人物在其中发挥的作用，读来引人入胜。虽然史料主要取材于已出版的文献资料，但因为作者在文学和历史方面具有较为深厚的积淀，因而能将史料钩沉消化，寻找到内在线索和逻辑，整合出新意和完整的故事架构。

《闵惠芬传》（费爱能）这部人物传记讲述了二胡演奏家闵惠芬先生的人生经历和从艺之路。作者采访深入，掌握了大量第一手资料，并邀请民乐专家对闵先生的艺术经验作了专业而权威的总结，是一部内容丰富、评价到位的人物评传。作品有细节、有故事、有感情、有个性，人物成长和历史背景相结合，脉络清晰，其中闵先生从未公开过的笔记、日记等资料十分珍贵。闵先生的经历和艺术成就，对青年艺术家的成长，对中国民乐的发展，均具有重要的意义。

作品的不足之处在于：结构上有点平铺直叙，重点不够突出。民乐专家的层次差别较大，有的评价权威性还不够。细节的精确性还要核实，譬如人物的时任职务，1973年赴京演出，文化部副部长刘庆棠等，其实这一职务得到1975年1月四届人大后才有。类似的问题还有一些，需要仔细核实，建议作者对细部再作进一步修改。

《微观中的红楼梦》的作者戴萦袅是"80后"的年轻作家，是美国哥伦比亚大学在读金融学博士，却出版了多部儿童文学作品，并屡获各类奖项。她从小对中国古典文学情有独钟，在年轻一代之中较为少见。她精读历史、地理，并喜爱诗词、戏剧，对《红楼梦》更是有较为精深的研读和独特的见解。作者以她金融博士的独到眼光来研读这部包罗万象的古典名著，从人物关系、社会经济、生活习俗以及衣食住行等多方面解读"红楼"，读来饶有趣味，并因此阐发了许多古典知识和民族文化的精髓，取材和叙事拉近了古典名著和一般读者的距离。对弘扬我国优秀古典传统文化进行了有益的尝试。

《生死河》作者蔡骏系国内悬疑小说创作领域较受关注的

小说家，也是当下上海文坛较为活跃的青年作家，《生死河》是他的一部重要作品。小说不限囿于类型小说的创作模式，故事情节在较为宏阔的社会背景中展开，探索犯罪产生的深层原因，使作品具备了更多社会学的意义，对人性的开掘也有一定的深度。小说中文版出版后反响热烈，业界也有较好的评价。翻译成法语有助于向海外传播推介中国当代类型小说，推进中国文化和中国故事的广泛传扬。

《喻荣军戏剧作品集翻译推介》的作者系上海重要的中青年剧作家，收入本书的5部作品均为近年来他的代表性作品，5部作品以现实题材为主，多侧面多元化反映了当代现实生活，对当代人的生存状况及精神世界的揭示有一定深度。部分作品演出后都获得很好的社会反响，专业评价也很高，其中多部作品曾在国内重大文艺赛事中获得重要奖项。翻译成西班牙语和葡萄牙语，有助于国外艺坛了解中国当代戏剧，特别是上海戏剧创作现状，并借此了解当代中国人的精神风貌。

二

长篇小说《甲马》（田肖霞）以云南少年来沪寻找做过知青的生母为线索，牵出一个云南巫术世家与两代知识青年的瓜葛，情节曲折离奇，故事性强。但除了对人物超能力的描述，小说相比以往知青题材并无更大更新的突破。作者早年主要写科幻小说，2008年转入纯文学创作。这部作品由三个时代背景组成：二十世纪六七十年代，当下和抗战时期的西南联大，试图由一般的家族记忆延伸到宏大的社会历史层面，但作者驾驭这一题材的能力明显不足，对时代与人物命运的挖掘不够。缺少可信的故事情节和艺术感染力；作品人物众多，但缺少形象生动、足以左右情节走向的人物形象；以"甲马纸"作为记忆的媒介，但在这部现实题材作品中稍微显得有点神神叨叨，没能起到衔接故事和矛盾冲突的点缀作用。整部小说的题材、艺术手法尚缺乏强烈的新鲜感，描写抗战时期西南联大的部分显得单薄。除了写作能力，可能与作者的经历、阅历相对匮乏有关。

《你有几分之一的人生可以自由如风》的作者李佳怿系自由撰稿人，本书试图反映当下社会新型就业人群的形态和状况，力求反映执着追求"自由"理想的"自雇者"的生活，题材有时代特点，构思、取材有一定的可取之处。问题在于：一、作者是以采访形式记录的文字，并企图通过自己的再创作达到文学纪实的高度和要求，作品类似新闻采访，结构、文字都比较粗率。二、对于立意"自由"人生的阐述停留于表面，什么是真正的"自由"人生，仅仅自己创业就可达到心灵的自由吗？这其实是个需要深入解析的宽泛的人生命题，仅靠现在这些素材，似乎还难以承载，无法令人信服地诠释这个命题。

《浮生二十六章》(任晓雯)作品系非虚构的人物素描，是大时代的小人物系列，也是作者的一种写作尝试。作品曾被报章连载，约两千多字一篇。缺陷在于：其一，该作品的内容大致相似，囿于作者收集写作素材的视角大致相似；其二，限于报纸刊登的篇幅限制，不大可能展开抒写，尽管有的细节描写不错，人物生动，有生活气息，叙述流畅，故事接地气，文字也比较老道，但内容比较单薄，对人物性格的深度开掘不够，视角比较单一；其三，这类作品阅读几篇尚可，如集成一本，对读者的阅读耐心是一个考验，在短篇小说形制与内容的探索方面也缺乏较好的创新力，基调不够积极，总体偏灰，缺少亮色。

中短篇小说集《象骨书》（王璟）由多个中短篇小说构成，小说具有浓郁的科幻、奇幻色彩，构思新颖奇特，故事离奇恐怖，作者有一定的想象力和叙事能力，个人风格明显。但感觉格调立意不高，有些暗黑，人物塑造不够丰满，生活逻辑性不强，对现实生活中人类困境的揭示流于浅表，一些人物行为的逻辑性不强，文学性有待提高，是通俗类型化的作品。

散文集《天涯共此时》（韩可胜）。作品介绍与节气有关的中华优秀诗词，意在弘扬中华优秀传统文化，作者下功夫做了一些资料收集整理工作，构思创意有可取之处，但内容编排比较庞杂，行文风格也不是很统一，文章水准参差不齐，抒发的内容与古诗词并无多大关系，未能充分起到帮助欣赏理解古诗词的作用，写作技巧、作品立意、美学价值均比较欠缺，且有不少重复性的东西。就内容来说，尚未达到唐诗宋词鉴赏辞典一类读物的水平。

《王伯群先生与我——民国名媛保志宁回忆录》（汤涛）。本书作为统战需要或校史历史人物传记，可一般性出版。其不足在于，首先，保志宁的回忆录最后一章对美国的赞美作为个人的感受抒发，我们不加评议，但显然存在问题；其次，称王伯群为名留青史的人杰，也可斟酌，认为当初韬奋先生对其贪腐的揭露属捕风捉影，以谬传谬，也缺乏有力的证据；再者，保志宁对一些关键节点的叙述与另一些人的传记也有矛盾之处，故也不能根据保志宁的个人自叙加以认定。自传的自我溢美本不可免，我们切忌为一人传而主观先入为主。另该书实为保志宁回忆录，作者署保志宁更为妥当。

《不忘初心》（张军）。这本诗集是作者前半生的写照，是其人生经历的提炼和人生感悟的升华，对个人来讲是有意义的。作者跨界文理，游历世界，力求在诗中体现人文情怀。诗中有对人生的思考，更多的是对未来美好的憧憬。然而作为公开出版物，还要考量社会及文化价值。大家认为其作品筛选、提炼不够，整体水准不高，作品缺少意境和诗性，感觉作者尚缺乏相应的文学修养和功力，整部诗作的文学价值和审美价值均有不足。

文艺评论《淬火之美——红色军事油画评析》（刘旭光、张照强）对新中国成立以来的红色军事题材油画作品进行了比较系统的梳理点评，对重大题材美术作品创作有一定的借鉴意义，构思立意有可取之处。本书由经典美术作品、艺术评析和相关历史事件的背景资料三部分构成，问题在于，作为主体内容的艺术特色评析比较单薄，文字比重偏少，表达也比较一般，深度和新意均不够，有些只是三四百字的简短点评，对这些产生较大影响的红色油画精品的艺术价值、创作特色及其提供给重大题材美术创作的启示挖掘不够；而第三部分历史背景介绍所占篇幅偏多（总字数超过艺术评析），从而影响到作品的原创性。

三

从上述这些作品来看，虚构类的长篇小说、中短篇集的数量较少。参评作品虽然并非专业作家的创作，但也具备了相当的文学水准，只是缺乏整体的文学原创力和团队群体性的冲击力。有论者认为，这些年上海许多有潜力的中青年作家努力探索上海题材以及现实题材的写作，但整体上考量与辨识历史文化的言说能力和对现实生活本质的穿透力、把握力尚有不足，创作上尚未臻至较为高深邈远的境界、情怀和水平，需要更高更新的思想理念的引领和提挈，不然会在同类作品中显得平俗。长篇叙事需要相应的容量、长度、宽度，还有相应的思想品质、道德筋骨和生活温度，这样的作品才会具有久远的影响力和深切的感染力。而且，记叙历史记忆的作品也应该能从中触摸到当下个体内心的律动，以及悠远历史与文化记忆在个人精神生长过程中的缓慢的浸淫与锚入。优秀的文艺作品重要的在于思想的奇崛和技艺的经营，在于语象的自然脱俗和语词的妥帖精准，从而构成个体的辨识度。在语言功底苦心凿造的背面，真正可能使之厚积薄发、成就佳构杰作，可能更重要的是在于如何冲决精神与艺术视域的自我限囿，如何具备敏锐的生活洞察力和踔厉飞翔的思想人格。这是我们一直以来对上海文学的一种苦心期待。

从申报的其他文学样式如纪实文学、传记、诗歌散文、文艺评论等创作状况来看，这也许可以在某种程度上表征当下上海文学的创作走向和风格趋势。与我们熟悉的实际现状相比照，也许可以搜集到更多更好的同类作品进入关注的视野，体现上海文学创作的基本生态，鼓励更多写作者创作既具宏阔思想视野，也携带绮丽文学情怀的优秀作品。

除去两部翻译作品，上述长篇纪实文学作品占了三部，这成为近期创作现象的一大亮点，纪实作品的力度和质量也带给大家不少欣喜。作者大多为"50后"作家，延续其原有的创作水平，正蓄势待发。相比较而言，年轻梯队未能组建好，一些年轻作者报送的纪实作品水准比较一般。上海曾经是纪实文学创作的重镇，产生过许多极具影响的佳作杰构，也培养了一批热爱并擅长于纪实文学创作的作家，有一些作品还获得全国优秀报告文学奖等各种文学奖。历史上，上海的报刊刊发了大量纪实文学作品，出版社出版了一大批纪实文学书籍，有的还获得中宣部五个一工程奖等各种文学奖，团结、吸引了大批全国的优秀纪实文学作家。但在当下，培养一支年轻的纪实文学创作队伍已然是刻不容缓的重要任务。近年来，上海作协创办了《上海纪实》电子杂志，主推现实题材的原创纪实文学作品，借此重整队伍，培育新人，并通过"三屏联动"，资源分享，产生了一定的社会影响，在开拓文学互联网传播阵地，参与改善网络文学内容生态方面也做出初步尝试。电子刊创办两年，陆续推出一批有影响的中短篇纪实文学佳作，也发现培养了一些有潜质的年轻作者，但青年写作者驾驭大题材，产生大作品，特别是创作出深刻反映社会现实的纪实长篇还需假以时日。今后，上海文学界亟待进一步加大对纪实文学创作及其他文学写作的支持力度，积极催生更多大作、力作。

现实的辨说与文化的杂糅
——近期上海文学创作一瞥

　　时光在缓慢地流逝，转眼之间，又到了检视上海文学写作的时候。尽管外面的世界喧闹异常，而文学依然在继续，在不温不火中悄然前行。在这个错杂纷繁的年代，所有从容雅致的文学书写，正如同一枚从历史大树上飘零的绚丽落叶，一道在岁月长河中绽现的曲折波光，无疑值得人们珍存和记取。

　　2016 年第一期上海市重大文艺创作文学评审项目共 12 部。其中，9 部初步通过的作品是：长篇小说《大宋江山》，长篇小说《梦回上海——海棠丽人》，长篇纪实文学《周恩来与中国电影》，长篇小说《同和里》，长篇小说《十七岁的轻骑兵》，长篇纪实文学《长河秋歌七君子》，文学批评《后乌托邦批评:（狼图腾）深度诠释》（修正版）（英文版）翻译推介，长篇小说《慈悲》（保加利亚语版）翻译推介。

一

　　长篇《大宋江山》是作家、批评家葛红兵及其创作团队的作品，主题宏大，卷轶浩繁，具有时间概念上的广度和宽度，自命为中国文学史上唯一全面反映大宋历史的超长篇小说。它具有学者型作家写作特有的深度，以及深刻的反思性和批判性，采用权威历史研究成果，以古为镜，直面并喻示当下现实，试图揭秘和虚构场景来还原历史，揭示历史与现实的内在关联。在技巧性上，充分运用历史小说类型的叙事模式，使得作品具有影视改编的潜质。不足之处在于，由于实质上是团队写作的缘故，人物语言尚欠缺一定的历史个性，描写也存在一定的简单化，局部还比较粗糙，章回结构及具体描述上可以继续打磨。

　　毛如麟的长篇小说《梦回上海——海棠丽人》大致属于流行多年的上海历史小说之一种，无论立意还是构思都比较合乎创作常规。它以孤岛时期的时尚界为切入层面，讲述老上海十里洋场的故事，勾勒了民国草根逆袭成功的传奇，在叙述上海时尚男女的旷世奇情的同时，实际上还原了一个民族企业由诞生到发展壮大的过程，传达了浓郁的海派风情。其特色是史料性历史感强烈，在历史的虚构和叙事的真实性中企图找到一种平衡，语言具有老上海特色，场景描写颇具年代感，叙事从容，具备影视改编的基础。可以说它集中呈现了上海故事和经验传达中的各种特有的文化元素和辨识度，语言上有明显的方言特色，但文学传达的个性还不够突出。我一直以为，这些年上海题材的写作大多匮乏一种重新考量与辨识历史文化的言说能力，需要更高更新的思想理念的引领和提挈，不然会在同类作品中显得平俗。

曹致佐的长篇纪实文学《周恩来与中国电影》主题立意重大，作为纪实文学创作艺术特色鲜明。它通过大量的历史资料与回忆，表现周恩来总理对于中国电影事业深切的关怀与保护，具有一定的史料价值与宣传教育意义。作者创作态度严谨，几易其稿，其忠实历史的态度殊为可贵。创作上聚焦周恩来和中国电影，视角独到，可读性强。其旨在表现周恩来为国为民奋斗历程中所展现的高风亮节，引领和保护革命文艺事业发展历经的风风雨雨，并采用了错杂繁复的写作手法，如讲述、插叙和倒叙手法。如何在众多同类题材作品中别出机杼，不同凡响，确实是作者面临的一个难题。我觉得，不能忽视对纪实文学这个特定的体裁概念的厘定，记叙的真实性和文学性两个向度都不可回避，而该部作品主要是由带虚构色彩的回忆性散文文字组成，因而以此来应对这样一个重大的历史人物和文化现象，是特别需要细致辨析和考量的。或许，回忆性文字可以相对松散和随意，但与之作为纪实文学作品的要求和标准还存在差异和不可通融处。

王承志的长篇小说《同和里》以现实主义的写作笔法，比较细腻地呈现上海特定历史时段的日常生活，这种文学立场本身值得倡导和激励。其文字亦庄亦谐，叙事成熟，着意表现小人物、小视角、小弄堂，但是读来令人唏嘘，折射出一个年代所蕴涵的悲欢离合和世间冷暖。我觉得，作者的创作历史和经验可能存在一定的不足，与《繁花》相比，格局和容量都难以比拟。这部小说的特点是运用了小男孩"大耳朵"的视角，讲述了上海二十世纪六十年代的市井生活，生活气息浓郁生动，充满了繁复错杂的生活交响。语言上有上海特色，颇具文字表现力，显得精到幽默。不足之处在于长篇叙事需要相应的容量、长度、宽度，还有相应的思想品质、道德筋骨和生活温度，这样的作品才会具有久远的影响力和深切的感染力。我以为，记叙历史记忆的作品也应该能从中触摸到当下个体内心的律动，以及悠远历史与文化记忆在个人精神生长过程中的缓慢的浸淫与锚入。优秀的文艺作品重要的在于思想的奇崛和技艺的经营，在于语象的自然脱俗和语词的妥帖精准，从而构成个体的辨识度。在语言功底苦心凿造的背面，真正可能使之厚积薄发、成就佳构杰作，可能更重要的是在于如何冲决精神与艺术视域的自我限围，如何具备敏锐的生活洞察力和蹈厉飞翔的思想人格。这是我们一直以来对上海文学的一种苦心期待。

路内的长篇小说《十七岁的轻骑兵》选题较为成熟，艺术性较强。刚刚获得"茅盾文学新人奖"的路内是近年上海风头最健的青年作家，在国内文学界具有一定的影响力。而《十七岁的轻骑兵》原是主题短篇小说集，先应出版社要求定为长篇，其中就有需要进行体裁甄别的问题。它以一座虚构的三线城市，一个少年的成长故事，10个平行独立的篇章构成，来展现二十世纪九十年代初社会转型时期的民生和心态。我认为，作者创作正处于喷涌期，这事实上是严格意义上长篇写作的零部件，无论作为经典长篇叙事，还是主题短篇小说集的定义，都有可斟酌处。在传统意义上而言，短篇更讲求写作的意味，文字的留白，以凸现整体的社会文化境遇下的个人书写，以及语言的精致和节制，张弛自如，这些都需要作者在创作过程中加以深入的摸索和探察。对路内来说，可能还是需要在小说叙事上持久不懈地熬炼和打磨，而不是简单量的集聚。而且，他应该在长篇创作上投以更多的心血。甚而，我以为，这代年轻作家呈现给我们的文字景象，是否还欠缺一种在缓慢的写作路程及思考中不倦地探路前行的整体观和过程感。

长篇纪实文学《长河秋歌七君子》呈现主题重大，史料较为扎实，叙述较为得当。作品以翔实深入的笔触表现国难时期进步知识分子的气节与抗争，富于教育意义。就选题质量而言，内容史料扎实，叙述较为流畅。它以宽广的历史视野，展现进步知识分子在波澜壮阔的历史时期的人生际遇与命运沉浮，并将个人命运在大时代的框架中予以有效呈现，有丰富的历史感与充沛的艺术感染力。作品将"七君子事件"背后的思想关联性加以阐析，兼及七君子各自思想发展历程，突显史与思的结合，具有一定的创新性。其自叙特色融学术研究、纪实报告、文学散文于一体，学者陈思和在推荐语中指出了它将历史研究与文学创作相融合的写作特色，还有对七君子整体的综合研究，以及对研究空白的重要弥补，因而值得重视和扶持。其文字颇富个性特色，篇章结构分明，史传形态完整丰厚。也有评论家指出，不足之处在于剪裁上还需打磨，有时候人物被淹没在汪洋恣肆的叙述之中。

在两部翻译推介作品中，《后乌托邦批评：《狼图腾》深度诠释》（修正版）英文版翻译推介项目，用文本分析的方式，切入这一近年来成为华语文学输出典型案例著名的文学读本，立意新颖，展现一代新中国人精神世界的磨砺和成长历史，有一定的学术价值。学术书的海外传播较为难得，值得扶植鼓励。另外，译者资历上佳，是译介该书的理想人选。该书从十二个方面全面分析中国人追求理想和精神成长的寓意系统，借用各种学术分析方法，既是学术作品，也是外宣作品。这是它的一个重要特点。当然，也有论者认为，该选题过于高估《狼图腾》小说的艺术价值与在全球的影响力；就中文本的批评文本而言，整体的构思气魄比较宏大，表示从符号学、语言学、宗教学、人类学、性别学、生态学、文化学、经济学、政治学、史学、哲学和民俗学来分析小说，但一本书是否可能在有限的章节运用十二个人文社会学科的分析方法？如何保证这种运用是深入精当，而不是浅尝辄止？这也是一种值得重视的意见。

至于《慈悲》（保加利亚版）翻译推介项目，小说原作是近年来具有全国影响的上海作家原创长篇小说之一，在《收获》

发表并在人民文学出版社出版单行本以后，不仅获得国内一系列奖项，而且在图书市场取得成功，在读者中具有良好口碑，是名副其实的具备双效益的作品，海外推广具有重大意义。路内是沪上文坛近年特别活跃的青年作家，《慈悲》讲述个人五十年的生活，从一个切面剖析展现了大时代对普通人生活的影响，题材切入时代变迁、普通人生活、一代城市工人的疾苦诸多层面，符合"重大题材"的题中应有之义，而且技巧娴熟，文学性强，文本具有持久生命力。最近，路内又获全国茅盾文学新人奖，这是一个传递中国作家特别是青年作家的声音，展示自我形象的良好机会，是表达中国经验，使世人了解当代中国的较佳方式。本书已与保加利亚出版社签订翻译出版合同，操作符合商业规律，题材贴合海外读者对了解中国当代生活的渴望，有望实现真正意义上的"走出去"。

二

谈及散文集《品德三字经》《品德千字文》系列，作者巢峰老是著名出版家、辞书学家，他有意潜心于弘扬社会主义核心价值观的写作精神，难能可贵，值得褒扬。在表现形式上有所创新，结构分明，逻辑严谨，编排上力求由浅入深，讲求两种语言思维方式的融合和叠化。这是一种高难度的重写，需要重新提炼，有些字词需要重新斟酌。而如何多渠道多样形式地发挥作品的全方位影响力，使文化产品在新媒体语境下破茧而出，赢得广泛关注，亟待需要进一步考察。

《龙剑诗稿》的作者虽坚持多年诗词写作，但在专业水准和成就上是否与中华优秀词家相称，与音韵格律的严格要求相符，需要方家进一步推定。这部诗稿一是基本音韵词律的运用似仍存可质疑处，希望作者斟酌修改，二是在相关语境下，是否可以进一步探讨诗词写作如何在与现代性的遭逢中，将文白两种语言及其表达语势、语态相互融合好，有论者认为值得商榷和研究。

长篇纪实文学作品《孙中山的故事》，该选题申报者多年来从事相关工作，有较为丰富的资料储备与较为扎实的研究基础。选题主题重大，尽力表现孙中山先生光辉的革命历程。但经评委集体讨论，觉得该选题在处理上过于简单，流于常识性的描述，没有比较突出的闪光点。和以往的孙中山先生传记作品相比，该选题特色不足，失之简单，比如对于孙中山先生的革命与思想历程，都是比较浮泛的描写。作为入门级的作品未必不可以，但是不符合重大项目的要求。

殷健灵的作品具有一定的影响力，她是当下成长小说的代表性作家，有观察力、想象力，文字清新雅致，锐敏细腻，作品立足现实，视角独特，题材也比较多样化。有人评价她的作品能从心理的剖析转向对灵魂的叩问，这是对当代中国儿童文学的一种颇富价值的意义的延展和突破。《回家的路》表现家庭和亲情故事，有感人的细节描写，有一定的隐喻性，但对中国成长小说的独特贡献究竟在哪里，值得细加探究。《出逃》偏重讲青春期的故事，表达细腻，洗练精准，在上海同侪作家中具有一定的独特性。有评论家以为，上海儿童文学创作要在上海文学传统中建立自己的位置和价值感，需要注意对当下生活的变化和交融性、复杂性、紧张感作出更深入的把握，对时代生活中的生长性、变化性经验有更强的思考和表现能力。这涉及人物性格的塑造的自然度，叙事方式的变化和突破。《青春密码》侧重描写校园生活和友情，怎样使儿童文学写作同样成为一种不断上升和拓展的语言艺术，值得思考。这就要避免在创作题材、语境和意义的凸现及延展诸多方面的平推、平移，要使儿童成长类题材的作品也具有文化的隐喻性。这可能是儿童文学创作的生长点。《侧耳倾听》主要讲述少年在成长中遇到的各种困境，表现他们如何战胜困难，走出逆境。这四个集子有明确的主题，立意尚新颖，代表了作者写作的整体水准。

三

从这些作品来看，虚构类的长篇小说创作水平较为齐整，虽然并非专业作家的创作，但也具备了相当的文学水准。其中，《大宋江山》系葛红兵领衔的团队写作，因其超常的规模和形制，在本次申报的所有作品中独具特色。而其他三部长篇小说，则各有千秋，具备了一定的创作水平。从几部长篇纪实类文学作品来看，也许在某种程度上表征着当下上海纪实文学的创作走向和风格趋势。与以往相似，就这次申报的几部纪实文学类作品的作者年龄和质量状况来看，作者年纪较大，水平比较一般，创作队伍呈现相对老化的现象，年轻梯队未能组建好。但我们依然担忧的是它们的文学特色以及可能产生的社会影响的大小。今后，上海文学界亟待进一步加大对纪实文学创作及其他传统文学写作的支持力度，同时积极探索"互联网＋"环境下，老品牌和新媒体融合发展的新路径，不断创新、壮大文学载体和阵地，提升优秀文学作品的影响力、传播力。

喧闹与沉静：2011 年的上海文学

　　岁末，电视广播里都是盘点的声音，文学也不例外。当然，文学在这个年代被卸下了扩音器，声线略显低迷。早先闹得沸沸扬扬的电影《失恋三十三天》即便在票房大胜后，也还是被人冠上电影带动文学的尴尬之名。不过，好在他们即便票房三亿也不敢放狠话，文学就是败给了娱乐。毕竟《失恋三十三天》的作者只是一个网络写手。可是，后来张艺谋的电影《金陵十三钗》让严歌苓的书又火了一把，使得文学始终颇感尴尬。也许文学无法彻底和影视断了关系，但当谍战片和穿越剧还在电视里阴魂不散时，文学的世界也能出现像小白的《租界》这样的好作品，这就像电视剧行列里的《潜伏》，多少给人惊喜和欣慰。大量一手材料，外加精密推断，获得了专家学者的一致好评。出版商们越来越精明，必须沾着娱乐产业的光前行好走路，否则他们怎么生存？但作家们却还是小心翼翼，不知如何适应众口难调的读者以及变化莫测的市场，难道文学是放下身段来学习商业运作模式的时候了？

一

2011年的上海书展比起往年，更加声势煊赫，还举办了上海国际文学周暨"书香·上海之夏"名家新作系列讲坛。不仅大手笔地请来国外文学大腕，比如2008年诺贝尔文学奖得主法国作家勒·克莱齐奥，都柏林文学奖得主爱尔兰作家科尔姆·托宾，惠特布莱德奖得主英国女作家珍妮特·温特森等，而且还安排了好几场的中外知名作家对话。气势十足，目的只有一个，希望大家的眼光能够关注文学。这次书展共邀请九位新书作者、四位嘉宾主持，先后作了七场研讨与演讲，包涵两大系列：一是文学——上海与长三角历史文脉；二是学术——中国道路与中华文明。二者交相互补，以"主题集中""名家新作"为显著特色，生动地展示了一道"上海—中国—世界"的文化风景线。

上海一向以海纳百川自居，2011年的书展也是第一次升格为国际性书展，所以自然是不会只停留在海派层面来讨论文学。这是上海文学的气度，一向如此。另一方面，在上海书展期间，各家媒体也是做足了功夫，宣传是必杀器，加上微博护航，所以网络派发名家讲座的票子总是被一抢而空，市民的热情，也着实让文化人感动了一把。在上海图书馆的讲座据说就是场场爆满，过道走廊都挤满了爱好文学的听众。上海的老百姓是热爱文学的，他们大部分是不会去关心茅盾文学奖的获奖者有没有上海作家，因为文学显然是不分家的。虽然这是个绕不过去的话题，获奖与否可能更多只是圈内人的烦恼。

至于文学对话，2011年的场次比往年要多，只是对话节目，呈现出的姿态，总是节目效果大于对话内容，因为语言和环境等诸多因素的影响，对话节目对文学深层次的触及还是有限的，不过有沟通总是好的。在王安忆和托宾的对话中，媒体记者们就紧紧抓住托宾的那句"作家注定是贫穷的"，在报纸网络上大大渲染一番，产生了一定的影响，因为文学和财富之间的关系始终是暧昧不清的。托宾的注解倒是让大部分的国人舒服了点。郭敬明的达芬奇家具，毕竟是少数人的作为。真正的大家坚守的是文学理想，而理想和财富绝对无关。

现在文学活动是越来越多，学者专家赶场子一点不比那些明星少，只是有质量的会议到底有多少，我们不敢妄下结论。不过圈子要闹腾起来，火起来，确实必须要不断地开展活动，不断地发出声音。《文学报》今年的新批评版，多少活跃了文学气氛，毕竟过于沉寂的文坛总是让人有几分的落寞。2011年，由上海作协组织出版的《新世纪批评家丛书》也隆重面世，在丛书研讨会上，批评家们也坦言，现在的文学环境确实给批评家们带来了不少挑战，但是他们从来没有忘记过自己的责任和使命。上海的文学批评向来有优良的传统和口碑，从二十世纪八十年代开始，活跃的上海批评家群体就在文学界频频发声，成为推动中国当代文学发展的重要生力军。进入新世纪以后，尽管文学发展面临新态势新难题，新的年轻的批评家们迎头而上，为振兴海派文学批评贡献各自的力量。这套丛书的出版肯定了文学批评家们对批评的努力和对批评价值标准的坚守。

比起热闹的文学评奖或节庆，有一种文学活动是既安静又沉重的。上海作协自启动作家百年诞辰纪念活动以来，受到了老一辈文学家和年轻人的推崇。还记得去年吴强百年诞辰纪念座谈会上高朋满座，和老人们呆在一起，听他们讲过去的故事，真是一种享受。在今年叶以群的百年诞辰纪念会上，老作家们回忆的重心一直围绕在叶以群的温厚善良和乐于助人，这是一种温暖的回忆，也是老一辈留给我们后学需要学习的宝贵财富。

二

2011 年的茅盾文学奖，依然热闹。媒体记者根据获奖结果，大胆提出异议，他们觉得茅盾文学奖是"主席奖"，因为获奖的作家如张炜、莫言等都是作协主席。媒体自然是要找噱头博版面。主席的作品优秀和他是不是主席的身份并不矛盾，幸好，读者的眼睛还是雪亮的。在茅盾文学奖结果公布以后，很多实体书店、网络书店都把书卖了个脱销，这算是为文学挣回了些许面子。毕竟，喜欢沉下心来看书的人比以往要少了些，但好看的作品大家还是不会不看的，这多少也激励作家们要创作出更多的优秀作品。

在茅盾文学奖评奖中，莫言的《蛙》获奖可谓是众望所归。莫言曾先后凭借《檀香刑》《四十一炮》入围第六、七届茅盾文学奖，但都铩羽而归。直到八月，终于凭借两年前的《蛙》拿到了茅盾文学奖。莫言的获奖，与其说是茅奖的荣光，不如说是茅盾文学奖对践行文学精神的一种肯定。《蛙》首发于《收获》，由上海文艺出版社出版。客观地说，《蛙》不一定是莫言众多优秀作品中最出色的一部，但却体现了他一贯的文体风格。莫言的作品始终给人一种丰富多变的大家气象，读者对他的期望值也是最高的，他作为实力派作家的地位无可撼动。

同样作为实力派的王安忆在2011年完成了长篇新作《天香》。《天香》的出场并不冷清，《文学报》有一篇评论直接质疑《天香》是不是小说。如果是在娱乐圈，这也许并不是坏事，而是炒作，可以提高曝光率。但在文学圈，这个批评者如此的质问实在让人难以接受。在上海作协举办的《天香》座谈会上，专家学者们纷纷发言，没有人去理会《天香》是不是小说的问题，而是从各自的专业角度分析了《天香》。这是王安忆的转型之作，是她之前从未尝试的题材，文字细腻，内容丰富，也有宏大的叙事视野。研讨会的现场气氛十分热烈，王安忆的号召力可见一斑，优秀的作家到底谁说了算，销量和读者的真心喜爱一个都不能少。挤满大堂的读者来自全国各地，都是为了一睹王安忆的风采，以及听听专家现场解读《天香》。我想，《天香》的研讨会有点类似电影发布会，虽然有不同的声音，但是发布会的高涨情绪已经在预示《天香》的成功。各路媒体也是悉数到场，一直到会议结束才撤离。今年格非的《春尽江南》，也是千呼万唤始出来。作为三部曲的最后一部，这本小说继续在探索时间和人生。虽然格非现居住在北京，但《春尽江南》正如书名呈现的那般，多的依然是南方软语。

"80后"的作家们，依然还在暗自较劲，张悦然、郭敬明都有自己的发展规划，前者《鲤》系列办得有声有色，创意上仿效日本杂志书，将杂志和书整合起来，在选题上，又往往大胆出位，对年轻读者有很大的冲击力和吸引力。在这种势头下，销量自然是不错。而郭敬明身上的标签虽然是娱乐性更多了点，离文学也似乎越来越远，但是他有伯乐之才，笛安新作受到专业作家肯定，郭敬明用自己的方式在"操练"文学，将文学时尚化、市场化，他自己做杂志，也上时尚大典，忙得不亦乐乎，可是怎么看，对公众的影响力似乎始终比韩寒少了那么一点。韩寒没有如读者期待那样，在2011年继续《独唱团》，他向来不按规矩出牌，倒是赢得不少网络读者的好感。大家对他的期待，是和文学以外的东西无关的。这是韩寒和郭敬明一直以来的区别。

此外，2011年上海文艺出版社还出版了一套《上海新锐作家文库》，精选现在活跃在上海文坛的一些年轻作家的作品，很受欢迎。这套文库可见到"80 后"中较为人都熟悉的小饭、苏德、河西等作者。作为较年轻还在成长的作家，从他们的集子可以看出各自的成长痕迹，当然，还有他们不断创新的努力。

三

2011 年，还有一件不得不提的大事，那就是巴金故居修缮工程的完成。在中国人的心目中，巴老早已不再是一位普通的作家，他是作为一种文学的精神典范而存在的。他的高尚人格和文品也一直是人们学习的榜样。巴金故居的修缮完工并对外开放，对提振上海文化精神，传承文学优良传统，势必将产生愈益重要的影响。

2011 年的上海文学，已经在学习如何在沉静的坚守中喧闹与张扬。在这个信息化、娱乐化的年代，要想不被迅速遗忘，就必须制造热闹，文学若想生存，可能也必须如此。只是喧闹过后，是沉寂无声，还是蓄势待发，是未来需要思考和实践的事。文学这条路，从来都不那么简单，必须点滴前行，步步惊心。幸运的是，我们总是能发现自己在进步，在平稳中成长，也算是对过去一年的慰藉。

热烈与坚守：2012 年的上海文学

　　文坛总有着说不完的事儿，聊不完的话题。又逢一年岁末时，细数上海文学的那些事儿，可谓热点不断，五味杂陈。文学之路不好走，尤其在一个娱乐至上的时代，一个商业发达的城市，文学到底要以何种形式出现在人们身边？城市、影像、媒体、商业仿佛一旦与文学扯上些许关系就有了高雅的品位，但无形中却与之渐行渐远。文学的市场化与产业化俨然已不是簇新的话题，电影带动文学的尴尬场面已延续多年，且看今年的《白鹿原》和《一九四二》，票房赚了，演员火了，而文学原著却始终难以真真实实地进入大众。面对快餐式的消遣，商业模式的运营，有人乐在其中，也有人摇头暗叹。

　　当下颇受欢迎的"文艺腔"能否成为一种风尚，引领文学的回归，让文艺改变一座城呢？"重点不是文艺是否能改变一座城，而是当文艺对一座城发生意义的时候，一座城已经不仅是一座城，而是更有反思意义的符号。"这是从 2012 年上海书展发出的声音。

一

最火热：文艺之夏的持续升温

自去年上海书展升格为国际书展之后，举办的声势愈发浩大，热度持续攀升。本届书展继续秉承打造上海城市文化阅读品牌的创设宗旨，并打算将其开展为长久的系列文学活动，让书香弥漫在上海的每个夏天。

为期7天的上海书展，日日都是35℃高温，上海展览中心内则是高密度的人群和密集的文化活动。本次书展推出了15万余种图书，举行文化活动460余场，名家荟萃，大师云集。来自英国的剧作家乔·邓索恩，当代文坛代表作家大卫·米切尔，日本作家石田衣良、阿刀田高，以及中国台湾的张大春、香港的马家辉、上海的孙甘露与毛尖等名家齐聚申城。这无疑是一场丰富的文化盛宴，没有众多明星与畅销作家，到场的大多是有深度、有思想的文化人，但这并不影响书展的热度，大家都能依凭自己的兴趣沉浸其中，找到合乎自己胃口的"那盘菜"。其实，每年过境上海的国际知名作家很多，但多数只限于大学、媒体等专业圈。文学周把他们请来与上海读者见面，这对普通读者而言，实在是非常难得的经历。中外作家的差异性，在这些书展活动中被抹平了。这些来自不同地域的作家在很多话题上是可以有共识的，只有站在同一个高度的平台上交流，视野才会延展得更广阔。

相应地，读者的素养也在无形中逐步提升，人们的视线似乎已经从"沸腾的泡沫"转向"深沉的底汤"，即便是一些"冷僻天书"的交流活动，也有众多读者的热情参与。更可贵的是，读者多以年轻人为主力。实际上，对于上海书展，来多少人、卖掉多少书并不是最重要的，而是希望借助书展提升上海整个城市的阅读水准和文化素质，成为充实整个阅读城市的养料。

最争议：媒体时代的文学之路

媒介对文学的创作与传播有着莫大的影响，甚至于改变人们的文学思维、态度与想法。在这个互联网四通八达、影像充斥的时代，试问文学之路在何方？上海书展的"书香中国阅读论坛"上，著名作家王安忆、莫言、陈思和就此展开深度对谈。

用拇指替代笔杆子的"全民写作"，究竟是开创了媒体时代的文学还是文学的媒体时代？不得不说的是，自从"微"字当道以来，各种微博、微电影、微小说纷纷涌入大众的生活，成了一种公众文娱生活的新方式。用拇指创作，用微媒体交流，在短短的字里行间之中获取信息，抒发喜怒哀乐。较之传统文学，这样的创作与阅读多了受众而少了深度，在无形中消解了文学的严肃性。社会无时不刻不在转型，从经济到文化，无一不透视着大众的生活状态与心理需求。纸笔时代文学的式微现状，网络文学的大行其道，微媒体时代文学的势不可挡，多少让王安忆感到文学正随着科技的发展进入变革时代，旧的形式不断解体，新的形式不断产生。

然而，这紧跟时代节拍的泛写作，浅阅读会将大众引向何方呢？这是大家最为关注的问题，只是现在还未有定论。但归根结底，王安忆还是比较乐观地认为微博时代的文学也会产生自己的"大师"。相反，莫言对于微博的文学价值并不看好，即便上亿人在写微博，将来有谁的微博能够留下来？绝大多数不过是些自娱自乐、自我膨胀的产物罢了。

在今年所出的《上海作家》第4期中，众多文化学者也曾探讨过"微媒体时代文学的命运与前景"的话题。在一片碎片化趋势破坏文学深度的声浪中，上大教授葛红兵认为文学渐渐不再是一种最终的消费形态，而是一种终极产品的前产品。微媒体写作将对我国目前文学的精英化创作以有力补充。

此起彼伏的声音中，大家最为关注的无非还是文学的出路。媒体时代的到来终将是拯救文学于式微，还是陷文学于穷途末路，无疑成为了当下文学关切的焦点所在。

最海派：百年繁华的前世今生

作为 2012 上海国际文学周暨"书香·上海之夏"名家新作系列讲座首场活动——上海作家陈丹燕、孙颙分别携新作《成为和平饭店》与《漂移者》亮相，以上海为主题，对谈"外滩印象与漂移者"。《成为和平饭店》是陈丹燕从 1992 年以来上海书写的最后一部作品，她在二十年里用六部作品写上海的历史、建筑、人物，《成为和平饭店》作为收官之作是其中唯一一部虚构小说。而孙颙的《漂移者》写的则是当下上海的故事，以跨国公司为代表的西方新冒险家再次来到上海，小说通过一个年轻的美国人在上海闯荡的经历，展现了新上海滩生机勃勃而复杂多变的面貌以及各色人等在这个大舞台上的命运起伏。两个故事无论从内容上还是时空上都是连接起来的。

去年的上海国际文学周也是在书展前一天揭幕的，当时的主角是上海作协主席王安忆和她的新作《天香》，而今再用上海作家陈丹燕和孙颙的对话讨论拉开上海国际文学周和上海书展的序幕，这对于上海文学周的开幕而言颇具意味。海派文化是上海文学的创作源泉与灵魂所在，那么海派文化究竟是什么？上海这座城市的精神气质的根源又在何处？实际上，每一部作品都包含了作家对于城市精神的理解。孙颙说："上海文化对外来东西会吸收，交融，咀嚼，然后变为自己的东西，甚至比原来欧洲文化还要欧洲，这是中国其他城市不可比的。"

从去年王安忆的《天香》到如今的《成为和平饭店》与《漂移者》，展现了一个百年都会的前世今生。从明代开埠，与西方初步接触而兴起的商业贸易，到殖民时代华洋交融的鼎盛繁华，再到当代经历了一系列变革之后，西方冒险家的归来对上海产生的新影响。经受过"欧风美雨"的洗礼，如今又"海纳百川，兼容并蓄"的上海，"上海故事"可以怎么写？如何写下去？这三位上海作家的三部小说，有意无意地进行着一场上海历史的接力书写，思索着上海文化如何在与世界的冲撞中形成。他们正带领着整座城市在一次次的精神回归中望向远方的路。

此次陈丹燕的新作《成为和平饭店》在书展期间的一度断货足见大众对于海派文学的关注热度。最终，经过出版界专业人士、学者和媒体记者共同评选，《成为和平饭店》荣获最具影响力十大新书之一。

二

最喜事：莫言获奖引发文学热潮

今年当属中国文学的收获大年，最受万众瞩目的莫过于瑞典学院宣布把2012年诺贝尔文学奖授予中国本土作家莫言。一时间，几乎所有人都开始激烈地参与到这场"文学"盛宴的讨论之中。当最初的鼎沸逐渐平静下来之后，从文坛到社会各界涌现出了各种观点，或喜，或忧，或讽，或焦。但无论如何，就莫言获奖这件事情本身而言，对于中国文学绝对算得上一件轰动全民的"大事"，不可否认的是莫言成了有史以来首位获得诺贝尔文学奖的中国籍作家。一夜之间，莫言热高温席卷全球，个人商业价值暴增，创作手稿飙升百万，上海文艺出版社于十月在上海书城首发最新版"莫言作品系列"，囊括了其 11 部长篇小说和 5 部中短篇小说，一时间洛阳纸贵，莫言作品无疑成了 2012 年市场上的热销图书。实际上，从 2005 年开始，上海文艺出版社就与莫言一直保持着非常紧密的合作关系，陆续在 2008 年推出他的重要作品《檀香刑》和《生死疲劳》，之后，更是以长篇小说《蛙》的出版摘得茅盾文学奖。

就文学性而言，每一个成功的作家都有自己创作的独特性和话语表达方式。只要认真读过莫言的《酒国》《生死疲劳》《十三步》《蛙》等小说，就不能否认，莫言的思想与艺术高度绝非表面肤浅的"迎合现实"，而是令人震撼地挖掘了现实和历史中最隐秘的真实，从《红高粱家族》算起，一直到夺得矛盾文学奖的《蛙》，哪一部不是对时代的回应？正如授奖词所言，"他的魔幻现实作品融合了民间传说、历史与当下"。他用各种富于魔力的叙述方式来表现，进而迸发出巨大的生命话语能量。

从去年热闹的茅盾文学奖到今年举世瞩目的诺贝尔文学奖，莫言以他独有的感知能力与特异的叙述方式，带领着中国乃至世界的读者进入一个复杂斑斓的世界，他的小说像热闹的农村喜筵，夹杂着中国悠久的叙事传统和语言技艺，向世界传达了古老中国的内在精神和声音。

然而，在这一年度最强喜事的欢乐之余，我们也要清醒地认识到中国文坛在打破无诺奖僵局之后的现状。莫言的获奖诚然让大众重新关注起了文学，无论是功利化的还是非功利化的，但中国的文学眼下还有很长的路要走，一个人的获奖，并不代表着中国文学登上世界文学之巅；正如无人获奖，也未必说明中国文学在世界文学园林里无一席之地。诺贝尔文学奖评委、知名汉学家马悦然一再强调，诺贝尔文学奖的唯一评判标准就是文学。既没有必要将其获奖过度拔高，也无须上纲上线。莫言的文学成就建立在他的卓越文学语言、结构和表现能力，以及他的丰沛人性关怀上。且不论莫言获奖将会把中国文学引向何方，在金秋十月收获了如此殊荣，还是得向莫言和中国文学道一声"恭喜"。

最缅怀：文章锦绣，大家永存

江山代有才人出，在新一代的文学大师崭露头角之时，老一辈的大师却相继离去。继著名红学家周汝昌去世之后，著名散文家、藏书家黄裳九月在上海离世，享年93岁。

黄裳先生学识渊博，文化底蕴深厚，无论是作为记者、散文家，还是在藏书、版本学领域，都有他卓越的贡献。其中，成就最大是在散文方面，他的散文自成一家，被誉为"当代散文大家"，晚年更以藏书、评书、品书著称于上海文坛。遗憾的是，他生前最后参与讨论的新书游记散文《如梦记》印刷完毕的第二天，还未由江苏文艺出版社上市，先生就撒手人寰，不得不说正如书名暗合的意味："人生如梦"。黄裳生前曾任《文汇报》主笔，与巴金、施蛰存、黄永玉等文化名人均有交往，其散文在读者中享有很高声誉。文章锦绣的黄裳先生，最是离不得书的，先生的文章处处透露出对生活的态度与对人生的理解。

大师们虽然已经故去，但他们却有着不老的文学生命，散发着永恒的智慧之光。自上海作协开展海上文学大家百年诞辰纪念系列活动以来引发了广泛关注。继吴强、叶以群的百年诞辰纪念座谈会之后，今年10月在作协大厅举办的辛笛纪念会使大家一同沉浸在辛笛先生的生平创作和文学之路中，无不唤起了到场的老作家、辛笛亲朋好友们共同的温暖回忆。同时，对新一代的作家而言，也从中获取了一种坚实而可靠的力量与信念。

海上老作家是上海文学的基石所在，正是他们的文学精神在背后源源不断地推动上海文学的前进，无论今后的路有多远，上海文学都要不时地回头在他们身上汲取传承的力量。这也正是上海作协举办海上大家纪念系列活动的核心意义所在。

交织着巴金后半生的悲欢的故居在去年修缮好之后，"巴金文化季"于今年正式拉开帷幕，巴金文献图片展、巴金编辑生涯回顾暨《收获》创刊五十五周年等研讨活动相继开展。在巴金故居举办的"巨匠的风采——徐福生镜头里的巴金"主题摄影展中展出的四十余张照片用镜头记录的点滴串联起人们对巴老的回忆。照片皆是记者徐福生历年来为巴金拍摄照片中的精选之作，部分照片更是首次展出，展现了一代文学巨匠在二十世纪八九十年代的风采。

此外，在巴金逝世五周年前夕，在普陀区图书馆举行的巴金著作手稿、版本、书名篆刻联展是近年来上海举办规模最大的巴金著作手稿、版本展之一。共展出了二十世纪二三十年代以来巴金著作版本八十余种，其中包括开明书店 1929 年 10 月出版的《灭亡》、新中国书局 1931 年 11 月出版的《雾》初版本等珍贵版本，并配以书名篆刻。这些手稿贯穿巴金创作的一生，既有《家》《春》《秋》等巴金最为重要的代表作，也有后来改编为电影《英雄儿女》的《团圆》，以及他晚年作品《随想录》等。

三

最丰收：55 岁的《收获》与 15 岁的"新概念"

巴金编辑生涯回顾暨《收获》创刊五十五周年活动于 11 月在作协大厅举办。为了庆祝此次《收获》杂志创刊五十五周年，新时期代表作家余华、格非、马原、苏童等以及上海作家王安忆、叶辛、孙颙、赵丽宏等齐聚一堂，回忆与《收获》一同走过的风雨岁月。三本"金收获纪念文丛"——《收获年轮》《绘本收获》《大家说收获》同时面世。

"一切以作品说话"是《收获》不变的信条，这本在 1957 年诞生于上海的大型文学双月刊杂志至今已悄然走过了 55 个年头。这本由巴金先生和靳以先生创立的杂志在《发刊词》上开宗明义："杂志必须有自己的风格和独创的个性"。尽管经历了两次停刊，但毫无疑问《收获》确实做到了这一点。许多作家因它而打开了通往文学殿堂的大门，许多作品因它而大放异彩。如今，他们中的许多人成为中国一线作家。莫言在《收获》发表过 11 部小说，贾平凹把他大部分的长篇交给了《收获》，王安忆的《纪实与虚构》《天香》等、余华的《许三观卖血记》《兄弟》皆是首发于《收获》。还是那句话"一切以作品说话"，从对于社会、人性和自我的思考、质问到社会风俗细节和文化的变迁，《收获》对于全国文坛的影响力可见一斑，在中国现当代文学史上享有举足轻重的地位。

在《收获》硕果累累之际，《萌芽》的"新概念"也 15 岁了。这个跨越了"80 后"、"90 后"乃至"00 后"三个代际的作文大赛，时至今日已然发展成了"传奇"。面对传统语文教育越来越多的质疑，"新概念"的初衷是要探索一条还语文教学以应有的人文性和审美性，而非应试的机械训练。有许多孩子因为"新概念"而喜欢上了文学继而走上文学创作的道路。然而，从二十世纪末一直走到今天，"新概念"面对不断变化的新环境、新趋势是否还能一如既往地"新"下去呢？当新的概念一旦跟不上时代的节拍，或者说形成了一种固有的、程式化的范式，读者群缩小、影响力减弱之后，人们不禁要担心，这个"传奇"还能走多远？在《萌芽》"新概念"15 岁生日之际，我们不得不思考未来的路，因为"新概念"的成功不在那些"文学"明星身上，而是在那些大量的未成名的获奖者、参与者以及关注者身上，毕竟那里才是"新"的未来。

最犀利:《文学报》设新批评专刊

当下的评论界略显沉寂，掷地有声、鞭辟入理者实在难得。为何当下文艺评论难以影响大众的阅读趋向和选择，为何很多曾经非常活跃的评论家却丧失了批评的激情和勇气，如何让优秀的青年文艺评论人才崭露头角已成为当下文学界不得不重视的问题。

今年举行的《文学报·新批评》创刊一周年座谈会上云集了四十余位作家、评论家，就当下文学批评中存在的各种问题进行了深入的探讨。

《新批评》是为打破文坛、艺坛批评沉闷的状态由文学报新推出的专刊。一次性用八个版面集中刊登文章，内容涉及文学、批评、影视等人文领域。意在加强文艺批评的力度，倡导真诚、善意而又锐利的批评，其对于批评之尊严的维护，是真真实实从提倡用文本说话、实事求是的批评作风着手的。专刊反对谩骂式的人身攻击；倡导"靶标"精准的批评，反对"不及物"的泛泛而论；倡导用轻松、活泼、幽默、通俗易懂的文字，深入浅出地表达批评声音，反对故作高深、枯涩难读的"学院体"。

自《新批评》亮相伊始，就发表了对贾平凹长篇新作《古炉》的一组批评文章，随后还分别刊登了对于王安忆的新作《天香》、莫言的《蛙》、齐邦媛的《巨流河》、张爱玲的《小团圆》、毕飞宇的《玉米》和刘震云的《一句顶一万句》等作品评头论足的文章。几乎所有的作家都被放在显微镜下面向大众进行了一番手术。对名家作品的犀利批评，让批评家们有了一个良好的交流平台，给了读者一个多视角启发的空间，同时，也给了作家们一个深入重审作品的机会。

《新批评》的这种探讨扩大了批评的疆域，从一般作家作品评论，到影视创作、美术创作，再到一种现象、一个事件，敢于直面当下热点和难点的批评品格使得《新批评》专刊显示出靓丽的风采。第一期的《文学批评：若无盛气会怎样》、第二期的《针对个体的批评为何如此艰难》以及第三期的《艺术批评呼唤责任感与气度》，笔笔皆是显出新世纪的批评理论自觉的好文章。

最人文："禾泽都林杯""城市、建筑与文化"诗歌散文大赛

建筑是城市文化无言的倾诉者。城市赋予它们内涵，它们赋予城市记忆。大街小巷和标志性的建筑意象是城市借以凸显形象、营造景观的重要资源。依托对这一类建筑的书写，诗歌散文化的"文本城市"既可以呼应现实，也可以超越现实，此时，建筑已不仅是建筑，城市也不仅是城市，更多的是带有意象性、符号化的表达、思考和寄托情感的对象。

一座城市的发展与变迁、悲欢与沉浮，也可以通过建筑记忆与连接起来。由上海市作家协会、文学报社、《上海文化》杂志社、杭州禾泽都林建筑与城市研究院联合主办的"禾泽都林杯"——"城市、建筑与文化"诗歌散文大赛正是通过文学创作的方式来阐释城市建筑文化的丰富性、多元性与时代性，宣传城市建筑文化的先进设计理念。大赛共收到诗歌作品1800多首，散文作品900多篇（章），从10岁到87岁，从上海辐射至港台乃至英美等华语创作区，大赛把人们的目光重新聚焦在城市本身，让城市在字里行间中倒映出别样的风情。大家从历史、环境以及人文等各方面，热情抒发对"城市、建筑与文化"的真挚感悟。

文学在当下的上海已然慢慢地形成了它自己独有的火候，2012年上海文学热点频现，精彩纷呈。即便文学之路尚不好走，但纵观这些年走过的路，上海的文学正逐渐找到了自己的方向，坚守着，前进着。

关注海派文化的当下性

　　所谓沪语文艺热当然是一种新的值得关注的的文化现象，但也不能过于放大其效应。从二十世纪八十年代改革开放以来，海派文化时断时续会产生各种现象，成为一过性的文化热点，就像地震的主震与余震的关系，是一种不断激荡变化、激浊扬清、扶正去魅的过程。关键是要靠作品说话，凭借其长久的艺术生命力来印证海派文化的底蕴、包容度和当下的创新能力。

　　海派文化研究需要不断地吐故纳新，尤其要关注文化的当下性及其现实的延展。海派文艺一直以来缺乏具有强烈的冲击力和恒久魅力的精品力作，还在于一些作者作品的人文境界与生命情怀有待于拓展和提升，区域性文化格局与气象亟待进一步张扬，在于创作者面对变动不居的生活世界原有的生气活力的丧失，叙事创新能力与再生能力的匮乏。

　　当下社会的现代转型已经给我们的文化或文学带来了格局的变化：一面是商业文化的强烈生长，给人们造成了精神挤压，主流意识形态的文化仍占有一分天下，而独立高蹈的文化姿态依然是纯文学借以特立独行的标志性招牌形象，并对流行文化构成一定的抵抗和遏制。这三种文化势力互相映照，互相角力，自然也共存共荣。沪语文艺热及其作品只能是其中的一枝奇葩，是文化形态迁徙变化中的过客，其文化效应不能过度阐释。

我觉得，真正优秀有永恒魅力的文艺作品，首先应该具备强烈的理想情怀、道义担当和对价值信念的恪守，其次要包含普遍的明晰的社会批判性或者思想的容量与深度，再者要具有深厚的平民意识或者人民性，有坚定的价值立场与深切的社会关怀，这还不是一般文艺创作中所谓的平实视角与日常性叙事，而应该是一种文化姿态与文体实践的相互结合与映衬。正像有评论家所言，它们需要提供的是一种能够对当下日常生活予以探究的新的视点，一种新的对于当下时代及其生活世界的整体性想象，或者是一种对于历史文化与现实生活的精妙理解与阐释，而眼下的一部分文艺作品显然无法跃升到这样的层面，达成对人们心灵上的有力震撼与冲击。

海派文化新生现象需要得到重视与关注，不但是因为其现实的延展在当下的迫切介入，更在于海派文化不可能简单划分为传统与当代，它没有一个明显的分野，而应该是一种有弹性空间与再生活力的文化范畴。只有这样，它才能够容纳各各不同的文化经验与创作养分。

譬如我最近一直关注的近十多年以来融入上海城市生活的

一批新上海诗人的写作就是引人关注的文化现象。首先，这批诗人的作品中大多呈现一种独立于城市文明，既漂泊不安，又难以离弃的精神姿态，始终覆盖着城市与乡村文明错动而间离的双重投影。其次，他们的内心深处紧密依恋着故乡，却又无法实现身体的返回，"身"与"心"的背离与游荡使其成为城市文化与乡村文明的双重"他者"。再者，从文学语言研究的角度来讲，作为城市与乡村生活的双重经历者，他们的作品中本应具有城市与乡村语言的呈现与交融，以显示文学语言变化演绎的可能性，事实上显然也差强人意。部分诗人的语言技艺缺少强烈的差异性和独特性，匮乏鲜活的当下生活的质感。而这其实也体现出他们的一种精神生长中的矛盾性，既想在语言世界中妥置自己现实中紧张不安的灵魂，又深感自我话语在现实碰撞中的卑弱无力。

这种新的"乡土性"特质的融入是晚近年代以来独有的现象，也是海派文化现象中值得探察的当下性的层面。至少它不是传统海派文化概念中的主要语项，反而有京派文化的意趣包含其中。譬如二十世纪三四十年代文学中像李健吾等一些西学精湛、传统文化素养深厚的作家作品，就是试图在西方文明的挤迫下进行自我与文化姿态的调整，与乡土世界进行连接与对话，而成为他们一种实现关切时世、表达自我的途径与方式。当然，现实中的城市与乡土业已发生了巨大的变化，出现了许多难以规约，需要重新把握的新的生活样态、审美经验，无法再被传统的叙事方式虚构与纪实了。海派文化或者海派文学的一个紧要使命就变得迫切起来，那就是要尽力实现海派文化的还原与返回之路。"还原"就是要深切理解生动的现实形态，体现文化生态的复杂性交融性；"返回"就是要细致探察具态的文化样本，呈展海派文化的丰富性、多样性。

附录

我们最切要的批评精神

——读杨斌华的《文学：理解与还原》

何言宏

《文学：理解与还原》收入了杨斌华自从事文学批评工作以来大部分的评论文字。斌华自 1986 年复旦大学毕业后，一直供职于《上海文学》杂志，处身于鲜活的文学现场。也许是长时期的编辑工作使然，他对文学创作的甘苦和对文学实践的诸多实情，往往都有着很多人都难有的体会与了解，所以，他的批评才总是能对作家作品及文学思潮与文学现象有着切中肯綮和潜心与深入的理解。

斌华有很宽阔的批评视野，小说、诗歌甚至文学批评工作本身与流行歌曲，都能为他所关注，成为他的批评对象。在他的文字中，既有对王安忆、张承志、张炜、陈村和李晓等小说家们的关注，也有对诸如"朦胧诗派和九叶诗派的历史比较"、"九十年代诗歌的文化姿态"和"诗歌的现实关注与现代性"等诗学问题的深入研讨，还有对北岛的《雨夜》、舒婷的《祖国啊，我亲爱的祖国》、韩东的《有关大雁塔》、吕德安的《父亲和我》等当代诗经典及台湾诗人林燿德、著名歌手童安格和黄舒骏等闪耀着诗意与才情的阐释与评论。但不管怎么样，切实与诚挚的理解，无不体现和贯彻于他全部的批评活动中，使他的批评精准、敏锐和非常可靠，更加能够深入到对象的肌理与内部，从而，批评的过程就成了我们和批评家一起，在社会历史文化语境、文学史的发展演变、文学现状、作家的身世、经历与创作道路和包括文化学、叙事学在内的理论批评方法等多方面思考维度的参照下，以交织着丰富的生命体验和思想艺术感受的精神游历，逐步体悟和揭示出批评对象的特点、意义与价值，这样的揭示，也因为有着上述的"深度理解"而尤其显得独特与深刻，自然而然且令人信服。比如针对张承志从《黄泥小屋》和《九座宫殿》等开始的创作转型带给批评界的不解与困惑，斌华很敏感地意识到作家"他在渴望着理解"的"孤寂"时，非常坚定地认为，"当我们随着张承志痛苦而坚执的心迹，介入到那种浓烈的精神体验中，去历经困苦和坎坷，就会真正洞悉他的心路历程，伴随他完成精神的熬炼。"正是本着这样的批评方法，斌华才在当时的批评界较早揭示出作家创作转型的超前性意义……

不过在另一方面，深度理解的批评精神并不意味着会毫无原则地为所有的文学实践进行辩护。对于文学实践中的种种问题，斌华的批评同样是非常尖锐、非常坦率，甚至是不留情面的。我心目中的斌华内敛宽厚，文质彬彬，儒雅温和，也许这就是他的文学批评能对文学实践充分体恤和理解的性格基础。但是在书中《近期上海小说创作一瞥》《谁是将来的经典？》，特别是其中写于近年的诸多文字中，一个批评家所应具有的原则与严正则表现得非常鲜明。在中国当代新诗史上，《朦胧诗选》《新诗潮诗集》《中国当代实验诗选》和《中国现代主义诗群大观》是几部非常著名的诗歌选本，它们对当代中国诗歌经典的遴选和诗歌史格局的奠定，起到了非常重要的作用，但是斌华却在《谁是将来的经典？》一文中，以其所充分自觉到的"所负责任"，明确批评它们"增订版画蛇添足"、"朦胧后浮光掠影"、"以偏概全迄无续编"和"泱泱大观鱼龙混杂"等毛病与不足，理据分明，精准有力。近些年来，斌华发表了不少宏观地反思和指陈文学现状中种种问题的文字，最主要的，就是收集于书中的《思想的恣肆与文学的退守》《专业主义的桎梏》《文学读者何以流失》《纯文学的"权威说法"》认同《文学杂志的评价怪圈及其他》和《文学原创力何以衰颓》等等，说实话，我对这些文字有着特别的认同与钟爱。因为先有深入的理解，它们对于很多问题的分析与揭示往往更加精辟，更加能够击中要害，虽然篇幅大都不长，但却胜过许多貌似学术但却空阔无质的宏文。在这些文字中，斌华严厉地批评了九十年代以来的中国文学由于对所谓的"纯文学"精英主义和专业主义的自我封闭与自我迷恋，导致了"对于九十年代后发生的许多重大的现实变化，文学的回应较之其他学科领域无疑显得苍白无力，或暗哑无语，或语无伦次，甚而继续沉浸于以往陈旧虚假的观念想象和话语圈套"，"日益缺乏对当下读者的亲和力和影响力，缺乏对世道人心的凝聚、激励和提升的作用"，而对很多文学评奖"总是掺杂了过多的非文学因素和紊乱的评判标准而流俗于世，往往是暗箱操作、黑幕重重、蜕变为愚弄读者、鱼目混珠的庸俗交易"及许多文学批评家"摇身一变"为"话语权力的崇拜家"、"妄自尊大的文坛表扬家"和"象征资本的操盘手"等复杂病相，斌华的批评之准和用语之重，让我的印象非常深刻。对人、对事以及对文学，斌华向来都颇多宽谅和颇多理解，但他能有如此的激烈，一定是问题已经到了非常严重甚至是病入膏肓的程度。他对文学的基本态度，无论是充满尊重和体恤的深度理解，还是不无痛心的批评与斥责，都源自于他同样的诚挚与深切，这无疑都是我们今天的文学批评所非常需要与紧缺的批评精神。

江山得意，尽在慧眼

孙琴安

本以为杨斌华只研究诗歌，这次读了《旋入灵魂的磁场》，才发现他早在复旦大学读书时，就展示了其文学批评方面的才华，不仅评诗，而且评小说。其实在他二十多岁时就曾评过张承志、阿城、王安忆、张炜、李晓等名家小说，甚至谈各种文学现象，文学与社会、时代的诸种关系，篇篇都有精彩的分析，独到的见解，令我刮目相看，暗自称奇。而起步早、涉及面广，用在杨斌华的文学评论上，还是非常合适的。

至于他后来把重心移到诗歌，对当今诗歌有着更多的关注，这也是能够理解并有原因的。一来他在二十岁刚出头就写过《朦胧诗派和九叶诗派》《简论四十年代九叶诗派创作》等重要诗论，二来诗歌的困境和民间诗社的活跃也招引了他的一些兴趣，或许也有某一些内在的潜质和诗性的元素所致。总之，在其后的文学批评和评论中，诗评的比重渐渐多于对小说的评论。

一篇好的诗、散文或小说，可以使我们回肠荡气，意味无穷；同样地，一篇好的评论文章，也会使我们感到精彩绝伦，再三回味。如杨斌华的《九十年代诗歌的文化姿态》《解构：都市文化的黑色精灵》《个体超越与人生风貌》等，近似此类，差可仿佛。每个时代都是好的文学作品多，而好的文学评论少。正像每个时代总是优秀的诗人、小说家多，而优秀的文学评论家就相对少些。就拿改革开放以来的上海来说，优秀的小说家、诗人、散文家很可以找出一些，但优秀的文学评论家屈指可数，其中的原因是多方面的。

同样是搞文学创作的，文学创作和文学评论却有着诸多差异，投放的精力与热情也大不相同。作为一个文学评论家，其必须具备一定的文学理论基础，广博的文学知识和作品阅读，对各体文学的艺术修养和理解欣赏，更重要的是，他不仅要有理论，更要有自己的思想与见识。对于当代文学的研究和评论，还要有一种相当敏锐的目光。而杨斌华显然已具备了一个文学评论家所应具备的素质和条件。当然，由于每个文学评论家的知识结构和生成条件不同，从而也形成了他们各自的特色与强项，我以为杨斌华的文学评论至少有三点值得拈出，尤显可贵。

其一，独立性。一个文学评论家当然应该有其独立的品格，但此话说来容易，做起来实在不易。因文学评论家也生活在世俗之中，难免会碰上各种人情和诱惑，也会面临来自各方的压力和无奈，或是一些风向和潮流，而杨斌华却从不随波逐流，跟风随风，附炎趋势，始终有自己的文学坚守与原则，如无独立的人格力量，是很难挺住的。

第二，批评性。现在的文学评论吹捧的多，批评的少。杨斌华很警惕这一点，并告诫自己"更不想落下诗歌表扬家的骂名"。因此，在他的文学评论中常常会出现一些批评的文字，在肯定其成就的同时，也会指出其弊端和不足。如在《当下诗歌的两种转体》一文中，他就对诗人梁平的文章观点提出了不同看法，并进行了补充，提出来当下中国诗歌的"公转"和"自转"，以为"两种转体同样重要，不可偏废"。

其三，有文采。文学评论不同于思想评论、时政评论或经济评论，除了独立见解和条理性、逻辑性，还应该兼有一些文采。因为文学评论所面对的是文学作品，是一种艺术，其本身是有艺术魅力和美感的，如对其评论的文字却干巴巴的，枯燥乏味，说不过去。试看古代一些优秀的文论如《文赋》《文心雕龙》《诗品》《二十四诗品》，乃至现代刘西渭的《咀华集》等，均有文采。而杨斌华的文学评论似乎有意无意之间继承了这一传统，《寻找新大陆》《九十年代诗歌的文化姿态》《地理图标·诗意情境·语言策略——略论徐俊国的诗》《法度与大度：王学芯的时间感悟——简评诗集〈尘缘〉》等文，在说理透彻的基础上，都写得文采斐然，颇见才情。这里除了见识与认知，也要有一套自身的语言和词汇。一个优秀的诗人或小说家在长期创作的过程中，会逐渐形成一系列自身独有的语言和词汇，同样的，一个优秀的文学评论家在长期的评论和批评过程中，也会逐渐形成并应具备一系列属于他自身的评论语言和词汇。杨斌华无疑是其种之一。

除了以上所举，杨斌华的文学评论还具有相当的公正性、当代性和前瞻性，这些也都是一个批评家很可宝贵的品格，兹不一一赘述。

我与杨斌华认识交往二十余年，深知其为人谦虚低调，做事认真谨慎，从不张扬炫耀自己，也不从以评论家自居，然其评论文章的确已相当成熟，目光如炬，思维敏捷，多有创见，成一家之言，自有特色，亦自成风格。但应能对当今文坛多加以议论，多发声音，多有引领，推动中国文学与文论的繁荣与发展。

2018 年 6 月下旬

于上海社会科学院文学研究所

文
景

Horizon

社 科 新 知　文 艺 新 潮

旋入灵魂的磁场

杨斌华 著

出 品 人：姚映然
责任编辑：陈欢欢
营销编辑：杨 朗 陈 茜
装帧设计：肖晋兴
版式设计：安克晨

出　　品：北京世纪文景文化传播有限责任公司
　　　　　（北京朝阳区东土城路8号林达大厦A座4A 100013）
出版发行：上海人民出版社
印　　刷：山东临沂新华印刷物流集团有限责任公司
制　　版：北京大有艺彩图文设计有限公司

开 本：890mm×1240mm　1/32
印 张：11.25　字 数：213,000　插页：2
2018年8月第1版　　2018年8月第1次印刷
定 价：49.00元
ISBN：978-7-208-15306-6 / I·1749

图书在版编目（CIP）数据

旋入灵魂的磁场 / 杨斌华著. —上海：上海人民
出版社，2018
　（述而批评丛书）
　ISBN 978-7-208-15306-6

I.① 旋… II.① 杨… III.① 中国文学－当代文学－
文学评论－文集 IV.① I206.7-53

中国版本图书馆CIP数据核字（2018）第152721号

本书如有印装错误，请致电本社更换 010-52187586